中公文庫

新装版

奇貨居くべし（五）

天命篇

宮城谷昌光

中央公論新社

奇貨居くべし㈤　天命篇　目次

燕
渤海
楡次
鄚
昔陽
太
邯鄲
長城
河水(黄河)
河水(黄河)
聊城
斉
臨淄
安陽
防陵
淇水
濮陽
魯
莒
成皐
済陽
卷
胡陵
黄海
済水
方与
薛
滎陽
中牟
大梁
陶
宋
魏
睢陽
泗水
苦県
陽翟
陳
下蔡
潁水
鉅陽
越
城陽
淮水
寿春
江水(長江)
陵

戦国時代略図

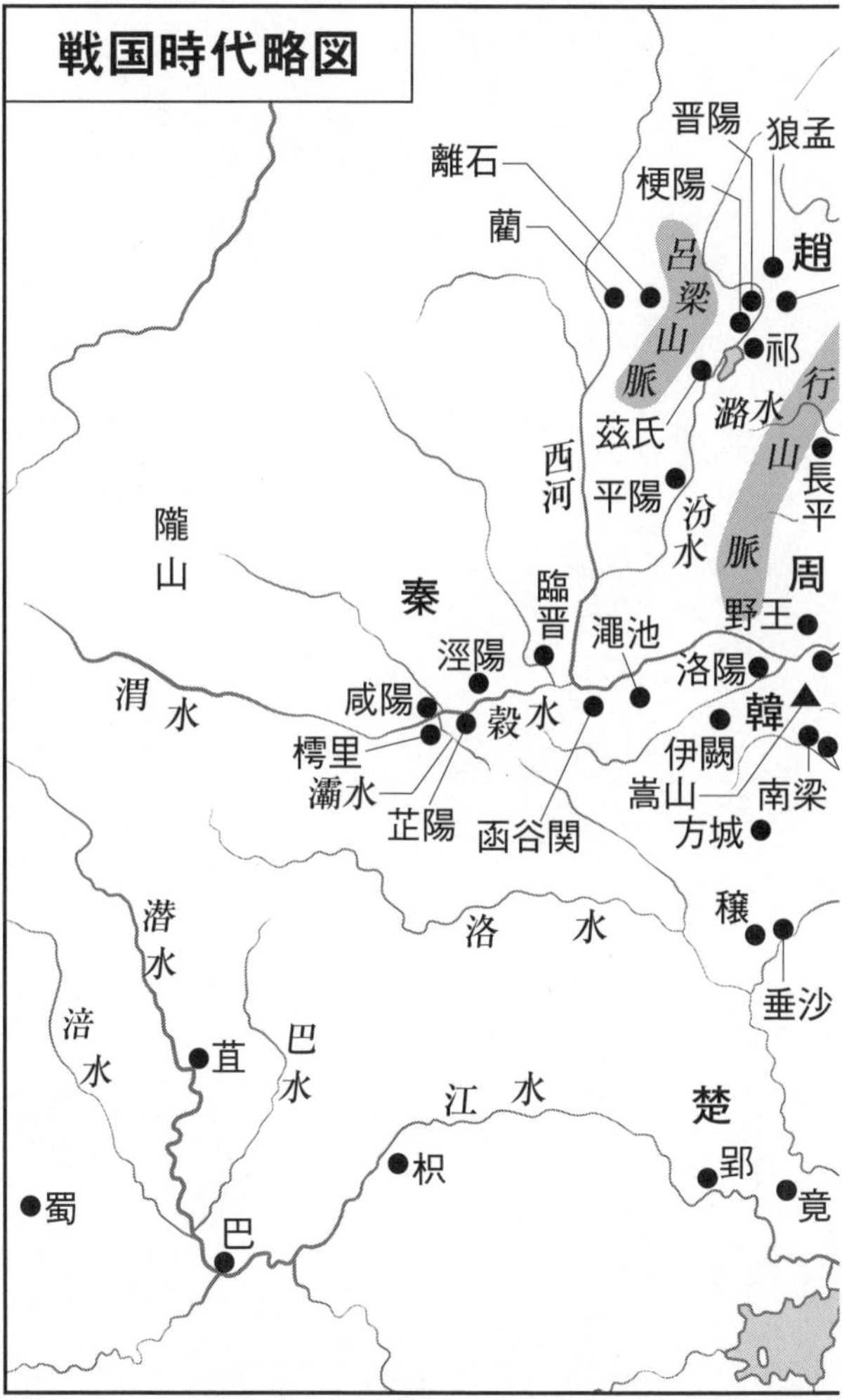
晋陽
狼孟
離石
梗陽
藺
趙
呂梁山脈
祁
行山脈
潞水
茲氏
西河
平陽
長平
汾水
周
隴山
秦
臨晋
澠池
野王
涇陽
洛陽
渭水
咸陽
轂水
韓
檉里
伊闕
灞水
嵩山
南梁
芷陽
函谷関
方城
潜水
穰
洛水
垂沙
涪水
苴
巴水
江水
楚
枳
郢
蜀
竟
巴

奇貨居くべし㈤ 天命篇

天啓の時

一

それにしても、華陽《かよう》夫人の美しさはどうしたことか、と宿舎にもどった呂不韋《りょふい》はしきりに感嘆した。

華陽夫人の年齢は、どう考えても、三十を越えている。王侯に仕えている妃妾《ひしょう》の大半は二十代の後半で寵《ちょう》を失っている。華陽夫人の容色に衰えがないのは、心思《しんし》にはつらつたる輝きがあるせいであろう。子を産んでいないということもかかわりがあるのかもしれない。

「主よ、首尾はいかが――」

従者のまなざしが呂不韋に集中している。

「夫人はわたしに咸陽《かんよう》にとどまるように仰せになった」

すかさず申欠《しんけつ》は、

「応侯《おう》の使いが邯鄲《かんたん》にむかったとみるべきだな。趙《ちょう》の公子を調査して帰ってくるとなると、初冬まで滞在しなければなるまい。この人数では滞在費がかかりすぎる。わたしは半分を率いて邯鄲へ帰る。ただし飛柳《ひりゅう》は残してゆく」

と、さっさと決めて、出発してしまった。いまのところ申欠の勘はあたっているので、随意にさせた。申欠が邯鄲にいてくれたほうが心強い。

「しばしば華陽夫人にお目にかかれるわけではない」

呂不韋は秋のあいだに何度も市に足をはこび、華陽夫人の姉の好物とおもわれる物を買っては、雉《ち》と飛柳をつかって進呈させた。咸陽が寒気にさらされるようになっても、吉報をきくことができないので、さすがに焦燥《しょうそう》をおぼえた呂不韋は自身で華陽夫人の姉を説いた。嫡子の決定が遅れれば遅れるほど華陽夫人はますます不利になることを認識してもらわねばならない。

「色をもって人に事《つか》える者は、色衰えれば愛弛《ゆる》む、ときいています。いま夫人は太子に事え、はなはだ愛されていますが、子がありません。いまのうちに早く御自身で諸子のなかの賢孝である者と結び、もりたてて嫡子として御自身の子にしてしまうべきです。夫君が在世のあいだは夫人として尊重され、夫君が亡くなられたあと、子とした者が王になれば、いつまでも権勢を失うことはありません。これがいわゆる、一言《いちげん》にして万世の利あり、というものではありませんか。繁華な時にこそ根もとを固めておかなければ、色衰えて愛弛むのあと、一語の訴えでもしりぞけられてしまいます。異人《いじん》という公孫は賢明であり、自身が仲子《ちゅうし》であり、嫡子にはなれず、生母は太子の幸《こう》を得ていないことを承知して、夫人にすがろうとしています。夫人はこのときに抜擢をおこない異人を嫡子とすれば、生涯秦《しん》国で大切にされるでしょう。あなたさまが夫人を心配なさっておられるのでしたら、いまわたしが申し上げたことを、そのまま夫人に言上なさるべきです」

呂不韋は切々といった。

華陽夫人は貴門の深窓に育ったが、楚《そ》の急激な衰退に直面したはずで、戦国の世を生きてゆくむずかしさを考えたであろうし、優勝劣敗の惨酷さを痛感しなかったはずはなく、人にも国にも運勢があり、栄華のなかに衰運があり、絶望のなかに幸運があることを知ったのではないか。いま華陽夫人は太子に寵愛されて生涯の絶頂期にあるが、かつておなじように憂愁を知らなかった頃襄《けいじょう》王がどうなったかをおもえば、いまこそ将来の計を立てておくべきであろう。好機を逸すればとりかえしがつかないことを知らぬほど華陽夫人は愚人ではない。

「明日にも寵妾《ちょうしょう》があらわれ、太子が夫人にみむきもなさらぬようになったら、たった一日のへだたりが、明暗をつくり、盛衰をあきらかにし、太子と夫人との距離を万里にしてしまいます。わたしが申し上げたことを、然《しか》り、とお思いになったら、急がれるべきでしょう」

この言は効《き》いたといってよい。

華陽夫人の姉は容易ならぬ顔つきで夫人を説いた。うなずいた華陽夫人は、

「生地に死地があると呂不韋はいいたいのでしょう。趙にいる異人は、非凡ではないが、悪癖をもたず、人に怨まれるような悪事をしたこともなく、朝夕、太子とわたしの康福《こうふく》を祈っていることもたしかです。太子に申し上げてみます」

と、はっきりとした口調でいった。華陽夫人は聰明な人であり、この決断を軽々しくおこなったわけではなく、熟考し、人をつかって詢按《じゅんあん》をおこなっていた。得た情報では、異人は趙で重視されはじめていて、かれの性質は淳良《じゅんりょう》であり、鬼神を信じているのか信仰心の篤《あつ》さがあり、ほかにこれといった特色はない。異人にとって呂不韋は兄のような存在であるらしく、呂不韋の諭達《ゆたつ》にさからったことがない。呂不韋は濮陽《ぼくよう》にあって賈人《こじん》として成功したが、その後ろ楯は魏毋《ぎぜん》である。が、呂不韋は魏毋が秦都から退去すると、事業をすこし縮小し、やがて配下の者に財産を頒《わ》

けて、自身は異人の傅《ふ》のような立場を得た。呂不韋は趙の藺相如《りんしょうじょ》や楚の黄歇《こうけつ》にもつながりがあるらしい。賈人であったころの呂不韋の評判は悪くなく、約束をかならず守ったので、

「紳商《しんしょう》」

であったといってよい。かれが拓《ひら》いた物流の恩恵をこうむったのは陶《とう》ばかりでなく、衛《えい》も趙も輸出入が活発になった。

これが華陽夫人が知りえたすべてである。

――呂不韋が異人に目をつけたのには、わけがあろう。

異人を高値で売れると判断したから賈《こ》を棄てたのか。賈市《こし》の道で成功した商人が、利だけを考えれば、異人に目をつけるはずがない。太子の長子である子傒《しけい》にまず近づき、子傒がだめなら、才徳のありそうな子をさがすべきである。が、呂不韋はそうしなかった。呂不韋が子傒やその生母に面会しようとした形跡はまったくない。たぶんほかの子にも接迎しなかったであろう。異人の生母は後宮におらず、異人自身にはきわだった美点はなく、はっきりいえば最初から後継者の候補から除外されていた。その有利さのない子を擁した呂不韋は、目端が利《き》かないのではなく、かれの内奥に玄術《げんじゅつ》があるとみるべきではないか。凡人は眼前に宝があってもそれを見

抜きえない。呂不韋は人がみていながら真価を認めることがなかった物を洞察したがゆえに成功したのであろう。その目は、捐忘《えんぼう》されていた異人を次代の王とみたにちがいない。異人をみたというより、異人の運命をみたのである。

——その運命の糸が絡《から》む先をわたしとみた……。

なるほど、と華陽夫人はひそかに笑んだ。呂不韋はしばらくのあいだ唐挙《とうきょ》先生の弟子であった。いつのまにか心の目で人の運命を観《み》ることができるようになったのであろう。

ふたたび異人について考えると、愚人ではなく悪人でもない、欲望は寡《すく》なく孝心が篤い。才にめぐまれてはいないが、よくよく考えてみれば秦王に才は要《い》らぬであろう。威に欠けるが徳はある。その点、異人は父に肖《に》ている。才は人を傷つけるが、徳にはその危険がない。すなわち国家にとっても自分にとっても異人は加害をおこなう人ではないということである。異人の足りないところは呂不韋がおぎなうであろう。良臣さえいれば狭量《きょうりょう》の君主でも国を栄えさせることができる。子産《しさん》のいた鄭《てい》、晏子《あんし》のいた斉《せい》を想えばよい。

——いまこそ太子の御決定を仰ぐ時でしょう。

意を固めた華陽夫人は、太子がくつろいでいるところをみすまして、さりげなくいった。

「趙に人質になっている異人は、はなはだ賢明で、出入りする者はみな称《ほ》めています」

「ほう……」

いぶかしげに華陽夫人の顔をみた太子はおどろいた。その目に涙がたまっているではないか。

――異人めは、わが正室を、誹謗《ひぼう》したのか。

顔色を変えた太子は、華陽夫人の口からおもいがけないことをきいた。

「わたくしは幸いに後宮に迎えていただきましたが、不幸にして男子にめぐまれません。なにとぞ異人をわたくしの子として嫡子に立てて、わたくしの身をゆだねさせてくださいませ」

太子が嫡子決定を遅らせているのは、むろん、華陽夫人が男子を産むのを待っていたからである。

「まだわからぬではないか」

「いえ、わかっております」

華陽夫人は落涙した。花顔が曇って、雨が通るようであった。

「よいのだな」

太子の声に、華陽夫人の簪《かんざし》が揺れた。

この時点で異人を嫡子とする決定が内密になされた。太子は華陽夫人のために玉《ぎょく》の割り符に刻削《こくさく》をいれたものを与え、約束のしるしとした。この割り符を納めた華陽夫人はすぐには退かず、呂不韋の名を太子に語《つ》げた。

「異人の孝心を認め、訴えたのは、この者でございます。いま秦は韓《かん》を攻め、やがて趙と戈矛《かぼう》を交えましょう。人質はいつ殺されるかわかりません。身命を擲《なげう》って異人を護《まも》りぬける者は、この者を措《お》いておりません。なにとぞ呂不韋におことばをおさずけください」

「わかった」

太子は華陽夫人を従えてひそかに呂不韋を引見した。呂不韋は身ぶるいをおぼえた。天空に浮かんだ雲に突然はしごがかかったという想いである。

「なんじに異人の傅を命ずる。時が至れば、かならず異人を秦都に召還する」

と、太子はいった。時が至れば、というのは、太子が即位すれば、ということであろう。昭襄《しょうじょう》王の在位は四十四年になり、王の聴政《ちょうせい》がこれから二十年も三十年もつづくとはおもわれない。長くてあと十五年であろう。

「一命に代えても御子をお守りいたします」

呂不韋の容姿の佳《よ》さは出色である。この佳良さが太子に好印象をあたえた。このとき呂不韋は太子から異人への贈り物をあずかった。

——黄金の気をみたのは幻覚ではなかった。

春がくるのを待ちかねて、呂不韋は咸陽をあとにし、邯鄲にむかった。

二

太子からの贈り物をみせられた異人《いじん》は飛びあがらんばかりに喜んだ。

「わしは父君の嗣子《しし》になれたのだな」

異人はくどいほど念を押した。邸外は春景色であるが、異人の心に四方の花がどっと舞い込んできたようである。

「すべては華陽《かよう》夫人のご恵慈《けいじ》によります。正確に申しますと、あなたさまは華陽夫人の子となられたのです。華陽夫人は淑徳《しゅくとく》をもっておられ、あなたさまの御生母を後宮にお招きするそうです」

「おお——」

異人の感動は連続した。父から愛されたということが顫《ふる》えるほど愉《たの》しい。生母の夏姫《かき》が後宮にもどれそうなのも、長年の願いがかなったおもいである。

「ところで――」

と、呂不韋《りょふい》はいった。異人が昭襄《しょうじょう》王の嫡孫となり、太子柱《ちゅう》（安国君《あんこくくん》）の嫡子となったこの機に名を改めてはどうか。異人では、庶系という感じが強い。

「改名はなるまい。父君の御意志にそむくことになる」

「あなたさまは二十歳になられました。あざなをお持ちになってよろしい。華陽夫人の子であることを強調なさって、華陽夫人の出身国である楚《そ》の一字をもらい、子《し》楚《そ》と名《な》告《の》られるのがよいと存じます」

秦《しん》からの帰途でおもいついたことである。異人は異邦の人と読むことができる。子楚は楚の貴人ということで、諱《いみな》とあざなに関連性をもたせることができる。ところで、異とはもともと神異の異で、ふしぎさや人ではできないようなしわざをあらわし、かけはなれた能力をもつ人という意味をこめて太子は異人と命名したのであろう。むろん異人も自分の名に父の期待を感じとって、そこから父の愛情を汲みつづけてきた。が、世間の人々は異人を、ことなる人、すなわち秦王室の正統とはちがう人、と読み、この公孫を軽視してきた。

「子楚か……」

異人は浮かない顔をした。生母の姓は姫《き》であるから、出身は韓《かん》か魏《ぎ》である。楚には親しみが湧かない。

「このあざなを華陽夫人がおききになれば、さぞやお喜びになりましょう」

「そうか。夫人には恩がある。これも御恩返しのひとつか」

異人、すなわち子楚は、心緒《しんしょ》にまわりくどさのない人である。表情をあらためて、そのあざなをうけいれた。

「さっそく貴賓を招いて宴を催しましょう」

太子が子楚を嫡子に定めたことは王室内部の人事であり、天下に宣明すべきことではない。しかしながらこの決定は、いつかかならず子楚が秦王になることを指し示しているので、天下の関心を集めることはいうまでもない。呂不韋は趙《ちょう》の貴族と賓客《ひんかく》を招待することにした。藺相如《りんしょうじょ》のもとには自身ででむいた。藺相如は病牀《びょうしょう》にいる。が、この日、かれは病牀からはなれて呂不韋を迎えた。季節によって体調の良否があり、春と秋には体調が良く、冬と夏には不調であるらしい。

「まだ、しばらく、わしは生かしてもらえるようだ」

藺相如は透明感のある微笑を浮かべた。子楚が秦の太子の嗣子となり、呂不韋は

子楚の傅《ふ》となったことを告げた。すると藺相如は、

「なんじは秦から帰ってきたばかりで知らぬであろうが、趙は孤立した韓の上党《じょうとう》をやすやすと国土に加えた。上党の太守の馮亭《ふうてい》が秦に降伏せず、わが国を頼ってきたためだ。貴臣のひとりである平陽君《へいようくん》は、ゆえなくして利を受けるのは禍《わざわい》のもとである、と王を諫《いさ》めたが、その諫言《かんげん》はしりぞけられ、平原君《へいげんくん》が王命により上党の地を受けとってしまった。いま廉頗《れんぱ》が上党に兵を入れ、長平《ちょうへい》にとどまっているが、韓が秦に譲渡しようとした地を趙が横取りしたかたちはよくない。上党の地を秦に与え、秦王の嫡孫となった子楚どのを優遇するのが、趙の適切な外交であろうが、平原君は秦に憎悪をむけ、すべてを武で決しようとするので、秦との戦いは避けられまい。心配なことである」

と、いった。むろんこの病室での憂愁は趙の孝成《こうせい》王にとどかない。孝成王も尚《しょう》武《ぶ》の人である。

さらに藺相如はいった。

「わしは宦官《かんがん》の舎人《しゃじん》にすぎなかったのに、先君に鉤用《こうよう》されて、上卿《じょうけい》となった。先年、閼与《あつよ》において秦軍を大破した馬服君《ばふくくん》（趙奢《ちょうしゃ》）は、もとは田部《でんぶ》の吏《り》（地方役人）であった。かれも先君に抜擢された。先君は人を洞察することに長じておられた。能だ

け を観《み》る目とはちがい、徳だけを観る目ともちがい、勇だけを観る目ともちがう目をもっておられた。ひとくちにいえば、それこそ王の目であった。呂氏は秦王の嫡孫の傅となったのであるから、やがて秦王の輔相《ほしょう》となろう。趙が呂氏を得られなかったのは残念であるが、天下のために、わしのいったことを憶《おぼ》えておいてもらいたい。趙は、晋《しん》の文《ぶん》公を冷遇した衛《えい》や鄭《てい》のようになってもらいたくない」

呂不韋は黙ってきいているうちに、

――これは遺言ではないか。

と、おもうようになった。趙は商人であった者を王の嫡孫の養育係にすることはけっしてない。国の組織が密閉を強め、地から吹きあがる風が王にとどかないようになると、堂上の空気はよどみ、組織は活力を失いはじめる。秦は法を至上とする国でありながら、趙より風通しがよく、諸国の遺賢は秦へ秦へとむかう。呂不韋がそのあかしである。藺相如は、趙の危うさを愁え、国の危うさとはそこにあることを呂不韋に教えたかったのであろう。

「肝に銘じておきます」

退室した呂不韋は僖福《きふく》に会った。僖福は無言で呂不韋を批判してきた。ここでもうちとけず、

「碧は出征し、長平にいます」

と、いっただけで、呂不韋が子楚の傅になったことを賀《いわ》わなかった。僖福のけわしい心情がわからぬでもないが、呂不韋が僖福を捐忘《えんぼう》したいきさつにやむをえないものがあったのであり、それを弁解したところで、たがいに過去に収納した苦痛をとりだしてぶつけあうことになるので、呂不韋は僖福を慰安《いあん》するようなことばをあえて選ばなかった。ただし碧の父として、いうべきことはいっておかねばならない。

「碧を子楚さまに仕えさせたいが、どうだろうか」

「秦は嫌いでございます」

「そうか……」

碧の意望をききたい、とおもったが、呂不韋は口をひらく気力を失って、藺氏邸をあとにした。僖福は趙人《ちょうひと》であることを誇り、子の碧も趙人として栄達してくれることを望んでいるのであろう。この妻子に関して、とりかえしのつかぬものを呂不韋は感じた。

――わたしは趙人にはなれぬ。

かといって祖国の韓を誇る気にはなれない。中華の民でよいではないか。出身国にこだわらないのが商人の心境であろうか。奇妙なさびしさをおぼえて帰宅した呂不韋は、維《い》の顔をみてほっとやすらいだ。維はすでに呂不韋の子を産んでいる。

——ありがたい人だ。

素直に感謝のまなざしを維にむけた。

桃の花が盛りのころに宴を開催することにしたが、その慶会《けいかい》の前日に、陶《とう》から珍客がきた。向夷《きょうい》である。むろんかれは招待客ではない。向夷はいちだんと風貌が良くなっている。

「陶侯の使者としてきた」

と、いった向夷は、いきなり呂不韋に千金をみせて、陶国は秦の大王の嫡孫の傅となられた呂氏を祝賀します、なにとぞ聘幣《へいへい》をお納めください、と使者としての恭容《きょうよう》をみせていった。

——陀方《たほう》のめくばりであろう。

と、呂不韋は内心笑った。陶国の存続に懸念がある魏冄《ぎぜん》は家臣や食客を秦へ送り、太子から言質《げんち》を得ようとしたが、ことごとく失敗した。万策尽きたところに、太子の嫡子が内定されたという情報を摭《ひろ》ったのであろう。さらに嫡子の輔佐が呂不韋であることを知った陀方は魏冄に進言して、向夷をよこしたにちがいない。これは陶という国の感覚が死んでいないあかしである。

「これは、かたじけない。わが蔵蓄《ぞうちく》は尽きようとしている。喜んで納めさせていただく」

と、呂不韋はいい、向夷を自宅に泊め、桂《けい》と旬《じゅん》の消息をきいた。そのふたりは茌《し》陽《よう》から陶にもどり、いま陀方邸で暮らしていると向夷はいった。

「黄外《こうがい》どのと田焦《でんしょう》どのは、どうか」

「おふたりとも健勝だ。ただしおふたりは、呂氏が子楚どのの傅になったことはご存じない」

そう語《かた》げながら向夷は呂不韋という男のふしぎさをみつめていた。十七年前には、滅亡寸前の慈光苑《じこうえん》であがいていた青年にすぎなかった。むろん向夷自身も張苙《ちょうりゅう》の配下として幽晦《ゆうかい》のなかを往来し、前途に希望の光をみない生きかたをしていた。向夷が変わったのは呂不韋に遇《あ》ってからである。呂不韋も唐挙《とうきょ》や孟嘗君《もうしょうくん》などに遭《あ》って大きく変わったにちがいない。そのように人が人に遭遇することは、小さな奇蹟を産む。それをもっとも烈しく感じたのは、趙で萎縮していた子楚であろう。かれは呂不韋に遭い、一朝一夕に、秦王室の正統をつかんだ。

——それにしても……。

ここで向夷は皮肉な気分になった。呂不韋が華陽夫人を切り崩したことに感心すると同時に、狡捷《こうしょう》ささえも感じた。太子に面謁を求めた使者はひとりとして華陽夫人に着目した者はいなかった。呂不韋がおこなったことを知って、そういう手があったか、とくやしがったにすぎない。なにはともあれ、呂不韋は太子に内謁してひそかに子楚の傅に任命されたようであるから、

――やがてこの男が天下を運営することになる。

という目で向夷は呂不韋を視《み》た。

三

宴は盛会であった。

趙《ちょう》が韓《かん》の上党《じょうとう》を得たという喜びが貴族の表情を明るくし、かれらの語気に勢いをもたらしていた。上党には十七の城邑《じょうゆう》がふくまれている。その広大な地を受納するまえに、趙の孝成《こうせい》王は、

「たとえ百万の軍を発して他国を攻め、数年たっても、一城も得られぬではないか」

と、いったが、実際の戦争とはそういうものであろう。一城を落とすのに年を踰《こ》

えることはすくなない。十七の城邑を得るのに、何年かかるとおもうか。それらが一朝にして趙にころがりこんでくる機会を失いたくないというのは、孝成王だけの考えではなかった。

子楚《しそ》は貴賓の客に酒を注いでまわった。宴は、招待する者の気疲れの場となるが、喜色をみなぎらせた子楚は疲れを感じなかったようである。子楚だけでなく呂不韋《りょふい》の名も、この宴から天下に知られるようになった。その証拠に、夏のあいだにかなりの数の説客《せっかく》が呂不韋のもとをおとずれた。客の好きな呂不韋は、鄭重《ていちょう》に応接し、かれらの持説をきき、

「養耳《ようじ》の時を与えてくださったことを感謝します。小生は子楚さまの傅《ふ》になったとはいえ、多数の賓客《ひんかく》をもてなす裕福さをもっておりません。どうか、太子が秦《しん》王となり、子楚さまが太子となった暁《あかつき》に、再度、お訪ねください」

と、ことわりのことばに金貨をそえて、ひきとらせた。ただし、説をきくうちに、

――この人はそうとうな学者だ。

と、おもえば、その説客に舎《いえ》を与えた。呂不韋が自邸にとどめたのは、そういう学徳のある人ばかりである。

呂不韋は質のちがう多忙さを感じた。こういう自分がほんとうの自分に近づきつ

つあるたしかさをも感じて、心にかつてない張りをおぼえた。

夏のある日、まさに賓客が呂不韋を訪ねてきた。孫子《そんし》（荀子《じゅんし》）である。かれは数人の高弟を従えて、予告もなしにきた。

「先生が――」

呂不韋は喜悦した。孫子は、天下に名が知られるようになったら、天下とともに仁《じん》を楽しめ、といってくれた人である。また、呂不韋の名が、わしの耳にとどくようになったら、わしのほうから訪ねてゆく、ともいってくれた。ついにそのときがきたのである。

孫子が秦を去って趙にきたのは三年前である。かれは孝成王に賓師《ひんし》の礼をもって迎えられ、厚遇されて、趙にとどまっている。両眼はつねに澄明な光をたたえ、黒々としたくちひげをもち、あごひげは短い。生まれながらの師とはこういう人をいうのであろう。威と徳とを兼備し、進退と挙止に重からず軽からずといった絶妙さがある。呂不韋にとってこれほど怖い人はこの世におらず、同時に、これほど敬愛している人もほかにいない。

「よくぞ弊家《へいか》にお越しくださいました」

この呂不韋の声に万感がある。孫子であればかるがると乗り越えたであろう艱難《かんなん》につきあたり、そのつど生死の境をさまよい、とぼしい知恵をしぼりだし、人の厚意にすがって、なんとかここまで生きてきた。空中に浮遊する力をもたぬ呂不韋は、孜々《しし》として地上を歩くしかなく、汗まみれの顔をあげて天空に認める鵬《おおとり》こそ孫子であった。が、今日、その鵬が呂不韋の家におりてきた。

「不韋よ、天下のために慶賀にきた」

と、孫子はいった。かれは秦にはいって儒学の有益さを昭襄《しょうじょう》王に説いた。もしも儒者が中央の朝廷にいれば政治を善美にし、下位にいれば風俗を善美にする。秦についての感想を応《おう》侯から求められたときも、秦はよく治められているが、儒学がおこなわれていないことが短所である、と答えた。その答えの最後のところで、

粋《すい》ならばすなわち王たり、駁《はく》ならばすなわち覇《は》たり、一も無ければすなわち亡ぶ。

と、述べた。純粋に儒学だけで政治をおこなえば王者となり、駁《ま》じった思想を用いて政治をおこなえば覇者《はしゃ》となり、それらが何もなければ滅亡するしかない、ということである。これはのちの秦帝国の滅亡を予言し、さらに、漢《かん》の武帝《ぶてい》の時代に儒

学が専一となる予兆を示したといえる。孫子は優秀な弟子をもち、かれの名声は生前でも天下にきこえ、後世では赫々《かくかく》たるものになったとはいえ、

——儒学は、秦ではむりだ。

と、失望をあじわって、秦を去り趙にとどまったとおもわれる。しかしながら趙は尚武《しょうぶ》の国であるがゆえに、ここに儒学を植えて育てて大樹にするには困難が大きすぎることも感じはじめていた。この年からかぞえて二年後に孫子が趙をあとにして斉《せい》へゆくことになるのは、儒学が根づく土壌をさがすためであろう。斉に入国した孫子が春申君《しゅんしんくん》と号すようになった黄歇《こうけつ》の招きで楚《そ》へおもむくのは、それから五年後である。

理想を実現するために天下をさまよった孔子《こうし》にくらべれば、孫子の周流は悲惨なものではない。春秋時代とちがい戦国時代には学者を尊重する気志がどの国にもあった。とはいえ、孟子《もうし》も孫子も消えることのない不遇感とともに、戦乱のむこうに開花する理想の世を信じて、傀然《かいぜん》と生きたといえる。

——呂不韋が秦の国政をおこなうようになれば、天下からけわしさが消えよう。

と、孫子は予感し、慶賀にきたのである。孔子が怪力乱神《かいりょくらんしん》を語らなかったように、人知の外にあるそれらが猛威をふるっているあいだは、儒学の合理は成りたた

ない。呂不韋のなかにある合理は儒学のそれとはいえないが、怪力乱神を否定してゆく心の方向をもっている。新時代を拓《ひら》く力と思想をもっているのは呂不韋を措《お》いてほかにいないと孫子はみた。だいいち呂不韋は商人の出身である。武力によってものごとを解決してゆこうとする思想の偏狭《へんきょう》があるはずはない。

「なんじがどのように生きてきたのかは、わたしは知らぬ。だが、なんのために生きてきたかは、わたしは知っている。なんじが登った山の高さ、なんじがくだった谷の深さもわたしにはわかる。わたしがここにいて、なんじもここにいる。これほどの喜びはない。なぜなら喜びをおのれのものとしないふたりが、罄尽《けいじん》の淵に落とされず、古い時代の壁を衝決《しょうけつ》する力を天からあたえてもらっているからである」

頭をさげた呂不韋ははじめて師から称《ほ》めてもらったような気がした。

愉快さを感じているらしい孫子の口は重くない。

「なんじは秦の政治をおこなうようになろう。為政者が人民に愛されるのは、たいそうむずかしい。が、人民に尊敬されるのは、さほどむずかしいことではない」

と、いった孫子は、ついで、

知らざればすなわち問い、能《よ》くせざればすなわち学び、能くすといえども必ず譲り、しかるのちに徳ありとなす。

と、童子でもわかるようなことばで、呂不韋を諭《さと》した。人臣の頂点に立つと、もっとも単純な修身を忘れてしまう。

「わたしに廊廟《ろうびょう》の器《き》がありますかどうか」

「知らざれば、わたしに問うか」

「不敬をいたしました」

席をおりた呂不韋は孫子に拝謝した。

「よいよい、人間《じんかん》のことは人に問え。けっして天に問うてはならぬ」

天に問い、天に求めようとすると、人は努力をおろそかにするようになる。孫子は努力の限界を認めない。死ぬまで努力せよ、という人である。孫子のことばをきいていると、呂不韋は勁直《けいちょく》な気に打たれた感じになり、素心《そしん》にもどって一からはじめるという軽みのある強さをおぼえる。

この日、孫子と高弟をもてなした呂不韋の気分は爽快であった。

秋に、鮮乙《せんいつ》が濮陽《ぼくよう》から祝いにきたので、鮮乙の妹の冥芳《めいほう》の家にゆき、深夜まで三人で語った。鮮乙のおどろきは深く、

「主の強運は比類がない」

と、しきりにいった。が、呂不韋はゆるやかに首をふり、

「運には盛衰がある。しかし徳には盛衰がない。徳はかたちのない財だ。その財を積むにしかず、だ」

と、誨《おし》えた。ふたりの話を愉《たの》しそうにきいている冥芳に顔をむけた呂不韋は、

「今春におこなった宴にきた舞子《ぶし》は、賓客の目をひきつける魅力に欠けていた。どこかに佳妙《かみょう》な舞子はいませんか」

と、軽い口調でいった。

「さがしてみましょう」

冥芳も軽く答えたが、この問答がやがて天下のことにかかわりをもつことになるとは、三人は知らず、天のみが知っていた。

招引の舞

一

異人《いじん》が子楚《しそ》とはっきり改名されるのは、子楚が秦《しん》にもどってからであろう。趙《ちょう》にいるあいだは、家族にたいしては異人、家族の外の者にたいしては子楚の名を用いていたとおもわれる。

改名といえば、子楚の側近となった申六《しんりく》に、

「六は軽すぎる。陸《りく》に字を改めよ」

と、呂不韋《りょふい》はいい、申六を申陸と書かせるようにした。六と陸とはおなじ音である。申陸は子楚に愛されているが、奥むきのことをつかさどる中大夫《ちゅうたいふ》にひとしく、接客や外交をおこなう謁者《えっしゃ》にひとしい者がいないので、呂不韋は賓客《ひんかく》のなかから人を択《えら》んで子楚に近侍させた。さらに子楚のために学問の師にふさわしい学者を送っ

た。子楚は質の悪い臣下しかもっていなかったので、いつのまにか子楚の周辺は呂不韋の息のかかった良質の臣で盈《み》たされた。

「公子は悪い癖のないかたで、お仕えしやすいのですが、鬼神信仰はおやめにならないようです」

と、申陸は呂不韋にいった。子楚が自分に絶望せずに生きてきたのは、鬼神を信じうやまったためであろう。人にすがれない人は鬼神にすがるしかない。が、そのことが臣下や他人に害をおよぼしたことはないので、呂不韋は諫言《かんげん》を呈せず、目をつむった。ただし子楚が鬼神に弱いと世間が知ると、かならず神仙の術をおこなう方士《ほうし》の類が子楚にとりいろうとするので、子楚の信仰の向きを世間に知られないようにせよ、と呂不韋は申陸に命じた。

呂不韋は魏冄《ぎぜん》の使者から献上された幣物《へいぶつ》を子楚にみせ、

「陶《とう》侯はあなたさまをたいそう敬尊《けいそん》なさっておられます」

と、いい、子楚が秦王の位に即《つ》くようになっても、陶の国を魏冄の子孫が治められるようにはからい、魏冄の使者を喜ばせた。陶から使者がくるたびに、千金ずつふえる。魏冄が所有している財産は秦王室のそれにひとしいのであるから、その千金は庶民にとっての一金にひとしい価値であるというのが魏冄の感覚であろう。たとえばこの年に、趙では合従論《がっしょうろん》が旺《さか》んで、諸侯が連合して秦を攻めるべきであると唱える者が多かったので、秦の范雎《はんしょ》は唐雎《とうしょ》という説客《せっかく》に、合従論を破れ、と命じて与えた金は五千金であった。趙に乗り込んだ唐雎が三千金もばらまかぬうちに合従論は熄《や》んだという。国が死活にかかわる策をおこなうときは、万金さえもついやすのである。

范雎の謀計によって合従という手段を封じられた趙は、独力で秦に対抗しなければならなくなった。

翌年は秦の昭襄《しょうじょう》王の四十六年で趙の孝成《こうせい》王の五年にあたる。

「すこし旅をしてくる」

と、早春に呂不韋邸の客室から姿を消した申欠《しんけつ》が、ふたたび客室にあらわれたのは晩夏であった。ついでにいえば、申欠の妻の飛柳《ひりゅう》は子楚邸にはいり、侍女と婢《ひ》女《じょ》とのとりしまりにあたっている。

「どこに行っていた」

と、呂不韋はきいた。申欠という男はうわさで物事を判断しない。かならず自分の耳目で見聞して事件や事態の真相をみぬこうとする。

「ふむ……、趙は韓《かん》の上党《じょうとう》をうけとって、およそ二年になるのに、秦が趙を攻めぬのは奇妙だとおもったので、調べてきた」

「それで――」

「秦はかつてないほど緻密な策戦を展開している。昨年、秦軍は韓の南陽《なんよう》を攻めた。それで太行《たいこう》山の通路をふさいだ。今年になって秦軍は北上を開始して、野王《やおう》を落とした。これでほんとうに上党は韓都への道を断たれた。むろんいまや上党は趙の版《はん》図《と》に加えられているので、道が韓都に通じなくてもよいが、上党が秦軍の攻撃をうけたとき、韓軍も魏《ぎ》軍も趙軍を援《たす》けることができなくなったという状況を想っておかねばならない」

　野王は少水《しょうすい》と丹水《たんすい》が合流するところにある大きな邑である。その邑は交通と軍事の要衝であるといってよい。秦軍がその邑にはいったということは、韓が河水《かすい》の北にもっていた領地を失ったことになる。つまり韓の国土は半分になったといっても過言ではない。

「秦軍は北上をつづけるのか」

「まちがいなく、そうなる」

　長平《ちょうへい》は野王の北方にある。呂不韋の子の僖碧《きへき》は廉頗《れんぱ》将軍に従って長平を守っているのである。

「わたしの子が長平にいる……」

と、呂不韋がつぶやくようにいったので、申欠はおどろいたように呂不韋をみつめた。

「主の子がほかにいることは、はじめてきいた」

「わたしと僖福《きふく》をのぞけば、藺相如《りんしょうじょ》どのしか知らぬことだ。なんじにだけ、語《つ》げておく」

「わかった。肚《はら》におさめておく」

と、低い声でいった申欠は、客室にもどってから、すこし考え、それから腹心の配下をふたり呼んでいいふくめ、長平にむかわせた。

数日後に栗《りつ》がきて、

「冥《めい》氏が亡くなったようです」

と、呂不韋に語げた。冥氏の本拠は中牟《ちゅうぼう》に近い。高い牆壁《しょうへき》を繞《めぐ》らせて高楼をそなえた大邸宅が呂不韋のなかによみがえった。冥氏についての記憶はつねに不快をともなっている。冥氏は子を得られなかったがゆえに冥芳《めいほう》（鮮芳《せんほう》）を後継者にしたが、多くの妾《しょう》をもっていたから、亡くなるまえに遺産の分配を明示したとしても、家中に騒乱が生じるであろう。

それから四十日後に、冥芳が邯鄲《かんたん》にもどったことを知った呂不韋は、悼詞《とうし》をたずさえて冥芳を訪ねた。

「あきれはてて、ことばもでませんでした」

はたして事態は呂不韋が予想した通りであった。冥氏には正妻がいない。ところが妾のひとりは自分が正妻であるといい、ほかの妾は赤子を抱いてきて、これが冥氏の子であるという。妾のうしろには父子兄弟がいて、どうすれば冥氏の遺産を多く得られるか、奸知《かんち》を応酬してはてしがなかったと冥芳はいう。埒《らち》があかぬとみた冥芳は遺産の分配にあずからなくてもよいから、邯鄲の肆《みせ》と商売に一指も触れさせないように確約を得て引き揚げた。

「遺骸を放置しての遺産争いは、まるで斉《せい》の桓《かん》公が亡くなったあとのようだ。遺骸に蛆《うじ》がわいても、争いは熄《や》まない」

「おそらく、あの家もそうなるでしょう。わたしはこれから濮陽《ぼくよう》の兄と連帯して、賈《こ》をおこなってゆくつもりです」

「冥氏のまま、ですか」

「あっ、わたしは冥氏の家族からはずされました。氏を鮮にもどします」

この人は冥芳より鮮芳のほうがよい、と呂不韋はかねてからおもっていた。

「それが、よい。あなたはあなたの力で邯鄲の肆をここまで大きくした。冥氏への恩返しも充分にしたはずです」

「仲《ちゅう》どの……」

鮮芳の目が赤くなった。鮮芳は冥氏に愛されたというより、男まさりの商才をみこまれて、邯鄲の肆をまかされた。それからの苦労はおそらく壮絶なもので、家人にも他人にも弱音を吐いたことはあるまい。たったひとり、怛々《だつだつ》たる想いをうちあけたのは、藺相如にだけであろう。そのとき鮮芳は商人という衣服を脱いで、愛に飢えたかよわい裸の女になった。藺相如が病室からでられないいま、それらは時の闇に淪《しず》み、しずかに風化を待とうとしている。

袖口で目もとをおさえた鮮芳は、急に憶《おも》いだしたように、からりと含笑《がんしょう》して、呂不韋を馬車に乗せ、翠柳《すいりゅう》の道を往《い》った。矮屋《わいおく》のまえで馬車は停まった。

「ここです。さあ、どうぞ――」

鮮芳にうながされて馬車をおりた呂不韋は、あたりをみた。矮屋をかくすほどの蒼松《そうしょう》が樹《た》っている。家の入り口に夏の陽射しが水滴のように落ちていた。

「わたしが中牟のほうからもどったら、ひきとることになっている女《ひと》がいるのです」

と、鮮芳は歩きながらいった。呂不韋は不得要領なので、返辞のしようがない。ふたりは家のなかにはいった。ほかに人の影はない。

「隣家にいるのでしょう」

鮮芳は小さな庭にでて、家の裏にまわったようである。呂不韋はほの暗さのなかにすわっていた。やがて女の話す声が近づいてきた。鮮芳の声に応《こた》えている声は夭々《わかわか》しい弾《はず》みをもっている。

「お待たせしました」

鮮芳の声のうしろに少女の影があった。微光のなかでかすかに揺れている髪が健康な美しさをもっていた。やがて面差しが翳《かげ》りを払って皎潔《こうけつ》さをあきらかにしたとき、呂不韋の胸中におどろきがひろがった。すかさず鮮芳が、

「小環《しょうかん》さまの遺児で、小梠《しょうりょ》と申されます。梠は仲どのの氏を想って、小環さまがお択びになったのでしょう」

と、やわらかい声でいった。

小環は疫病《えきびょう》によって亡くなったときいた。小環が産んだ女児は死神に攫《さら》われなかったようであるが、行方不明となった。が、呂不韋の眼前にいる小梠はまぎれもなく小環の子である。

「小梠と申します。わたしを邯鄲から趙の辺邑《へんゆう》に運び、育ててくれた者が亡くなりましたので、その者の遠縁を頼り、この家に落ち着いてから、名をきかされていた鮮芳さまをお訪ねしたところ、おもいがけず養女として迎えてくださることになりました」

小梠は対面している男が呂不韋であると知っていて、さらに呂不韋が生母にとってどのような人であったかさえ承知している口ぶりで述べた。

——小梠は十八歳であるはずだ。

あらためてかぞえてみなくても、呂不韋の心のなかにその年齢はある。しばらく無言であった呂不韋は、

「あなたのご生母の小環どのは、舞の名手であった。舞は人ばかりでなく神をも楽しませるものです。すでにあなたが舞をなさるのなら、宴を設けたときに、わが家にきてください。まだ舞をなさらないのであれば、わが家で舞を習得してください。舞を献ずることで、小環どのの霊を安んずることができましょう」

と、いたわりをふくんだ口調でいった。

二

緑髪《りょくはつ》をもった小梠《しょうりょ》は呂不韋《りょふい》の家の住人のようになった。

小環《しょうかん》を知っている栗《りつ》は小梠をみておどろき、

「もとより母親に肖《に》ていますが、母親より美しいのではありませんか」

と、感嘆したものの、小梠に一室を与えている呂不韋の真意をはかりかねた顔つきをした。

「小環にはすまぬことをしたという意《おも》いがわたしにはある。小梠は鮮芳《せんほう》どのの養女となったが、わが家を嗜《この》むのであれば、こころに適《かな》うようにしてやりたい」

「さようですか……」

わずかにうつむいた栗は何かをいいたいらしい。

「わかっている。維《い》を哀しませるようなことはせぬ」

「あっ、それならば――」

ほっとしてひきさがった栗は、小梠のために舞の師をみつけてきた。舞に興味をおぼえている小梠は、達人の舞をくいいるように視《み》て、陶然とした。この日から舞の習得にはいった小梠は、日夜、寝食も忘れて、舞に没頭した。憑《つ》かれたように、とは、このことであろう。十日にいちど呂不韋邸をおとずれる舞の師は、小梠の熱心さに打たれ、五日にいちどくるようになり、ついに邸内に泊まって指導するようになった。衣はからだの象《かたち》をかくしているので、正しい舞の姿勢をからだにおぼえさせるために、この師は小梠を裸同然にした。たまたま呂不韋はそういうところを目撃したが、小梠は呂不韋の目に全身をさらしても羞赧《しゅうたん》せぬほど、舞に専心していた。

小梠は自分の体内に楚《そ》の貴族の血がながれていることを知っている。そのことを唯一の誇りとして貧陋《ひんろう》生活を耐えてきた。自分が美貌であるかどうかなどということは、考えたこともない。邯鄲《かんたん》にでてくるまえに、鮮芳と呂不韋についてのわずかな知識を得た。鮮芳をたずねて門前払いされたら、呂不韋という人を捜してみよう、とおもっていた。ところが初対面の鮮芳におもいがけなく親切にされ、子のいない鮮芳の養女となるという話をもちだされて、涙ぐみ、亡き母の徳というものを痛感した。さらに、自分で捜すまでもなく呂不韋があらわれたとき、烈しく母のみちびきを感じた。同時に、からだじゅうの膚肌《ふき》がほてるほど心身で熱く撼《うご》くものがあった。男に接する機会のすくない生活を送ってきた小梠が、呂不韋をひとめみるなり、

男とはこういうものだと全身で感動したといってよい。さらに奇妙なことに、

――わたしはこの人の妻になる。

という声がしずかに湧いてきた。あとで知ったが、呂不韋には正妻がいない。妻の座にいる維という女人は、正確にいえば妾《しょう》である。呂不韋ほどの人に正妻がいないというふしぎさを、小梠は当然のこととみなした。正妻の座にすわるのは、自分であろう。そうおもったとき、急に自分のみすぼらしさに気づいた。血胤《けついん》を誇るだけでは、大いに不足がある。何かぬきんでるものが欲しい。そこで択《えら》んだものが舞であった。舞に全身全霊をうちこんだ。うちこむことができた自分が愉《たの》しかったといいかえたほうが正しい。夙夜《しゅくや》、習練におこたりをみせなかったとはいえ、いいようのない淋しさに襲われて、室《へや》の窓辺で泣くことがあった。

――母も孤独に耐えたにちがいない。

心の目が風雪のなかで舞っている女の影をみる。やがてそれは微雨《びう》に散った花にかわった。

この夜も、小梠は泣いていた。灯火が消えそうな冷え冷えとした室内にはいってきて、小梠に声をかけたのは呂不韋である。邯鄲の冬は厳しい。すでに初冬で、暖《だん》をとらぬ小梠は霜のおりた小石のように室の隅にころがっていた。

「どうなさった」

呂不韋の声に反応しない小梠は、自分にむかっておりてきた男の手に烈しくすがった。とたんに室内は闇になった。庭を吹き過ぎてゆく風の音があった。

「舞に神が憑《つ》くとおもわれますか」

細い声である。

「ふむ……」

「では、神のご意志をお受けなさいませ」

「受けるとは、あなたを瀆《けが》すことだ」

「わたしは仲《ちゅう》さまのために生まれてきたのです。そうでなければ、母とともに死んでいたでしょう」

呂不韋は答えに窮した。天意を人はむやみにはかってはならない。勘のするどい小梠は呂不韋の胸裡《きょうり》のつぶやきがきこえたのか、

「わたしのなかに母がいます。母をいたわることが、瀆すことになるのでしょうか」

と、いい、呂不韋の手に頰《ほお》をあてた。小梠は寒さそのものであった。この女《ひと》の一生がそうであってはならないことを祈る呂不韋は、自分の手しかこの女を温めよう

がないことを実感した。

あとで呂不韋はこの女が、

――身《はら》める有《あ》るを知る。

すなわち妊娠したことを知った、と司馬遷《しばせん》は『史記』に書いた。が、その一文は用心して読む必要がある。『史記』を偏読《へんどく》した人はわかっているが、その「本紀」のなかに「呂后本紀《りょこうほんぎ》」がある。呂后という人は秦《しん》王朝末期の混乱に乗じて立った劉邦《りゅうほう》（漢《かん》の高祖《こうそ》）の妻で、劉邦が樹立した漢王朝を、劉邦の遺児である恵帝《けいてい》を擁して保全した、と観《み》るのは常識的で、司馬遷は呂后が実質的な帝であったとみなし、呂氏王朝を是認する意図をもって「呂后本紀」を立てたのである。そうでなければ、そこは「孝恵本紀」でなければならない。呂氏王朝が一朝一夕に出現するはずはないから、その伏流を書く必要があった。当然、呂后の父が問題となる。呂后の父は「高祖本紀」にあらわれる。そこには単父《ぜんほ》の人呂公、とあるものの、名が記されていない。仇《あだ》を避けて沛《はい》の県令の客となった、とある。その人物は、呂不韋の子のひとりではなかったのか。それを伏流とすれば、地上のながれは、呂不韋が女を妊娠させたとする顕然《けんぜん》さがつくりだした。その実、司馬遷の思想がなした創作かもしれないのである。

さて、雪がふりはじめた。ふらりと呂不韋の顔をみるためにきた申欠《しんけつ》が、

「秦軍は長平《ちょうへい》を望むところで停止した。雪が消えれば戦いがはじまる。主の長子《ちょうし》は、廉頗《れんぱ》将軍に近いところにいる」

と、耳もとでささやいて、消えた。信碧《きへき》は本営近くにいるので危険はすくない、とおしえてくれた。が、信碧は廉頗将軍に直属してはいないだろう。藺相如《りんしょうじょ》の子を補佐しているはずであり、いつなんどき先陣にまわされるかわからない。秦軍が長平に肉迫したということは、南陽《なんよう》の地を奄有《えんゆう》しおえた秦軍が途中の邑をつぎつぎに陥落させてそこまできたということで、長平こそ大波をさえぎる最大の塘《つつみ》であり、そこを突破されると上党《じょうとう》という広域も秦軍の猛威に屈せざるをえない。すなわち上党は韓《かん》国の旧領の四分の一の広さをもっていて、すでにその南部は秦軍に奪われたと想えばよい。長平の北方に長子《ちょうし》という邑があり、そこまで秦軍が進出するようになると、太行《たいこう》山脈を越えて邯鄲に達する道の西端をおさえたことになり、秦軍が邯鄲に迫るのはたやすくなる。趙《ちょう》国としては韓国の旧領の最北部にあたる上党を、長平に大軍をすえて、守りぬかねば、国があやうくなる。

――大激戦になるだろう。

廉頗将軍は戦いに長じているから、ぶざまな敗北を招かないであろうが、そうお

もいたい呂不韋は奇妙なことに秦の昭襄《しょうじょう》王の孫を輔佐しているのである。秦軍の勝利を希《ねが》うべきなのに、真情はそこへむかわない。

子楚《しそ》がきた。気が晴れぬ、という。むりもない。いま都内の空気は重苦しい。各戸でひとりの男子は兵として長平にいる。父母、妻子、兄弟は出征した者の安否を気にかけている。

「気晴らしをいたしましょう」

そういえば、と呂不韋は気づいたのである。鮮芳を子楚にひきあわせていない。鮮芳ばかりでなく、邯鄲から遠くないところに拠《きょ》をかまえる商人のなかで、子楚に昵比《じっぴ》したい者が数人いることもわかっているので、かれらを招いて、ひそかに小宴を催すことにした。趙の国民が息をひそめている、このときに、歌舞遊醼《ゆうえん》のさわがしさが外にもれると、顰蹙《ひんしゅく》を買うので、舞子《ぶし》と伶人《れいじん》を限定した。当日、客がそろったところで、舞子に不都合が生じてこられないという報《しら》せがはいった。やむなく呂不韋は、

「舞ってくれぬか」

と、小梠に声をかけた。この一声が、小梠の運命を変えた。

三

小梠《しょうりょ》をはじめてみる者は、みなその美しさにため息をつく。が、呂不韋《りょふい》だけは小梠の婉麗《えんれい》さに感動するところを突きぬけていた。その美の質は小環《しょうかん》から積累《せきるい》されたものであり、美がもっている体温はおなじである。つまり小梠の美体は、呂不韋の皮膚感覚を刺戟するまでもなく、呂不韋の体内にはいっているといってよいほど、親しく近い。

客の目から遠くないところにあらわれた小梠は、清潔さと妖艶さとをただよわせて、視《み》る者を魅了した。呂不韋だけが舞の未熟さのなかにのぞく生命力の遒《つよ》さを冷静に視ていた。小梠の舞は未熟であるといったが、それは舞の師がもっている幽玄《ゆうげん》におよばないということで、水準に達しようとしていることはたしかである。おどろくべき上達の早さであるといってよい。

客は口々に賛辞を発し、音楽と酒にこころよく染まって、子楚《しそ》に近づけたことを喜び、宴の終了を惜しんで呂不韋邸をあとにした。残った子楚は呂不韋と酒を酌《く》み交わすうちに、

「あの舞子《ぶし》をわしにくれぬか」

と、目をすえていった。これまで子楚は呂不韋に物や人をねだるということをしたことがない。子楚という人物の本質に貪欲さはなく、自制が利《き》く心思《しんし》をもっている。子楚をそうさせているのは、教養や経験の篤《あつ》さにささえられた精神のありかたではなく、鬼神への畏《おそ》れであろう。したがって子楚は呂不韋を鬼神の使者であると信じはじめたようであり、呂不韋を煩労《はんろう》させまいとする子楚なりの心づかいをしてきた。呂不韋もそれはわかっている。わかっているがゆえに、子楚の酒くさい息とともに吐きだされた言をかわしにくかった。呂不韋が黙っているので、子楚は、

「名は、何というのか」

と、問うた。

「姫《き》、が姓で、名は小梠です」

小梠の父は楚《そ》の貴族であり、その貴族が楚王室から岐《わか》れた家系をもっていたのであれば、氏はともかく、姓は羋《び》でなければならない。しかし小梠は、自分の姓は姫である、といった。すると小梠の父は、姫の姓をもつ中原《ちゅうげん》の国の公室から楚へ亡命した貴族の末裔《まつえい》ということになる。子は父の姓を継ぐのであり、母の姓を称《とな》えることはない。

「姫小梠か……、佳《よ》い姓名だ……」

「酔うておられますな。酔語《すいご》は朝露とともに消えます。君はやがて秦《しん》王になられる尊体《そんたい》です。妾《しょう》であっても、各国の名家から迎えねばなりません」

「妾では、けっしてない」

突然、子楚は大声を発した。呂不韋は眉をひそめた。

「はて……」

「正室とする――」

子楚の抗言《こうげん》は、呂不韋を哄笑《こうしょう》させた。それはもう戯言《ぎげん》といってよい。太古からいままで、王侯のなかで舞子を正室にすえた人はひとりもいない。

「申陸《しんりく》――」

子楚の酔語につきあうことをやめた呂不韋は、子楚の側近の名を呼び、君はお帰りである、といった。が、子楚は申陸の手をふりはらい、

「わしは酔うてはおらぬ。鬼神に誓って、小梠を正室にする。であるから、わしに譲ってくれ」

と、嗄《か》れた声でいい、呂不韋にむかって頭をさげた。小梠を私有しているわけではない呂不韋は、それには答えず、申陸に目くばせをした。目でうなずいた申陸が

子楚のうしろにまわってかかえあげた。立った子楚は、いちどは蹌踉《そうろう》となったが、

「小梠を得るまで、何度でもくる」

と、またしても大きな声でいった。眦《まなじり》のあたりに慍色《うんしょく》を溜《た》めた呂不韋は、顔をあげずに、

「小梠はわたしの子を孕《はら》んでいます。それでも君は、正室になさいますか」

と、子楚の酔いをさますような言を放った。さすがに子楚は口をつぐんだ。中陸は瞠目《どうもく》して呂不韋と子楚とをながめている。子楚は少々苦しげに、

「それでも、小梠を正室に迎えたい。小梠が産む子は、わしの子である」

と、弱々しい声でいい、退室した。じつはそのふたりの話を、肴核《こうかく》をはこんできた小梠は立ち聞きしていた。はっと屛風《へいふう》のうしろに身を沈めて、子楚と中陸をやりすごした小梠は、肴核をゆかにおいたまま、胸をおさえて室内に趨《はし》りこみ、独坐している呂不韋の膝《ひざ》にすがった。

「公子のもとにまいるのは、いやです」

「あれは、君のたわむれよ」

と、呂不韋はやさしい手つきで小梠の肩をたたいた。

「おたわむれとはおもえません。わたしにはわかるのです。鬼神がわたしを攫《さら》おう

としています」

小梠は顫《ふる》えはじめた。呂不韋が小梠の目をのぞきこむと、紅のおかれた唇がわずかに拆《ひら》いた。

「そなたを鬼神に攫われたくない、わたしはそなたをこの地にとどめたい、さて、どうするか」

と、呂不韋はいうやいなや、小梠を抱きあげた。あっ、と小さく叫んだ小梠は、全身が喜びに染まり、つぎの瞬間、虚脱して、首に力がなくなった。小梠は呂不韋の子を孕んでいない。それどころか嬖《いつく》しんでもらったこともない。が、いま自分を扛挙《こうきょ》している男の力に意志と感情があり、それが固結《こけつ》して自分にそそがれることを予感し、その予感の悦予《えつよ》のなかをただよった。ただようことが閼《お》われれば、何があるのか。

とろけるような眠りがあり、朝の呼吸があった。肌体《きたい》のほうがさきにめざめ、さいごに心の目が瞼《まぶた》をひらくような起きかたであった。小梠は熟睡している呂不韋にむかって嫣然《えんぜん》とし、それから邸《いえ》をでて、鮮芳《せんほう》の家にもどった。

数日後、申陸が呂不韋に報告にきた。小梠が鮮芳の養女であることを知った子楚は、みずからでむいて鮮芳を説き、さらに小梠にも会って真情をうちあけた。それを子楚は三日つづけたという。

「鮮氏は呂氏の許可がないかぎり、小梠をさしあげられぬ、といいましたが、小梠どのは呂氏に咨《はか》ると迷いが生ずるので、鮮氏の家から公子のもとへゆく、と申されて、昨日、公子の室《へや》におはいりになりました」

「君は――」

呂不韋にはまだ信じがたい気分がある。やがて秦王になる子楚が商家の女を正室にすえてよいものか。小梠という美しい魂を攫噬《かくぜい》された不快感よりも、子楚の軽忽《けいこつ》さに腹が立った。

「もしもこのことが太子や大王の耳にとどけば、君の人格が疑われる。いまは君にとって大切なときゆえ、小梠に室を与えるのであれば、外にすべきである、とわたしがいっていた、と申し上げよ。小梠が住む家は、なんじが手配せよ」

「うけたまわりました」

申陸がしりぞいたあと、呂不韋はにがさを嚙《か》みつづけているような表情をした。

小梠は利に目がくらむ女ではないので、子楚の純真さに打たれて、決心したのであろう。あるいは夭々《わかわか》しい肉体は、呂不韋という男を知って、完熟しない者の良さに惹《ひ》かれたのか。それよりも、子楚のふしぎさが呂不韋の想像を超えた強さと深みをもっていたことに、おどろかされたことが不快であったといったほうが正確かもしれない。

——あそこまでいっておいたのに、なお小梠を欲するのは尋常ではない。

と、呂不韋は心の深いところにおどろきをたくわえた。とにかく呂不韋が小梠の処遇について子楚にあれこれ具申すると角《かど》が立つので、中陸の才覚にまかせることにした。十日ほどして、呂不韋は子楚に会った。この気まずさはどうしようもない。子楚は呂不韋の機嫌の悪さにおびえたような目つきをして、

「正室にするといったのは、妄《うそ》ではない」

と、細い声でいった。

——わたしが恚《いか》っているのは、そういうことではないのです。

と、呂不韋はいおうとして、口をつぐんだ。自分は何に恚っているのか。この席で口にしたことを、たぶん、あとで否定しなければならない。多くを語れば語るほど、後悔の量が大きくなる。そういう恚りのあることを呂不韋は知った。

自宅にもどった呂不韋は、雉《ち》を呼んで、

「わたしはあの公子を輔《たす》けるのをやめようとおもう。公子の使者がきたら、不在だ、といえばよい」

と、いい、申二《しんじ》を従えて濮陽《ぼくよう》に発《た》った。鮮乙《せんいつ》の商売を手伝うことで憂鬱をまぎらしたい。ときどき雪に遭《あ》った。濮陽の邑は氷雨《みぞれ》の下にあった。突然の訪問者におどろいた鮮乙の目前に千金をすえた呂不韋は、

「不要になった。あとの千金は約束どおりに、再来年に返す」

と、強い語気でいい、問いをききたくないように横をむいた。呂不韋を知りぬいている鮮乙は、軽く笑って千金を納め、

「どうぞ、いつまでも滞在なさってください」

と、おだやかにいって、以前呂不韋がつかっていた部屋を空《あ》け、夭《わか》くて気転のきく婢妾《ひしょう》を付けた。濮陽には知人が多い。しかもかれらは、呂不韋が秦王室の正統にすえられた子楚の養育をまかされていることを知っていて、いちように呂不韋を歓待した。居ごこちのよさを感じた呂不韋は、濮陽で正月を迎え、さらに春をすごし、夏の盛りを迎えたとき、雉が訃報《ふほう》をもって急行してきた。

「藺《りん》氏がお亡くなりになりました」

と、雉はいった。ついに藺相如《りんしょうじょ》が死去したのである。

崖下の賊

一

藺相如《りんしょうじょ》の死について『史記』は、

（孝成《こうせい》王の）七年、秦《しん》、趙《ちょう》の兵と長平《ちょうへい》にあい距《ふせ》ぐ。ときに趙奢《ちょうしゃ》すでに死して、藺相如病《やまい》篤《あつ》し。

と、記す。秦軍と趙軍が長平というところで激闘をおこなったのは、西暦でいえば紀元前二六〇年で、趙の孝成王の七年ではなく六年が正しい。ただし孝成王の父が亡くなった年に孝成王が即位したのであるから、その年を元年とすれば、長平の戦いの年は七年となるが、王国では、前王の死去の年は前王の在位年とみなし、今《きん》王の元年はかならず翌年となる。ところが侯国（戦国時代では、衛《えい》や魯《ろ》のような国）では、前君主の死去の直後に即位した君主の元年は、翌年ではなく、その年におかれる。王と侯では在位年の最初がちがうのである。司馬遷《しばせん》はそのあたりを端審《たんしん》と整理したわけではない。

さて、文中にある趙奢は趙の名臣で、名将でもあり、閼与《あつよ》の戦い（紀元前二七〇年～前二六九年）で秦軍を大破した。その大功で国尉《こくい》（武官の最高位）に任命されて、廉頗《れんぱ》と藺相如と位をおなじくした。

やまい、についていえば、史書にかぎらず明確に書きわけられていて、病、は重病《へい》、重態で臨終が近いことを示している。死に至るやまいでないものは、疾《しつ》と書かれる。

――藺氏が亡くなられたか。

葬儀は殯葬《ひんそう》を経て埋葬となる。王と侯と卿《けい》では殯葬の長さがちがう。端的にいえば庶人の殯葬がもっとも短い。呂不韋《りょふい》は埋葬に立ち会いたいとおもい、いそぎ濮陽《ぼくよう》を発《た》った。みちみち雉《ち》がいうには、

「長平での戦いは、趙軍が不利なようです」

ということであった。大軍をあずかりながら廉頗将軍は防戦一方で、都内の評判

は日に日に悪くなっているという。

「敗退したわけではあるまい。廉頗将軍は名将だ。防ぎつづけていれば、秦軍は攻め疲れる。秦軍は遠征軍であるから糧道《りょうどう》が杜絶《とぜつ》する危険がある。このままゆけば、廉頗将軍の勝ちだな」

「主はやはり万人にひとりの人です。邯鄲《かんたん》では帥将《すいしょう》を交替させよ、という声がしきりです」

「いやな声だな。廉頗将軍をほかの将軍と代えたら、趙軍は負ける。それくらいのことは、趙王はわかっているだろう」

呂不韋は晩夏の邯鄲に到着し、藺氏邸へかけつけた。おどろいたことに、長平にいるはずの藺相如の嫡子が喪主として呂不韋の弔問《ちょうもん》をうけ、安置された遺骸に会わせてくれたのは、僖碧《きへき》、すなわち呂不韋の子であった。

「将軍のおはからいです」

と、僖碧は余人にはきこえぬような声でいった。小さくうなずいた呂不韋は、藺相如の遺骸にむかって哭嘆《こくたん》した。呂不韋にとって藺相如は恩人のひとりであることはまぎれもない。それにしても藺相如はみごとに生きた。趙王の臣でこののち藺相如の美名をしのぐことのできる人はあらわれないであろう。しばらく回想のなかで

哭《な》いた呂不韋は、立って、庭の土を足で踏み鳴らした。それから僖碧をみて、

「長平にもどるのか」

と、きいた。僖碧はわずかに首をふり、

「将軍は、喪に服せ、と仰せになりました。長平にはもどりません」

と、やはりあたりをはばかるような声で答えた。呂不韋を憎悪している声ではない。僖碧の母の僖福《きふく》は、呂不韋に棄てられたとおもったときから、呂不韋に寛容の心をむけなくなり、その母のことばのなかで育った僖碧が父である呂不韋を憎まなかったはずはないのに、その偏奇《へんき》な感情から饒優《じょうゆう》な知徳の世界にみちびいてくれたのが藺相如であろう。僖碧のありように成長した分別《ふんべつ》を感じた呂不韋はまたしても大きな恩を藺相如におぼえた。それに僖碧がいう将軍とは、廉頗のことであり、僖碧は廉頗将軍に面識があるだけではなく、体温が通う比《ちか》さにあることを感じさせた。

「なんじの服喪にわたしの心を託したい」

呂不韋はそういって藺氏邸をあとにした。自宅にもどっても呂不韋は子楚《しそ》邸へゆかなかった。長平の戦いを話しにきた申欠《しんけつ》は、さいごに、

「公子は主を怒らせたとおもい、おろおろしている」

と、笑いながらいった。呂不韋はこれをきずてにした。そればかりか、

「黄歇《こうけつ》どのは、楚《そ》の宰相となり、春申君《しゅんしんくん》と号したときく。楚都へ行ってみないか」

と、中欠を誘った。あきれたように呂不韋をみた中欠は、しかし軽く膝を打ち、

「それもおもしろそうだ」

と、いい、客室にさがったあと妻の飛柳《ひりゅう》や配下を集め、こまかな指図をおこなった。楚都にいても、子楚と趙の情況を知りうる手くばりをしておかねばならない。中欠がはりめぐらした情報網がどうなっているのか呂不韋は知らず、関心もないが、おそらくおびただしい人数が関与しているのであろう。

呂不韋の従者は、中欠、申二《しんじ》、畛《しん》の三人だけで、四人は二乗の馬車で出発した。

呂不韋の生涯をみわたせば、すくなからぬ苦難をみつけることができるが、このころの呂不韋は質のちがう苦悩のなかにいたのではないか。その苦悩は小梠《しょうりょ》が子楚に奪略《だつりゃく》されたというおもいが契機になっている。しかしながら呂不韋が小梠を深く愛していたか、といえば、そうでもない。あえていえば、小環《しょうかん》から小梠にうけつがれた不幸な魂をこれから慰撫《いぶ》するつもりであったのに、その清贍《せいせん》な行為を子楚にさまたげられたという腹立たしさがあった。たしかに子楚が小梠にむける愛のほうが強いであろう。が、より強く愛すれば、より善《よ》く不幸な魂を救えるか。それ

と、これとは、ちがう。小梠が欲しているのは魂のやすらぎであり、高貴な身分や豊羨《ほうせん》な富力ではない。そのことは、子楚にはわからず、あるいは小梠自身にもわからず、なぜか呂不韋にはわかる。したがって子楚へ趨《はし》った小梠は、死ぬまで、魂の落ち着くところを得られないであろう。そういうことがつぎつぎにわかるのに、無力である自分に呂不韋は嫌気《いやけ》がさした。子楚を輔《たす》けて万民に益をもたらす政治をしたいと意気込んだ自分を見失った。

——また、自分を捜さねばならぬ。

そのための旅であるともいえる。邯鄲をでて南下し、魏《ぎ》の国にはいり、河水《かすい》を越えると天地がひろがる感じになる。すでに藺相如の埋葬は終わっているであろう。はじめはその埋葬に立ち会いたいとおもったが、遺骸をみた瞬間、この人が地中に沈むのはみたくない、とおもった。藺相如は心のなかで生きつづける人である。埋葬をみれば、心のなかにも墓地をつくらねばならない。それは無用のことだ、と呂不韋はおもっている。

魏の国にはいったあとも南下をつづけてゆけば、国境にいたる。楚の首都の陳《ちん》は国境から遠くない。わずかではあるが暑さが衰えた。楚都にはいった呂不韋はまっすぐ黄歇邸をめざしたが、みおぼえのある邸《いえ》の住人はかわっていた。黄歇は王宮近くに屋敷をたまわり、そこに移ったという。引き返した呂不韋は、やがて壮大な邸宅をみつけた。

「なるほど、春申君は楚人《そひと》だ」

と、申欠は哂《わら》った。楚人は壮美を好む、といいたいのであろう。黄歇に面会を求めてもすんなり門内にいれてもらえたことのない呂不韋は、申二を遣《や》って門衛に名《な》告《の》らせ、御者《ぎょしゃ》の昣へは、宿舎をみつけておいたほうがよさそうだ、といった。ところが、門前でしばらく待ったあと、なんと表門を開いて迎えられたのである。たまたま黄歇が在宅していた。

「やあ、呂氏――、秦王の嫡孫の傅《ふ》を粗略にできようか」

黄歇が門内に立っていた。

「恐れいります」

「はは、将来の秦の丞相《じょうしょう》が、恐れいることはない。いつかわしのほうが呂氏に恐れいることになる」

黄歇は呂不韋の肩を抱かんばかりの親しみをしめした。この親近をみた黄歇の家臣は呂不韋の従者に気をつかい、上級の接待をおこなった。黄歇は呂不韋を貴賓の室《へや》にみちびいたあと、堂に招き、

「どういう風の吹きまわしかな」

と、さぐるようにいった。

「楚の風で頭を冷やしたくなった、というのでは、答えになりませんか」

「頭を冷やすのであれば、趙の風のほうがよかろう。ただしいま趙には戦火が立っているので、涼しいとはいえまいが……」

「藺氏が亡くなられた」

「あっ、それははじめてきいた。藺氏は趙の恵文王《けいぶん》を輔成した名臣だ。藺氏の外交は一貫して秦とは争わぬ、というものであった。わが先王の頃襄王《けいじょう》は趙と結んで秦に抗《あ》たろうとしたが、成功しなかった。それゆえ先王は藺氏を不信の目でごらんになっていたが、わしは藺氏を尊敬したし、楚の国政をあずかるようになって、ますます藺氏の勇気と善断とがよくわかる」

黄歇の妄《うそ》のない感想である。

三年前に頃襄王が病気になった。秦都で太子元《げん》（完《かん》）とともに人質生活を送っていた黄歇は、太子と仲の善い応侯《おう》（范雎《はんしょ》）に、太子を帰国させていただきたい、と訴えた。応侯がその訴えを容《い》れて昭襄《しょうじょう》王に進言したところ、

――楚の太子の傅にまず往《ゆ》かせて、楚王の疾《やまい》を問わしめ、傅が秦に復《かえ》ってから考

えればよい。

という緩慢《かんまん》な色あいの許可がおりた。昭襄王が、疾、という語をもちいたのは、頃襄王の病気が深刻ではないとみたからである。しかし黄歇は、いまは疾でもそれがすすんで病になると予感し、太子にたいして、

「楚王が大命を卒《お》えたときに、太子が楚にいなければ、陽文君《ようぶんくん》の子が立って後嗣《こうし》となりましょう。太子は宗廟《そうびょう》を奉ずることができなくなります。楚王の疾を告げにきた楚の使者とともに出国してください。わたしはここにとどまり、秦王をあざむいた罪を一身にうけて死にます」

と、決然といった。はらはらと涙をながした太子の衣服を替えさせ、楚の使者の御者にさせて、送りだした黄歇は舎《いえ》にこもり、病と称して人に会わず、太子が関所をでたころをみはからって、昭襄王に拝謁した。激怒した昭襄王は黄歇に死をさずけようとしたところ、応侯にとめられた。応侯は、韓《かん》、魏、趙、いわば三晋《さんしん》を攻め取り、斉《せい》と楚を友好国にしておきたいので、黄歇を殺すのは得策ではないと説いたのである。応侯に全幅の信頼をおいている昭襄王は怒気を引いて聴断《ちょうだん》し、ついに黄歇を殺さなかったばかりか、釈放して帰国させた。

黄歇を救解《きゅうかい》した応侯は、

――身《み》を出《い》だして、もってその主に徇《したが》う。

という表現を用いた。身をなげだして主君に殉《じゅん》じた、ということである。この殉難《じゅんなん》が太子を感動させなかったはずはない。秦を脱出した太子が楚都に帰着して三か月後に頃襄王は卒《しゅっ》した。王位に登った太子、すなわち考烈《こうれつ》王はぶじに帰ってきた黄歇をすぐさま宰相とし、封じて春申君とよび、淮北《わいほく》（淮水の北岸域）の十二県をあたえた。

ここにいる黄歇は、たしかに昭襄王と応侯に恩を感じている。しかしながら考烈王と黄歇に人質という苦痛をあたえたのも昭襄王（それに魏冄《ぎぜん》）なのである。藺相如のように一貫して秦と友好を保ってゆこうとする心情のたしかさは黄歇にはないであろう。

二

子楚《しそ》を傅育《ふいく》しなければならぬ呂不韋《りょふい》が、なぜ楚《そ》にきたのか。それについて呂不韋は、

「わたしの役目は、王孫を嫡流《ちゃくりゅう》に浮かべるだけで、舟をあやつる舟人《しゅうじん》ではありま

せん」

と、冗談ともつかぬいいかたをした。これから子楚をほかの者が教導してゆくであろうと呂不韋はいったことになるが、にわかに信じがたい。黄歇《こうけつ》は多数の食客を養っていて、その数は孟嘗君《もうしょうくん》の食客のそれにおよばないかもしれないが、士を愛する貴人として天下にその名を知られつつある。食客とは異能の集まりといってよく、常識が充溢《じゅういつ》した世にはまったく無益な才能もすくなくないが、常識人ではない黄歇はそういう才能も有益であるとみなし、厚遇した。趙《ちょう》の情報も食客を経由して黄歇の声に達するものがある。呂不韋が華陽《かよう》夫人を説き、趙で人質になっている公子を安国君《あんこくくん》の嫡嗣《てきし》としたことを知った黄歇は、

――妖術にひとしい。

と、のけぞりそうになった。安国君の長子の子傒《しけい》が嫡流にすえられるとたれもが考えていた。その当然に虚《きょ》をみつけ、虚を衝《つ》いた呂不韋に感心するしかない。賈人《こじん》の目のつけどころはちがう、というべきか。呂不韋の過去を知っている黄歇には、あらたな感慨があった。同時に、呂不韋が秦《しん》の国政をあずかるようになったとき、どのように秦がでてくるか、予想もつかぬとおもい、警戒心を旺盛にした。その呂不韋がわずかな従者とともに突然自分を訪ねてきたことをどう解すべきか。正直に

いって、黄歇は面食らった。

――呂不韋を楚王に謁見させるべきか。

そこまで考えた。

しかし呂不韋は黄歇の当惑を横目に、

「わたしがここにいることは、なにとぞ内聞に――。楚が気にいれば、王孫の傅《ふ》を返上し、あなたさまにお仕えするかもしれません」

などといって、客室でくつろいだ。呂不韋は子楚を嫡嗣にするため大金をつぎこんだときく。傅を返上することは大金を棄てることになる。賈人がみすみす大損するはずはない。呂不韋の真意をみぬけない黄歇は、

「一生わが家に滞在なさっても、かまわぬ」

と、大度《たいど》をしめしておいた。

黄歇に厚遇された呂不韋が何をしたかといえば、従者をつかって尸子《しし》の弟子をさがしだし、学問をしはじめた。尸子は尸佼《しこう》のことで商鞅《しょうおう》の師であり、商鞅が秦で刑死すると、尸佼は秦を脱出して蜀《しょく》にはいったといわれる。出身は魯《ろ》であるが、儒家《じゅか》ではなく、墨家《ぼっか》や法家《ほうか》の説をあわせてみずからの思想を編んだため、後世では雑家《ざっか》とよばれる。

そんな呂不韋をみて首をかしげた黄歇は、

「呂氏には、荀子《じゅんし》というすぐれた師がいたのではないか……」

と、いった。

「ああ、孫《そん》先生は純粋な翼をもった鵬《おおとり》です。わたしは翼をもたぬ駑馬《どば》ですが、地上をのろのろと歩く駑馬の楽しみが、この歳になってようやくわかってきました」

そういった呂不韋は、明年、四十歳になる。孔子《こうし》は、

――四十にして惑《まど》わず。

と、述懐した。四十が不惑《ふわく》の歳である人は非凡である。呂不韋は四十になっても惑う自分があることを予感している。

「その荀子だが……」

黄歇は荀子の思想と人柄を呂不韋に問うた。やがてため息をつき、趙王の賓客《ひんかく》を招くわけにはいくまい、とつぶやいた。黄歇が常識人ではないというのは、荀子のような大儒に行政をやらせたい、とおもったことである。ひと世代まえの大儒であった孟子《もうし》は、諸国の王に尊重されたものの、ついに任用されなかった。思想が人文の世界にとどまったといいかえてもよい。だが黄歇は、思想を肉化し、人間《じんかん》におろして、機能させてみたい。

荀子を招聘《しょうへい》したい黄歇の熱意を呂不韋は感じたものの、顧問の席をあたえるだけであろうとおもった。が、この年に長平《ちょうへい》で趙軍が大敗したことを知った荀子は、趙を去り、斉《せい》に往《ゆ》くが、五年後に、黄歇の招きに応じて楚に到り、蘭陵《らんりょう》という楚の一邑を治めることになる。ちなみに蘭陵は孟嘗君の本領であった薛《せつ》から歩いて四、五日で着けるところにある。さらにいえば、その年に楚は魯を攻め取り、魯の君主を莒《きょ》に遷《うつ》すことになる。

晩秋になって、長平の守将である廉頗《れんぱ》が召還されたことを申欠《しんけつ》から知らされた呂不韋は、

「趙はみすみす勝ちを逸した。秦軍の勢いを抑退《よくたい》させることができる将軍は廉頗しかいないではないか」

と、残念がった。じつはこのとき長平において、廉頗に代わって帥将《すいしょう》となった趙括《ちょうかつ》（趙奢《ちょうしゃ》の子）は戦死し、およそ四十五万という趙の兵卒が斬首されたり捕虜になったりした。それにしても驚愕すべき数である。趙の国から壮年の男子が消えたといってよい。呂不韋がそれを知ったのは十一月である。

「秦将は白起《はくき》、王齕《おうこつ》、司馬梗《しばこう》などだが、上党《じょうとう》を年内に平定し、明年、邯鄲《かんたん》を攻めるだろう。秦軍に包囲された邯鄲で、子楚どのは迫害されるのではないか。子楚ど

のがほんとうに恃《たの》んでいるのは主しかいない。帰らなくてよいのか」

めずらしく申欠が諫《いさ》めの言を揚げた。呂不韋の心情がわからぬ申欠ではない。が、呂不韋がつかもうとしている幸運は未曾有《みぞう》のもので、女ひとりのことで生じた気まずさのなかで足踏みしてもらいたくない。申欠という気むずかしい男が呂不韋に素直に従っているのは、かつて義俠《ぎきょう》を表現した孟嘗君に似た気宇《きう》の巨《おお》きさを呂不韋がもっているからで、これから天下のために働くべきなのに、私事に竦《すく》んでいる呂不韋をみたくない。

「ふむ……」

呂不韋の返辞は煮えきらない。けっきょく楚都で正月を迎えてしまった。ところで、諸国はそれぞれ暦をもっていたので、楚の暦と趙や秦の暦はおなじではなく、当然正月元旦にちがいがある。邯鄲にいる子楚は秦と趙の暦をみくらべながら生活していたはずである。たとえば旧楚国の郡を統治する長官は秦暦と楚暦をもっていた。秦の支配地になっても人民は楚暦で生活し、中央からの命令は秦暦に準じてくだされるからである。

それはそれとして、邯鄲では、正月に小梠《しょうりょ》が男子を産んだ。正月に生まれたので、父である子楚はその子に、

という名をあたえた。セイという音からその男子の名は、

「正《せい》」

「政」

とも書かれるようになる。のちの始皇帝である。呂不韋はその男子の誕生に立ち会わなかった。邯鄲に帰るけはいをしめさない呂不韋をはなれたところでみて、首をひねった申欠は、�《しん》をつかまえて、

「主が春申君《しゅんしんくん》や楚王に仕えるはずがないが、腰をあげぬわけがわからぬ。たぶん、いまごろ邯鄲は秦軍に包囲され、秦の公子はいつ殺されるかわからぬので、生きた心地もしないだろう」

と、いった。眕は慈光苑《じこうえん》から呂不韋に従っているので、呂不韋の思考のくせを知っている。

「主は自分の傲《おご》りを、いましめるために、あえて窮苦《きゅうく》に身を置いているのではありますまいか。もっといえば、ほんとうの窮苦を知らぬ公子に、どういう運勢があるのか、遠ざかってみきわめたいのではありますまいか。苦難を知らなければ、人に感謝することも良い聴政をおこなうことも、できない、と主は考えているとおもいます」

「ほう、なんじはみかけによらず賢いな。だが公子が殺害されれば、元も子もない」

「その程度の苦難で斃《たお》れるような公子では、秦王になったところで、とても善政はできない。ちがいますか」

　眕はすずしげにいった。

「おい、おい――」

　急に愉《たの》しそうに笑った申欠は軽く眕の肩をたたいた。が、眕は笑わずに、

「主に語《つ》げていないことが、ひとつあります」

と、高睟《こうすい》の名をだした。眕は春申君の邸内で高睟をみかけたのである。高睟は春申君の食客であるらしい。数日後、客舎の長に高睟のことを問うと、その者は旅にでたので一年後にもどってくる、という答えを得た。

「慈光苑《じこうえん》で主を殺そうとした、いやな男です」

と、眕は語った。申欠は孟嘗君の配下であったので、孟嘗君の末子の叔佐《しゅくさ》を知っているが、慈光苑で叔佐に昵近《じっきん》した高睟は知らない。

「その男が叔佐さまと行動をともにしていたなら、叔佐さまもこの邸内にいるはずだが、それについてしらべてみたか」

「叔佐さまは、いません。食客の名簿をみせてもらいました」

「そうか……、ところで、高睟をみかけたのは、いつだ」

「ここにはいって、十日後です」

「昨年の初秋か。高睟は主がおなじ邸内にいることを知ったのだな。それで消えた。だが一年後に帰ってくるといって旅にでたということは、高睟は他国の王侯の客になる気はないということだ。春申君の密命を帯びて、どこかの国をさぐっているのかもしれぬ」

「それならよいのですが……、あの男は、活人剣ではなく殺人剣をもっている」

高睟の剣は善人を迫害する妖気をもっている、と昣はおもう。高睟のせいで慈光苑の住民がみな殺しにされそうになったという憶《おも》いはなまなましい。

三

邯鄲《かんたん》は、秦《しん》軍に包囲されることをまぬかれた。

応侯《おうこう》が進撃する白起《はくき》の軍を停止させ、趙《ちょう》の六城をうけとって趙と和睦《わぼく》したからである。いまを措《お》いて趙を攻め取るときはないと意気込んでいた白起は、おもいがけぬ退却命令に激怒し、以後、昭襄《しょうじょう》王と応侯の命令に従わず、ついに二年後に死を賜ることになる。

　春が闌《たけなわ》になって、秦軍の撤退を知った呂不韋《りょふい》は、それについての感想を一言も口にせず、学問にうちこんでいた。遠くからそれをみていた申欠《しんけつ》は、近くの眕《しん》に、

「主は先の先を考えて学問をしている。あれは物事をあきらめた姿ではない」

と、大いに安心したようにいった。

　夏になり、暑気がすさまじくなってきたとき、黄歇《こうけつ》は避暑のために潁水《えいすい》のほとりにある別墅《べっしょ》へ行くようであった。学問のおもしろさのなかにいる呂不韋は、暑気をさほど感じないので、黄歇から同行を求められても、楚《そ》都に残りたい、と答えた。

「呂氏の学問好きが、それほどであるとはおもわなかった」

「ひとつのことを知れば、知らぬことがふたつとなり、二を知れば、未知は四となります。すなわち、学問をすればするほど、未知はふえます。かつて魯《ろ》の孔子《こうし》は、いまだ生を知らず、いずくんぞ死を知らん、といったようですが、生死、つまりこの世とあの世について知らぬといえるほど孔子は学んだ人であったのです」

「なるほど、わしは人民のことを知らぬ、といえるほど人民のことを知りたいものだ」

呂不韋と黄歇はわずかな間、談笑した。さいごに呂不韋が、つかぬことをおたずねします、といった。いまから三十五、六年前に、楚の先王である頃襄《けいじょう》王が西陵《せいりょう》の近くで狩りをおこなった際に、野人《やじん》の家に泊まり、そこの女《むすめ》に恵愛をさずけたのではないか。ききたかったのは、そのことである。

「三十五、六年前というと、頃襄王が即位なさって、四、五年目か……。そういえば、西陵のほうで狩りをなさったことがある」

「ご恵愛に関しては、どうですか」

「雨に遭《あ》い、山懐の家を王の宿舎とした。ああ、夭《わか》い女がいたな。わしはしりぞいて屋外で一夜をすごしたので、ご恵愛の有無を断言することはできぬが、どうしてそのようなことを知っている」

「その夭い女が、子を産んだのです」

「えっ——」

黄歇は目の色を変えた。それが男子であれば、考烈《こうれつ》王の弟ということになる。呂不韋は黄歇に微笑をむけた。

「ご心配にはおよびません。生まれたのは女児です」

「女児でも、先王の子であれば、王女である。呂氏が養っているのか」

「いえ、桂《けい》はいま陶《とう》にいます」

桂には旬《じゅん》という弟がいて、盗賊に殺害された祖父が死に際に、桂は楚の王女であるとつぶやいたこと、その後、桂と旬は秦の太子外《がい》に仕えたこと、太子の死後に陶にもどったことなどを語った呂不韋は、

「桂はいま静安のなかにいます。いまさら、楚の王女であると語《つ》げる必要はないので、そのことを他人に話す気はなかったのですが、事実を知っておきたかったので、おたずねしました」

と、おだやかにいった。

「桂は子を産んでいないのか。もしも子があれば、頃襄王の外孫ということになる」

「ありません。桂が子を産んでいれば、その子は頃襄王の外孫であると同時に、秦の昭襄王の嫡孫になりうるので、騒動の種となります」

「そうか……、桂が王女であるという証拠は何もないが、呂氏がそういうということにおいて、信憑《しんぴょう》しうる。桂が陶からでるようなことがあれば、わしが養護しよう。憶《おぼ》えておいてもらいたい」

そういって黄歇は発《た》った。それから十日後に客舎の長が呂不韋のもとにきて、

「主がどうしても呂氏を離宮にお招きしたいとのことで、使者がきています」

と、いい、食客のひとりをひきあわせた。その男は黄歇に随行して潁水のほとりの別墅へ行ったが、黄歇に命じられて急行してきたという。

「主はいそいでおられ、書簡をしたためているひまがないので、口頭で申せ、と仰せになりました」

「離宮で急用とは、どういうことかな……」

もしかすると春申君《しゅんしんくん》の別墅に楚王が宿泊し、春申君が祚にまつわる奇談を語り、それをきいた楚王が関心をもち、真偽をたしかめたくなったのではないか。

「楚王が春申君の離宮にご滞在ですか」

「それについては、お答えしかねます。口外を禁じられています」

「なるほど——」

呂不韋は腰をあげた。中欠が付いてゆくというので、けっきょく昣が呂不韋の馬車の御《ぎょ》をおこない、中欠の馬車の御者《ぎょしゃ》は申二《しんじ》ということになった。その二乗の馬車は使者が乗る馬車のうしろをゆっくりと走った。

春申君の離宮まで馬車で三日かかる、と使者はいう。中欠は浮かぬ顔をしていたが、陳《ちん》を出発して二日目に、申二と昣を目で招き、喬木《きょうぼく》のうしろにまわって、

「これは、わしの勘だが、あの使者は怪しい。主を離宮に招くのであれば、なにゆえ春申君の臣下がこぬ。あれは客であるし、客舎の長にたしかめたところ、あの客が春申君に随行したあかしはないという。また、あの客は春申君に重用されてはいないという。用心したほうがよい」

と、小声でいった。

「そのことを、わたしが主に語《つ》げよう」

真昼の休息を終えて馬車に乗った呂不韋に畛がささやいた。おどろきもせず、うなずいた呂不韋も使者を怪しんでいた。

「あれが狐であれば、尻尾《しっぽ》をそろそろだすであろう」

「引き返されたら、いかがですか」

「ふむ、そうしよう。が、狐の尻尾をみておきたい」

なぜあの男が自分に危害を加えようとするのかがわからない。なにかをつかんでから引き返したい、とおもっている呂不韋は、前途に危地をみた。

――わたしを襲うとしたら、そこしかない。

川沿いの隘路《あいろ》で、右手は樹木のない崖がつづく。左手の川と路のあいだに茨棘《しきょく》が密生していて、とても踏みこめない。それは茨牆《ししょう》といってよい。その隘路にはいったら左右に逃げ路はない。呂不韋は隘路の直前で馬車を停めさせた。それに気づいた使者は、隘路のなかばで馬車を駐《と》め、そこでは馬首をめぐらせられないので、おりて、趨《はし》ってきた。

「どうなさった」

「気分がすぐれないので、引き返します。せっかくのお招きでしたが、疾《やまい》のため陳へもどったと春申君におつたえください」

「さようか……」

車中にすわりこんだ呂不韋を凝視した使者は、急に妖しい笑いを口もとにしみださせ、

「呂氏よ、帰るところは陳ではなく、黄泉《こうせん》よ」

と甲高い声でいい、懐からとりだした土の笛を吹いた。すると後方の林間に瘴《しょう》毒《どく》のごとき人影が湧いた。使者は笑いながら走り、馬車に飛び乗った。林間から姿をあらわした賊の人数はおびただしい。三十人はいるであろう。矢が飛来した。

「昣よ、あの馬車を追え」

隘路にはいるしかないと呂不韋は肚《はら》を決めた。二乗の馬車は急発進して、崖下の路を疾走した。後方の賊は猛追してくる。使者が乗る馬車との距離をちぢめたとき、

石木が頭上から降ってきた。馬はおどろき、畛は馬車を急停止させた。隘路に巨木が横たわっている。そのむこうから賊の集団がすすんでくる。呂不韋は挟み撃ちにされたのである。

脱出

一

賊のなかには面《かお》を布で覆っている者がいる。

前方に湧いた人影の多さをみて、

――こんなところで、わたしは死ぬのか。

と、呂不韋《りょふい》は自分の迂闊《うかつ》さを悔いた。それにしても四人を五、六十人で襲うわけがどこにあるのか。かれらは賊であるといっても、盗賊のたぐいではない。あきらかに呂不韋のいのちを狙っている。首謀者は春申君《しゅんしんくん》の食客をだきこんで呂不韋を誆誘《きょうゆう》した。しかも暗殺者をこれほど多く集めた。富力《ふりょく》がなくてはできぬことである。

飛矢を払って車上に立った呂不韋は、路上に横たわっている大木に足をかけた蓬《ほう》

髪《はつ》の男を頭目とみて、

「わたしのいのちはくれてやる。が、わたしの従者を殺すようには頼まれていまい」

と、よく通る声でいった。蓬髪の男は黄色の歯をみせて笑い、

「物事には、ついで、ということがある」

と、いい、戈《か》を高々と挙げた。それが合図で賊の数人が馬車に迫った。昣《しん》と申欠《しんけつ》がつきだされた白刃を戈ではじきかえした。呂不韋も剣をぬいて、鋭い矛先《ほこさき》をおさえた。

「ぎゃっ——」

という声が路上からきこえたので、一歩さがって下をみた呂不韋の目に、斬り殺された蓬髪の男が映った。どういうわけか、路上で賊どうしが争い、つぎつぎに屍《し》体《たい》ができた。覆面の男が下から、

「呂氏、跳《と》ばれよ」

と、大声でいった。その声に勇気づけられて、呂不韋は馬車を飛びおりた。つづいて昣は賊のひとりを刺殺した勢いで路上に立ち、申欠と申二《しんじ》も馬車をあとにして走りだした。

四人が二つの巨木を越えると、覆面の男の配下らしい数人が巨木に弓を立てていっせいに矢を放ち、追走してくる賊の二、三人を斃《たお》した。よくみると覆面の男の配下は十数人いる。かれらは呂不韋を衛《まも》って走り、ついに隘路《あいろ》からでた。それでも気をゆるめずに、さらに走って草中から馬車を曳《ひ》きだしてきた。

「この二乗の馬車を呂氏に詒《おく》る」

「あなたは――」

呂不韋は覆面の男をいぶかしげに視《み》た。男はゆっくりと面から布をとった。

「あっ、……竿《かん》か」

かつて竿は魏毋《ぎぜん》から呂不韋に贈られた隷人《れいじん》のひとりであった。その面貌からなみなみならぬものを感じた呂不韋は、竿を逃がし、旅費として十金を贈った。

「ようやく報恩がかないました。賊が追ってくるかもしれませんので、ここでお別れします」

と、竿は一礼した。

「首謀者がたれか、ご存じか」

「高睟《こうすい》という者です。つぎに呂氏にお目にかかるとすれば、戦場でしょう」

そういった竿は配下を従えて林間に消えた。

——高睟がわたしを殺そうとしたのか。

車中の呂不韋は考えこんだ。手綱をとった畛は、竿のことをかすかに憶《おぼ》えていて、

「あれは主の隷人でしょう。内密の仕事をたのんだ、と主は仰せになり、あの者を往《ゆ》かせた。内密の仕事とは、何であったのですか」

と、問うた。

「内密の仕事とは、あの者にとって内密であるということだ。竿はおそらく、蜀《しょく》王の子孫で、蜀は秦《しん》に滅ぼされたので、王室の再興のために奔走している。つまり叛乱を計画している」

「ええっ、蜀が滅亡しなければ、竿が蜀王になっていたかもしれないのですか」

「竿は嫡流《ちゃくりゅう》ではあるまい。しかし庶流でも王になれぬことはない。竿は楚《そ》の要人に会って助力を乞い、挙兵のための金を集めていた。高睟の誘いに乗ったのは、金を得るためと、秦の高官を殺すということばを信じたためだろう。竿は秦人《しんひと》を憎んでいる」

「ところが、その秦の高官が主であると知って、戈矛《かぼう》をさかさまにした」

「そういうことだな」

「それにしても高睟は陋劣《ろうれつ》な男だ。高睟をみかけたことを、主に申し上げておけば

よかった」

と、畛は怒りをあらわにした。

「高睟をみたのか」

「そうです。高睟は春申君の食客です。主が春申君の賓客《ひんかく》となるや、高睟は姿をくらましました」

「それで、なんとなくわかってきた」

呂不韋はもはや春申君の別墅《べっしょ》に往《ゆ》かず、邸宅にも帰らず、馬首を北へむけさせた。

「邯鄲《かんたん》にお帰りになるのですね」

畛は喜び、申欠はほっとしたようであった。

陳《ちん》からまっすぐに北上すれば魏《ぎ》の首都の大梁《たいりょう》に到るが、呂不韋はその道をえらばず、東北にむかって睢陽《すいよう》を経て陶《とう》にはいった。陶には、隷人あがりの茜《せん》がいる。その美貌の賈人《こじん》は、突然の訪問者に目をまるくした。

「ひどい目に遭《あ》った。食べ物をめぐんでもらいたい」

塵埃《じんあい》にまみれた衣服を脱ぎながら呂不韋は苦笑した。才覚のある茜はほどなく新しい衣服をそろえて、呂不韋ばかりでなく従《とも》の三人にも呈した。この夕《よる》、旅の垢《あか》を落とした四人は酒肉をかこんだ。茜はときどき四人の近くに坐って話をきくが、話には割りこまない。

「高睟は主に何の怨みがあるのか」

中欠にはそこが解《げ》せぬ。

「この世には、逆恨《さかうら》みというものがある。それとはべつに、高睟は大金を稼《かせ》ごうとしたのだ」

「金を払って賊を集めたのは、高睟ではありませんか」

と、畛はいい、首をかしげた。

「高睟が富裕であれば、春申君の食客になるはずがない。高睟はわたしが春申君の客になったことを知って、ひとつの計画をおもいついた」

「奸計《かんけい》というやつだな」

中欠は話を肴《さかな》に酒を呑んでいる。

「わたしが公子の子楚《しそ》の傅《ふ》になったことを高睟は知っていた。が、子楚かわたしを殺したい者がいる。その者から金を抽《ひ》きだそうと高睟は計画して、姿をくらました。つまり、かれは――」

「あっ、秦へ行ったのですね」

ようやく畛は腑《ふ》に落ちるものをおぼえたらしい。

「大金を高腔に与えたのは、咸陽《かんよう》にいる子傒《しけい》か」

と、中欠は鼻で哂《わら》った。

「子傒の近くに能臣とよばれる士倉《しそう》がいる。たぶん高腔に会ったのは士倉で、わたしを抹殺しておき、保護者を失った子楚に刺客を放つことにしたのだろう」

「おおっ――」

酒を呑む手をやすめた申欠は呂不韋におどろきの目をむけた。いまごろ子楚は刺客に襲われているのではないか。

「士倉が用心深い男であれば、直接に賊に指示しない。事が露見した場合、罪が子傒におよばないように計《はか》るだろう」

「なるほど、凶悪なことを高腔に負わせてしまえばよい。となると……、われわれを殺しそこねた高腔は、いま、邯鄲にむかっていることになる。賊を集めて、主と子楚を襲うのは、はやくてひと月後だな」

「邯鄲はこちらの縄張りです。高腔がどこに潜伏していても、かならずみつけだします」

と、申二が意気込んでいった。呂不韋は軽く笑った。

「高腔はわたしを甘く観《み》ていない。邯鄲には、はいるまいよ。近郊のどこかに居をかまえるはずだ」

「あっ、そうですね」

申二のほうが高睟を甘く観ていた。話が終わってから呂不韋は茜のほうに顔をむけて、なまぐさい話をきかせてしまった、宥《ゆる》してもらいたい、と軽く頭をさげた。茜は微笑で応《こた》えた。

熟睡した呂不韋が目を醒《さ》ますと、まだ未明であった。が、すでに茜は起きていて、呂不韋の部屋のけはいが変わったことに気づき、部屋の外で小さな物音をたてて自分がひかえていることを知らせた。

——賢い人だな。

と、感心した呂不韋は、わざと大きな声で、ひさしぶりに安心してねむることができた、迷惑をかけた、といいながら茜に顔をみせた。茜はわずかに身を引いたが、目をそらさず、

「主は高睟という人においのちを狙われているのですか」

と、そのことが唯一の関心事であることを訴えるような口ぶりでいった。

「高睟の父の高告《こうこく》は、渾身《こんしん》に善が盈《み》ちていた人であった。高告の妻も愛情の濃い人で、わたしを自分の子のようにかわいがってくれた。高睟自身も善道を求めて諸国

を歩き、活人剣で有名な倓慶《たんけい》の門弟になった。だが、高睟はわたしに遭《あ》ってから変わった。もしかすると高睟はもうひとりのわたしではないかとおもうときがある。高睟は、たぶん、人の善をすべて偽善とみなしたのだ。偽善は悪よりも赦《ゆる》しがたい。それゆえ人を殺す。それをつづけてゆくと、高睟は最後に自身を殺すことになる」

「そういう人なのですか……」

茜はふとまなざしを落とした。瞼《まぶた》の美しい人である。

「ところで、なにゆえ茜どのは結婚せぬ」

呂不韋はあえて口調をほがらかに変えた。茜の目に一瞬怨《えん》の色がでた。が、すぐにその色をすずしげな微笑で消した。

「結婚は、一度で充分です」

「あ、なるほど……」

呂不韋は茜を未婚の女だとはおもっていなかったが、その美しさに卑微《ひび》の影がなかったので、男に懲《こ》りた人であるとはおもっていなかった。が、よく考えてみると魏毋の奴隷になったのには、人には語れない悲傷《ひしょう》があったにちがいない。

二

邯鄲《かんたん》にもどった呂不韋《りょふい》はさっそく子楚《しそ》に伺候《しこう》した。男子を産んだ小梠《しょうりょ》のために献賀の品も用意した。呂不韋の顔をみた子楚は、涙をながして喜び、席をおりて躙《にじ》り寄ると、

「わしはなんじに棄てられたかとおもった」

と、正直なことをいった。

子楚は太子柱《ちゅう》（安国君《あんこくくん》）の嫡子であることを約束されたが、人質生活から脱したわけではなく、呂不韋の庇護《ひご》がなければ、いつなんどき廃嫡《はいちゃく》されるかもわからず、趙人《ちょうひと》に迫害されかねない。とくにいまは長平《ちょうへい》の戦いで趙兵が大量に殺されたあとだけに、趙の世論は秦《しん》への憎悪にまみれ、子楚にむけられる目と口にいっそうのけわしさがあり、邯鄲は住みにくいところになった。そんなときに呂不韋がいないことは子楚に大いなる不安をあたえ、

——呂氏はどこへ行ったのか。

と、申陸《しんりく》を誚《せ》めた。申陸はあとになって呂不韋が楚都《そ》に滞在していることを知っ

たが、呂不韋の感情の所在がわかるので、公子のために諸国を飛び回っているのだと存じます、と答えておいた。やがて子楚は呂不韋のながい不在に意味をみつけ、

――わしへのあてつけである。

と、怒ったことがあるが、小梠の出産にともなう明るい気分にひたって気をとりなおしたものの、春が終わると、すっかりふさぎこんだ。

「呂不韋は帰らぬ。わしはもう終わりだ」

と、子楚はつぶやき、鬼神に祈りを捧げては泣いた。しばしば小梠宅へでかけるが、すぐに帰ってきて、

「呂氏はもどらぬか」

と、申陸に問うた。子楚にとって暑苦しい夏になった。が、初秋の風とともに呂不韋がもどってきたのである。が、ここにいる呂不韋は甘い顔をしていない。

「君をあやめようとしている者がいます」

この一言で、子楚の感傷がどこかに飛んだ。申陸の目つきが変わった。賊を指図する者を高睟《こうすい》といい、すでに高睟は子楚の生活ぶりや屋敷の内をさぐらせていて、まもなく小梠の宅《いえ》もつきとめるであろう、と呂不韋はいった。

「むろん高睟のうしろには、秦の有力者がいて、その者は君が太子の嫡子であって

は不都合なのです」

「わかったぞ。高睟を動かしているのは、士倉《しそう》であろう。わが兄を嫡子にしたいのだ」

　と、子楚は叫ぶようにいった。

「高睟に暗闇から指示を送っている者がたれであるにせよ、凶刃をしのぐことが先決です。面識のない客にはお会いにならず、あらたに家臣と僕婢《ぼくひ》をお召し抱えにならず、夜中に外出なさらず、小梠さまに屈強の僕人《ぼくじん》をお属《つ》けになることです」

「わかった。かならず、そうする」

　子楚という人は約束したことは守りぬく。その点に不安はないが、高睟がかなりの使い手であり、しかも策謀家の側面をそなえているので、用心に用心をかさねるだけでは足りないような気がした呂不韋は、襲われやすい小梠さまのために別宅をみつけておけ、また、外出先でだされる食膳の毒見《どくみ》を忘れてはならぬ、と中陸に命じた。どのような手段をもちいても子楚か呂不韋を殺せば、高睟は契約を履行したことになる。敵地に乗りこんできた高睟は、呂不韋の意表を衝《つ》かなければ、事は成就せぬと考えているはずであり、親楚派の貴族や秦を嫌いぬいている平原君《へいげんくん》の食客を利用することは充分にありうる。四方八方にみえない加害者がいると想ったほうがよい。

申欠《しんけつ》は呂不韋の指図を仰ぐまでもなく、配下をつかって高睟をさがした。高睟らしき人物が都内にいないとわかると、捜索の網を近郊までひろげた。

「いないか……」

首をかしげた申欠は近隣の邑まで人をやった。かれの捜索は粗雑ではない。にもかかわらずその網に怪しい人物はかからなかった。報告をうけた呂不韋は、

「高睟という男は執念深い。事が困難であるとわかっても、あきらめたりひきさがったりはしない。高睟が旅舎《りょしゃ》や民家にいないのなら、かならず貴族の邸内にひそんで、機をうかがっている。警備の手をゆるめないでもらいたい」

と、緊張を保った表情でいった。みえない敵と戦うのは気骨が折れる。申欠は幽《ほの》かに笑い、

「相手にとって不足はなさそうだ。高睟をみつけたら、斬る。それでよいか」

と、問うた。申欠はいままで人を殺したことはない。が、こんどばかりは問答無用の斬除《ざんじょ》をおこなっておかないと、子楚か呂不韋のいのちが消えかねない。

「かまわぬ。しかし、高睟と互角に戦えるのは眕《しん》しかいない。なんじが数人の配下と高睟を襲っても、屍体《したい》となるばかりだ。わたしはなんじを喪《うしな》いたくない。高睟を

斬るのは大事のまえの小事にすぎぬ。わたしの真意をわかってくれるか」

呂不韋の口調に情殷《じょういん》がある。胸を衝《つ》かれた申欠は、しばらく呂不韋の両眼をみつめていたが、

「わたしは父とともに孟嘗君《もうしょうくん》のために奔走したが、孟嘗君とともに死のうとはおもわなかった。だが、呂氏とともに死ぬことができそうだ」

と、つぶやくようにいった。

八月が終わり、九月になった。この月に、秦は軍旅を催し、十月には邯鄲に攻め寄せた。秦の将軍は王陵《おうりょう》である。趙は長平における大敗で壮年の男の大半を失ったが、少年と老人が戮力《りくりょく》して烈しく抗戦しつづけた。はかばかしい戦果を得られない王陵は、正月になって、昭襄《しょうじょう》王と応《おう》侯に兵の増援を要請し、聴許《ちょうきょ》された。増援部隊の到着とともに王陵は猛攻撃を開始した。このとき宰相の平原君は、

――このままでは、趙は滅ぶ。

と、痛感し、楚に援軍を求めるため、二十人の食客を従えて、敵陣をすりぬけ、楚にむかった。

それからほどなく出撃した趙兵は秦軍の五部隊を撃破した。邯鄲の守将のひとりに廉頗《れんぱ》がいることを忘れてはなるまい。

敗報に接した昭襄王は、にがいものを吐きだすように、

「将を代えよ」

と、応侯に命じた。あらたに邯鄲包囲軍の帥将《すいしょう》に任命されたのは、王齕《おうこつ》である。着任した王齕はさっそく攻撃を再開した。たちまち死傷者がでた。攻めつづければ死傷者がふえつづけることを知った王齕は、ついに人を攻めることをあきらめ、食を攻めることにした。いわば兵糧攻めである。この攻めかたが完成をみるには、多くの月日を要する。将として凡愚ではない王齕が攻めあぐねたのであるから、邯鄲の守りの堅固さは想像を超《こ》えたところにあったといえるであろう。

とはいえ、邯鄲を死守する人々にとって、つらい春夏秋冬になった。が、希望の光が射し込んだ。平原君が吉報をたずさえて帰還したのである。楚は邯鄲を救援すべく軍をだしてくれるという。実際、楚の考烈《こうれつ》王は景陽《けいよう》を将軍に任命して楚軍を趙にむかわせた。また平原君の夫人は魏《ぎ》の信陵君《しんりょうくん》の姉であることから、趙の孝成《こうせい》王と平原君は魏へ書簡を送って援《たす》けを求めた。その書簡は魏の安釐《あんき》王と信陵君を打ち、魏も援軍を発してくれた。ところが安釐王は秦をはばかり、将軍の晋鄙《しんぴ》を国境の蕩《とう》陰《いん》(『史記』では鄴《ぎょう》)にとどまらせ、すすませなかった。北上していたはずの楚軍も魏軍をみならって停止したとおもわれる。帥将は景陽であると『史記』の「楚世《そせい》

家《か》」にあるのに、「春申君列伝《しゅんしんくんれつでん》」では、春申君がみずから兵を率いて救援におもむいたことになっている。将の交代があったのであろうか。それはそれとして、邯鄲のなかにいる人々がいだいた希望が喜びにかわらなかったというのが、この年であろう。

年が改まるや、城内では、

「何のための人質か」

という声がするどく揚がった。かつて趙にたいして盟約をおこなった秦の信義のあかしとして子楚がいる。ところが秦は背信をくりかえし、ついに趙の首都を陥落させようとしている。いまや人質は秦の偽妄《ぎもう》のあかしとなった。人質を殺戮《さつりく》し、城門にかかげ、みせしめとすべきである。

そういう城内の荒々しい声を呂不韋にひそかにつたえてくれたのは、僖碧《きへき》である。

「いつなんどき役人が公子のもとにゆくか、わかりません。脱出をお考えになったほうがよろしいと存じます」

と、僖碧はいう。

「わかった。よくおしえてくれた」

呂不韋は申欠などの配下を招いて、邯鄲をぬけでる道をさがすように指示した。

二日後の夜中に、呂不韋は跳ね起きた。子楚邸が暴徒に襲われ、多数の家臣が殺害されたが、子楚は申陸に護《まも》られて、呂不韋邸に逃げこんだ。

「まもなくここも暴徒に襲われましょう」

そういった申陸の冠がくずれている。冠は斬られたが、傷を負ったわけではないようである。呂不韋をみた子楚は童子のような泣き顔をみせた。

「公子よ、泣いているひまはありません」

すぐさま子楚を馬車に乗せ、申陸のほかに、護衛のために雉《ち》と眕を付けた。自身は維《い》のもとにゆき、

「ここにいると殺される。子を連れて、鮮芳《せんほう》の家へ奔《はし》れ。わたしは公子を扶《たす》けて邯鄲をでるが、かならず迎えの者をよこす。それまでの辛抱だ。わかったな」

と、いい、ふりかえることなく庭にでて、申二《しんじ》の馬車に飛び乗った。先頭の馬車には申欠と配下が乗っている。申欠の妻の飛柳《ひりゅう》は邸内にいる者に指図をあたえ、それから維に随行した。邯鄲に残ったのである。

三乗の馬車が呂不韋邸をでて郭門《かくもん》にむかった。

三

ほどなく暴徒が呂不韋《りょふい》邸になだれこんだ。無人の邸内をみたかれらは倉を破って珍品奇物をもちだした。その躁狂《そうきょう》のなかで邸内のすみずみまで視《み》て、

「伐《う》ちもらしたか……。だが、公子と呂不韋は都外にでられぬ。どこかに潜伏しているにちがいない。かならずみつけだして、殺してやる」

と、妖しい息でつぶやいた男がいた。高睟《こうすい》であった。かれは呂不韋の暗殺にしくじったあと、邯鄲《かんたん》にむかったが、いきなり趙《ちょう》に入国することはせず、斉《せい》の国にはいってから、邯鄲にむかうという迂路《うろ》をとった。この用心深さはひとつの幸運をもたらした。遊歴の旅にでた魯仲連《ろちゅうれん》に遭遇したのである。魯仲連は愛国の儒者として高名であり、孟嘗君《もうしょうくん》が生きていたころ薛《せつ》に滞在したこともあり、薛の滅亡後は臨《りん》淄《し》にいた。その斉の首都に、流亡《りゅうぼう》の人である叔佐《しゅくさ》は一年ほど住み、魯仲連の哀心《あいしん》にすがった。叔佐のそばから離れなかった高睟が魯仲連に顔をおぼえてもらったのはそのころである。薛の再興のために楚《そ》の力を借りようとした叔佐は、臨淄から陳《ちん》へゆき、楚王の客となったが、薛からおよそ百二十五里東北方にある武城《ぶじょう》にとど

まって籌略《ちゅうりゃく》をおこなっているさなかに、にわかに病歿した。主を喪《うしな》った高睟は夢も失ったのである。

が、かれは生国の趙に帰らず、楚で仕官の道をさがし、春申君《しゅんしんくん》の客となった。そこに呂不韋がきた。なんと呂不韋は秦《しん》の昭襄《しょうじょう》王の嫡孫の傅《ふ》になったという。

――あんな男に天下を牛耳《ぎゅうじ》られてたまるか。

憎悪が高睟をよみがえらせた。かれはまず、楚の将来のために危険な呂不韋をいまのうちに殺すべきである、と春申君に説いた。肯下《こうか》しない春申君をみて、秦へ走った高睟は子楚《しそ》を妬忌《とき》する勢力に接近し、約束をとりつけ、金を抽《ひ》きだした。楚に帰ってもまだ呂不韋がいたので、呂不韋から始末することにしたが、あと一歩で殺しそこねた。

――子楚さえ殺せばよい。

気分をあらためた高睟は、魯仲連の従者のひとりとして趙に入国した。魯仲連が平原君《へいげんくん》に歓待されたので、平原君の邸内で起居するようになった。かれは平原君の食客に誼《よしみ》を通じ、間接的に子楚を見張ったが、やがて自分が呂不韋の配下に捜されていることを知り、外出をひかえた。気心のしれた食客に金をみせ、

「子楚を殺してくれたら、これを進呈しよう」

と、もちかけた。子楚と呂不韋を殺すのは私怨のためではなく、趙のため、いや天下のためである、と高睟は説いた。その食客は感奮し、ひそかに賊を集めはじめた。城内で、人質を抹殺すべきであるという声が揚がるや、

——子楚を殺しても、罪にはならぬ。

と、判断し、

「いよいよ、やるぞ」

と、高睟に語《つ》げた。集められた賊は暴徒をよそおい、子楚邸を急襲した。申陸《しんりく》が毎夜子楚の寝所をかえていなかったら、その襲撃によって子楚は落命し、その子の政《せい》は始皇帝《しこうてい》になれなかったであろう。屍体《したい》をあらためた高睟は、子楚らしき人物をみつけられなかったので、呂不韋を襲うことにした。だが、呂不韋邸は、空《から》であった。かれは食客に、

「立ち返って、子楚が逃げた、と平原君に報《しら》せてくれ。夜明けまでには、蟻一匹も都外にでられぬようになる」

と、冷静な声でいった。

「承知した」

この食客はすぐさま平原君の側近に子楚が逃亡したことを報《しら》せた。同様な報せは

宮中にも官衙《かんが》にも飛んだ。黎明《れいめい》のころには役人が都内を趨《はし》って探索をはじめた。それ以前に、いかなる者も門を通してはならぬ、という通達が門衛になされた。

が、子楚と呂不韋は都内にいなかった。

金《きん》六百斤で脱出路を買ったといってよい。先導する申欠《しんけつ》は、

「役人や門衛を買収することはできても、追手を金でしりぞけることはできませんぞ」

と、手綱をゆるめなかった。趙兵の出撃によってたびたび部隊を失っている秦軍は、包囲陣をさげて、砦を造り、交通を遮断するという戦法をとっている。帥将《すいしょう》の王齕《おうこつ》のいる本陣はかなり遠い。実際、申欠がいましめの言を吐いたとき、邯鄲城から騎兵隊がでた。子楚が都外にでたのであれば、かならず秦軍の本陣をめざすであろうから、それを撃て、という命令がくだされたからである。

邯鄲の城外には一本の草木もみあたらない。両軍の激闘がくりかえされたため、すっかり禿《は》げてしまった。その荒涼さのなかを疾走する三乗の馬車を騎兵隊が発見したとき、日が昇った。

「あれよ――」

隊長がゆびさすかなたに馬車の影がある。騎兵隊は猛追した。逃げる馬車も速度

をあげ、車軸が火を噴きそうになった。車中の子楚は悲鳴をあげつづけ、鬼神に祈りつづけていた。この声と祈りとが鬼神にとどいたのであろうか、地中から兵が湧きでた。そうおもわれるほど突然に、秦軍の哨戒《しょうかい》部隊が三乗の馬車をみとがめて急接近してきた。

——助かった。

首をあげ、ふりかえった子楚は、飛来した矢に冠をつらぬかれて、顛倒《てんとう》した。背後に迫っていた騎兵隊は、秦の部隊を目撃して急停止した。

「ちっ——」

舌打ちをした隊長はすばやく馬首を返した。とたんに子楚の馬車の車輪が割れて、車体が大きくかたむき、子楚と申陸はなげだされたかっこうで、地表でもんどり打った。その間に、部隊長は呂不韋にするどい眼光をむけて誰何《すいか》した。呂不韋は馬車からおりず、あえて睥睨《へいげい》するように、

「大王の御嫡孫、太子の御嫡子である子楚さまの御到着である。ただちに御啓佑《けいゆう》して、将軍のもとに御先導せよ」

と、歩兵にもとどく豊かな声を発した。威に打たれた隊長は兵車からすばやくおりて跪拝《きはい》し、地面に足をなげだしたまま起きあがれない子楚を介護させてから、自

分の兵車に子楚を乗せ、自身は馬に乗って本陣へいそいだ。報せをうけた王齕は子楚を軍門に出迎えた。

「将軍か。——子楚である」

車中でおびえ、地表で呆然としていた人とはおもわれぬ威容であり強い声であった。うしろの呂不韋は内心哂《わら》った。武人は威のない者をあなどるくせがある。したがってここからは威張りつづけてゆくしかない、と子楚にささやいておいた。子楚は胸をそらし、あごをあげ、目容《もくよう》にせいいっぱいの力《りき》みをみせた。

「はっ」

と、一礼した王齕であるが、当惑をおぼえた。子楚が太子の子であることを知らぬわけではないが、嫡子である、とはきいていない。それゆえ礼待《れいたい》の程度をつかみきれない。それに、このまま子楚を咸陽《かんよう》へ護送すれば、人質逃亡を幇助《ほうじょ》したことになり、それが罪になるとはおもわれぬが、命令にないことをおこなわぬのが秦の高官の保身のありかたであり、王齕は子楚にたいして腰と辞を低くしつつ、佐弐《さじ》というべき呂不韋を陰《かげ》に招き、

「端的にいえば、子楚さまを召還する、という命令が欲しい」

と、いった。人質のことは外交上の権能に属し、武官である王齕では処弁《しょべん》するこ

とができない。その頭のかたさにあきれた呂不韋であるが、

「わかりました。王室か王朝がその命令をだせばよいのですな。ただちに咸陽へゆきます」

と、いい、二乗の馬車で出発した。

また華陽《かよう》夫人に訴願するしかない。仲春に咸陽に到着した呂不韋は華陽夫人の姉を訪ねたが、病歿したばかりであったので、おもいきって華陽夫人の弟である陽泉《ようせん》君《くん》に助力を乞うことにした。

「あなたが呂氏か――」

そのいいかたに親しみがあった。いかにも貴門に育った良材という感じの人で、しかもこの人は秦人《しんひと》ではなく楚人《そひと》なので、言辞の温度が高い。陽泉君は子楚の一事をもって姉の地位を不動のものにしてくれた呂不韋に感謝していた。

「いまや子楚さまは華陽夫人の御子《みこ》であり、その御子が邯鄲で迫害され、御妻子を残して、秦軍のなかに避難なさっています。どうか、善計をもって、子楚さまの困難を払去《ふっきょ》していただきたい」

と、いった呂不韋は子楚について、

――領《くび》を引き、西を望んで、ひとたび帰るを得《え》んことを願う。

という表現を用いた。領を引き、とは、首を長くして、ということである。子楚を失うと姉の地位がゆらぐことを承知している陽泉君は、すくなからず愕《おどろ》き、

「殺されそうになったとは、はじめてきいた。邯鄲に残った妻子も、ぶじに引き取りたい。さっそく夫人に申し上げる」

と、厚情をあらわし、翌日、参内して華陽夫人に委細を語った。華陽夫人には多少の権力がある。夫の太子と宰相の応《おう》侯を動かすことができる。応侯は昭襄王の絶大な信頼を得ているので、王命をひきだすのに、さほどの日数を要しなかった。

「使者が王将軍のもとへゆきます」

そう陽泉君から告げられた呂不韋は全身に喜色をみせた。ついに子楚は人質生活からものがれたのである。咸陽にはいれば、華陽夫人の養子となり、太子の嫡子としての生活がはじまる。ちなみにこの年、太子柱《ちゅう》は四十七歳であり、子楚は二十五歳である。さらにいえば、呂不韋は四十二歳であり、子楚の子の政《せい》は三歳である。

呂不韋は秦王の使者に随行して、邯鄲郊外にもどった。子楚は万歳をとなえ、うれし泣きをした。が、このとき、諸侯の軍は動き、大波のごとき勢いで秦軍に迫ってきた。

秦《しん》の時代

一

諸侯の軍がにわかに進撃を開始したのは、魏《ぎ》の公子である信陵君《しんりょうくん》の果断による。魏軍は蕩陰《とういん》にとどまって動かなかった。もしも動けば、趙《ちょう》の邯鄲《かんたん》を陥落させたあとすぐに秦《しん》軍を魏にむけて攻撃させる、と秦の昭襄《しょうじょう》王に恫《おど》されていたからである。秦軍に包囲された邯鄲城を守りぬかねばならない宰相の平原君《へいげんくん》は、義弟の信陵君にむけて、つづけざまに使者を発した。使者を介して平原君の悲鳴をきかされつづけた信陵君は、自身で何度も兄の安釐《あんき》王を説き、説客《せっかく》をつかって、秦王を忌憚《きたん》する心をとりのぞき、滞陣中の魏軍に進撃命令をくだすように努めた。が、安釐王は頑《がん》として聴許《ちょうきょ》しない。

——やむをえぬ。

百乗の馬車をととのえた信陵君は、食客とともに大梁《たいりょう》をひそかにでて、蕩陰に到り、従者の朱亥《しゅがい》という剛力の者に将軍の晋鄙《しんぴ》を撲殺させて、軍を掌握した。この軍の兵力は八万である。信陵君の指揮下の魏軍が猛然と進撃を開始したことにより、戦況を遠望していた楚《そ》軍も動き、邯鄲救援にむかった。

——退かねば全滅する。

邯鄲郊外に本陣をすえていた秦将の王齕《おうこつ》は、包囲陣を解き、退却を指示した。けっきょくかれは敗退して、秦の増援軍の拠点である汾城《ふんじょう》郊外の陣に逃げこむことになるが、それより早く、子楚《しそ》と呂不韋《りょふい》は危地を脱して、咸陽《かんよう》に到着した。

「めずらしく秦軍が大崩れに崩れましたな」

と、申欠《しんけつ》は低い声で呂不韋にいった。

「うわさでは、秦王と応《おう》侯は武安君《ぶあんくん》（白起《はくき》）を起用しようとしてやっきになっているが、どうしても武安君は腰をあげないらしい」

「武安君は崖岸《がいがん》の人ですよ」

「うまいことをいう」

と、呂不韋は微笑した。水辺の崖には舟が寄れないし、人も近づけない。かたくなさをもっている名将の武安君をやすやすと使うことができたのは、魏冉《ぎぜん》ただひとりである。

「早く頽勢《たいせい》を挽回《ばんかい》しないと、応侯は罪を問われることになりませんか」

「応侯にかぎって、そうはなるまい。大王が信頼しているのは応侯のみ、といわれる」

呂不韋はそう観《み》たが、じつは応侯、すなわち范雎《はんしょ》の苦悩は、秦軍が邯鄲を落とせぬ昨年からはじまり、包囲陣が潰乱《かいらん》した今年は、さらに深くなった。武安君を説得することができず、ほかの将の起用を考えざるをえなくなった范雎は、友人である鄭安平《ていあんぺい》に援軍を指揮させることにして、昭襄王の聴許を得た。ところが趙にむかった鄭安平は、かえって趙軍にかこまれ、退路をうしなって、二万の兵とともに投降してしまう。趙臣となり孝成《こうせい》王に仕えることになった鄭安平は武陽君《ぶようくん》とよばれる。それによって范雎の政治生命は絶たれたといってよい。

むろん范雎から遠いところにいる呂不韋は、秦国の宰相の窮状を知りえない。

「ああ、帰った――」

咸陽にはいった子楚のむじゃきな喜びに呂不韋もなかば染まっていた。が、すぐに冷静さをとりもどし、ここからはひと工夫が要《い》る、と胸裡《きょうり》でつぶやき、

「楚服をさがして買ってきてくれ」

と、雉《ち》と申二《しんじ》を市へ遣《や》った。従者のなかに昣《しん》がいないのは、子楚が秦軍に保庇《ほひ》されたあと、邯鄲へ帰ったからである。呂不韋が帰したのである。子楚の妻子にかぎらず、子楚と呂不韋にゆかりのある者は、趙人《ちょうひと》に迫害されるであろうし、姿をみせなかった高睟《こうすい》のことも気にかかる。突然、闇から突きだされる凶刃をはらいのけられるのは、昣しかいない、とおもってのことである。

「楚服を着るのか……」

子楚は眉《まゆ》をひそめた。呂不韋に目でうながされた子楚は、なぜ、とは問わず、さしだされた楚服に着替えて華陽《かよう》夫人に謁見した。

「おお――」

はじめて子楚をみた華陽夫人は、楚服に目を留めるや、

――機知のある公子じゃな。

と、喜んだ。楚に生まれた華陽夫人は秦にきてから楚服をみたことはいちどもない。おもいがけぬことなので、ひとしおなつかしさを感じた。

「趙での暮らしは、さぞやつらかったでしょう」

華陽夫人に温言をかけられた子楚は、急に涙をながし、

「わたしはあなたさまのおかげで帰国することができました。が、いままでわたし

に従ってきた者たちは、邯鄲の外にでられず、数名は殺され、大半は逃げまどっています。ひとりでも多くの者が咸陽に到ることができるように、御高配をたまわりたく存じます」

と、切々といったので、華陽夫人はもらい泣きして、

「さっそく太子に申し上げます」

と、篤情《とくじょう》をみせた。実際、華陽夫人は養子とした公子異人《いじん》が帰還すると、異人を、

「楚」

と、改名させ、子楚の妻子をはじめ子楚の臣下とその家族が邯鄲で迫害されていることを、太子に告げた。

「さようか……、だが、救ってやりたくても、いまはむずかしい」

これ以上は察せよ、という目つきをした太子は、秦軍の敗退を華陽夫人に語らなかった。いま秦の宮中も朝廷もふんいきがまことに悪い。昭襄王は不機嫌そのものになっている。戦況が好転しないかぎり、昭襄王に献言することはできない。

「楚に宮《きゅう》をあたえ、留止《りゅうし》させよう」

太子の権限でできることは、それしかない。ところで、異人の名が楚に改められたので、国名と混同しやすくなったことと、この公子が秦王になったことで、王の

本名を忌諱《きき》したため、楚の国を、

「荊《けい》」

と、よぶようになった。ちなみに呂不韋が編纂《へんさん》した『呂氏春秋《りょししゅんじゅう》』には、楚という国号が残留しているものの、大半が荊になっている。それはそれとして、もはや他国にだされることはないと知った子楚は欣喜雀躍《きんきじゃくやく》して、

「楚服ひとつで、わしは胙余《そよ》にあずかることになった」

と、呂不韋に感謝し、その知恵に倚恃《いじ》した。子楚が宮中に落ち着き、子楚の傅佐《ふさ》として咸陽をでるわけにはいかなくなった呂不韋をみた申欠《しんけつ》は、

「邯鄲をさぐってくる。吉報を待っていてもらいたい」

と、いい残して、申二だけを従えて、馬車で出発した。が、情報は申欠の帰還を待たずに呂不韋の耳にはいった。邯鄲で呂不韋に厚遇されていた客が、つぎつぎに秦に入国して、呂不韋のもとに集まったからである。かれらの話によると、子楚の妻子が邯鄲にとどまっていることを知った趙人は、怨みを晴らすべくその妻子を殺そうとしているが、いまのところ小梠《しょうりょ》と政《せい》の居どころをつかみきれていない。それはすなわち飛柳《ひりゅう》と畛がふたりを死守していることになるが、

——罪のない女と幼児を殺して、趙に何の益があるのか。

と、呂不韋は憤《いきどお》りをおぼえた。

実際のところ、いのちを狙われた政は恐怖の体験をしたわけで、その恐ろしさと怨みとを成長してからも忘れず、かれは秦王になって邯鄲へ征《い》ったとき、

——母の家と仇怨《きゅうえん》有《あ》るものは、皆《みな》これを阬《あな》にす。（『史記』）

つまり、母と自分を迫害した者をさがしだして、みな穴に埋めるという復讎《ふくしゅう》をおこなうのである。

ほかの食客は信陵君について語った。

魏国の将軍である晋鄙《しんぴ》を営内で殺害して、魏軍を指揮下においた信陵君が、決死の兵とともに邯鄲救援にむかうや、秦軍は退去した。邯鄲に住む者は、上は孝成王から下は庶人まで、信陵君の義侠《ぎきょう》を賛嘆し、孝成王と平原君は信陵君を国境まで出迎え、しかも平原君は矢筒を背負って信陵君を先導するという礼容をしめした。孝成王も信陵君に至上の礼をしめして、

——古《いにしえ》より、賢人いまだ公子に及ぶ者有《あ》らざるなり。

と、激賞したという。このときから信陵君は、武を尚《たっと》ぶ者のあこがれのまとになったといえる。信陵君の食客になったことを一生の誇りとする者さえ続出した。たとえば魏の大梁《たいりょう》出身の張耳《ちょうじ》がそうであり、のちに漢《かん》王朝を樹《た》てる劉邦《りゅうほう》はしばしば

張耳のもとに遊びにゆき、数か月のあいだ、客として泊まった。劉邦も信陵君を尊敬した。ついでにいえば、劉邦の生年は確定されていないが、秦の昭襄王の五十一年に生まれたという説があり、それなら信陵君が邯鄲を救ったこの年は、劉邦が生まれる前年にあたる。

「晋鄙将軍を殺した信陵君は、魏に帰国することはできず、趙にとどまるとおもわれます」

と、食客はいった。この食客は思想に尚武《しょうぶ》をもっていない。文《ぶん》を武の上におき、つねに学修している者で、こういう学徳をこころざす者を厚遇してくれるのは、海内《かいだい》広しといえども呂不韋しかいないと信じて、趙を脱して秦都まできたのである。ほかの客も、学閥《がくばつ》の争いが絶えぬ斉《せい》や魯《ろ》の暗くけわしい学風を嫌い、呂不韋の庇護のもとに形成されるであろう明るくおだやかな空気をたたえた学林《がくりん》を夢みて、破れた履《くつ》が血で染まるようなつらい歩行をつづけて、咸陽にたどりついたのである。

呂不韋がどの学派をもうけいれる度量のあることが、かれらをそうさせたといえよう。

「よくぞ、きてくださった」

感動した呂不韋はかれらを礼遇し、くる客をこばまなかった。この年、十数人が呂不韋の客となった。のちに呂不韋の客は三千という数に達するのである。

二

申二《しんじ》が咸陽《かんよう》にもどってきたのは春である。

「鮮芳《せんほう》さまの力は、たいしたものです」

それが申二の第一声であった。小梠《しょうりょ》と政《せい》は賊につけ狙われて、潜伏先をつぎつぎにかえ、ついに鮮芳の家に逃げこんだ。政が発病し、高熱をだしたということもある。小梠は鮮芳に迷惑をかけまいとして、飛柳《ひりゅう》や畛《しん》などと計《はか》り、鮮芳に頼らずに邯鄲《かんたん》を脱出しようとしたものの、はたせず、やむなく鮮芳家に飛びこんだ。窮《きゅう》鳥《ちょう》を懐《ふところ》にいれた鮮芳は、さっそく貴門を訪ねて、

「小梠はわたしの娘です。殺されそうな娘をかばわぬ親がありましょうか」

と、大臣や高官に訴えた。

――子楚《しそ》夫人は、鮮芳の養女であったのか。

と、おどろいた貴人は多い。鮮氏は邯鄲の豪商のひとりである。鮮氏とつきあいのある貴門はすくなくない。秦《しん》軍が去ったいま、子楚の妻子を殺して何になる、と

いう声が玉座にとどき、一考した孝成王《こうせい》は、

「帰国した秦の公子の妻子を迫害してはならぬ。公子の子を質《ち》とすればよい」

という命令をくだした。この決定により、政が父のかわりに人質となった。鮮芳の力によって、小柖と政は殺害されずにすんだのである。

「おふたりは一安を得たか。さっそく公子に報告する」

呂不韋《りょふい》は子楚に委細を語《つ》げた。涙を浮かべた子楚は、政の病《やまい》は癒《い》えたのであろうか、医人が治せぬなら、方士《ほうし》を招いて邪気を祓《はら》うべきである、としきりにいった。

ちなみに、政が医術より仙術《せんじゅつ》を信ずるようになるのは、鬼神を信仰する父の心情をうけつぎ、政自身も幼少のころに仙術の験効《けんこう》を実感したからである。おそらく方士にかかわったのは疾病《しっぺい》を介してのことであろう。

夏になり、申欠《しんけつ》も帰ってきた。かれは呂不韋の家族をともなってきた。

「よくやってくれた。が、このことは、公子に申し上げられぬ」

子楚の妻子は邯鄲にとどまっているのに、自分の家族のぶじを喜ぶわけにはいかぬ、と呂不韋はおもった。雉《ち》の妻子も維《い》に同行してきた。ほかにも父兄や妻子との再会を喜ぶ声が湧いた。呂不韋は申欠に、

「公子夫人と御子を逃がせぬか」

と、問うた。旅装を解いた申欠は、濡れた髪を乾かしながら、

「逃がせぬことはない。が、それをやると、鮮芳どのが処刑される」

と、憂鬱さをふくんでいった。小柖と政が逃亡をくわだてたら鮮芳が罰をうけることになる。ということは、鮮芳はいのちがけでふたりを守ったのである。

「鮮芳どのの義俠《ぎきょう》には、頭がさがる」

と、呂不韋はしみじみいった。

「義俠か……、ふむ、あの人は趙《ちょう》という国を愛している。ふたりをかくまうことによって、国の暴走をたしなめたのではないか。それに、呂氏への報恩がある。呂氏の事業と財産をゆずりうけた濮陽《ぼくよう》の兄をみて、妹として謝意を体現したのだ」

「そうみるか……」

と、いったとたん、呂不韋は鮮乙《せんいつ》に利息の千金を返していないことを憶《おも》いだした。手もとに千金はないので、華陽《かよう》夫人の弟の陽泉君《ようせんくん》にわけを話して、借用した。

「千金を借りて、二千金を返すのですか。それを知った者は、争って呂氏に金を貸すでしょう」

と、陽泉君はあきれてみせた。

「この場合、五年後に、という約束でしたが、八年後になってしまいました。鮮乙

は身内同然の者なので、約束を破ったことをなじらず、催促もしませんでしたが、借りたわたしは不実を恥じなければなりません。君からお借りした千金にも、千金の利子をつけてお返ししますが、八年後ということにしていただけませんか」

呂不韋は用心した。金の貸借のことで陽泉君とのあいだにきまずさを生じさせたくない。陽泉君は、何もしなくても、一年に百金以上の金がはいってくる勘定になるので、機嫌よくうなずいた。呂不韋がここでした借財については、五年後に返金することになる。

ひきさがった呂不韋は雉に千金をもたせて濮陽へ遣《や》った。

——これでわたしは賈人《こじん》ではなくなった。

そんな気分である。

ところで、子楚は父の太子に学識をためされた。経書を暗誦させられ、文詞《ぶんし》の意義、現象の事理《じり》について問われた。子楚はまったく答えられず、いぶかる父の目に耐えていた。やがて意を決して、

「わたしは幼いころから棄捐《きえん》されて国外に在《あ》りました。かつて師傅《しふ》について学習したことはなく、暗誦に習熟していません」

と、いった。太子はしばらく子楚をみつめていたが、この仲子《ちゅうし》にすぐれた傅育《ふいく》

者をつけずにうち捐《す》てていたことを憶い、

「もう誦《よ》まなくてよい」

と、いい、わが子を教育することをあきらめた。父の息がとどく場を失った子楚は、ため息をつき、頭をかかえた。学問をしなかったことが悔やまれ、悲しみに沈んだ。その落ちこみようをみた呂不韋は、子楚をはげまし、

「太子にこう献言なさいませ」

と、ささやいた。暗い顔でうなずいた子楚は、太子の閑日《かんじつ》をえらんで言上した。

「父君は、かつてお車を趙におとどめになりました。趙の豪傑のなかで、父君に名を知られた者はすくなくありません。父君は国にお帰りになりましたが、かれらは西面《せいめん》して父君を望んでおりますのに、一介《いっかい》の使いの者もおだしになりませんでした。それゆえかれらは心に怨みをいだき、辺境の関所を早く閉じて晩《おそ》く開くようになりはしないか、とわたしは恐れています」

趙の傑人を秦に招き、趙の人材を払底させたらよい、という策である。武力で攻め潰《つぶ》せないなら、人を枯らすべきである。

「おお――」

太子はおどろいた。経書を暗誦することができなくても、子楚にはこういう知恵

目がある。

があるのか。

——奇計である。

と、感心した太子は、あとで華陽夫人に、

「書物を読まなくても、知恵は積もるらしい。子楚にはものごとの本質を見抜く目がある」

と、機嫌よく語った。賢い華陽夫人はすぐにその知恵の源泉が呂不韋であることに気づいたが、

「徳の基《もとい》は孝心にある、といわれます。子楚の孝心の篤《あつ》さは、他の公子の及ぶところではありません。子楚は書物に毒されず、父母を想うことから、人を視《み》つづけてきたのです。知る、とは、人を知ることであり、経書の文辞を知ることではないと存じますが……」

と、やわらかくいい、子楚を援護した。

ところで、子楚が語ったことばのなかに、かつてお車を趙におとどめになりました、というものがあった。これはどう考えても太子、すなわち安国君《あんこくくん》が趙に滞在していたと解せざるをえない。この滞在は、兵車を趙にとどめていた、つまり滞陣していた、ということなのか、あるいは趙で人質生活を送っていたか。安国君の兄の

太子外《がい》が魏《ぎ》の人質になっていたことを想えば、安国君が秦にとどまって一家を立てて、将のひとりとして趙を攻めたとは考えにくい。安国君も国外にだされ、趙の人質になっていたと考えるほうがぶなんではないか。安国君が人質生活を送っていたころ、趙は恵文王《けいぶんおう》の時代で、趙と秦との関係に険悪さはなく、安国君は恵文王に優遇された。君号をもつとはそういうことで、安国君の子が二十人以上あることも、家の富力を想像させる。あるとき安国君は子傒《しけい》などの子をつれて秦に帰り、かれの愛情の外にいた子楚（異人《いじん》）を趙に残した。そう想いたいが、どうであろう。

さて、この年、中国史に特記されなければならないことがあった。

周《しゅう》の赧《たん》王が崩御し、周王朝が終畢《しゅうひつ》したのである。邯鄲の攻略には失敗したが、韓《かん》を攻めていた秦の将軍の摎《きゅう》は、陽城《ようじょう》と負黍《ふしょ》とを取った。そのときの斬首の数は四万である。赧王の保庇《ほひ》している西周《せいしゅう》の君主は、諸侯とひそかに結んで、伊闕《いけつ》とよばれる狭隘《きょうあい》な地から軍を発して、秦軍が陽城に達しないように道を遮断しようとした。西周軍は韓軍を後援したのである。その策戦を知って激怒した昭襄《しょうじょう》王は、

「西周を攻めよ」

と、将軍摎に命じた。このため秦軍は韓の攻撃を中止して、軍頭を西にむけ、西周に進攻した。西周の君主は慄然《りつぜん》とし、生きた心地もなく、みずから秦へ犇《はし》り、昭

襄王にむかって頓首した。そこでかれは秦にそむいた罪をうけ、西周にあるすべての邑、すなわち三十六邑と人口三万人とを献上した。その一事で、西周の国は滅亡し、老齢の赧王は安宅《あんたく》を失って絶望の淵に沈み、そのまま崩御した。くどいようであるが、西周の室《いえ》は王室から岐《わか》れたもので、いわば分家であり、東周《とうしゅう》の室は西周から支《わか》れたので、いわば分家の分家である。西周の民は自国の滅亡を知って、悲嘆に暮れながら、東へ奔《はし》り、大半は東周へ逃げこんだ。東周という国はなお七年の余命があるが、西周の滅亡をもって周王朝の終焉《しゅうえん》とみてよい。したがって翌年、昭襄王の五十二年（紀元前二五五年）から秦の時代にはいったとみるべきであろう。

三

邯鄲《かんたん》を攻めていた秦《しん》軍は大きく後退した。

太行《たいこう》山脈の西麓におりて、少水《しょうすい》を渡り、さらに西へ走って汾水《ふんすい》のほとりに到り、ようやく陣を立て直した。邯鄲から六百里も退いたのである。

邯鄲攻略の策戦を立てた応《おう》侯（范雎《はんしょ》）は、友人の鄭安平《ていあんぺい》将軍が趙《ちょう》に降伏した直後に、藁《わら》の席《むしろ》にすわり、昭襄《しょうじょう》王に罪を請《こ》うた。秦の法では、推薦された者が罪を犯せば、推薦者も罰をうけ、しかもその罰は三族（父の族、母の族、妻の族）におよぶことになっている。が、昭襄王は応侯を罰しなかった。この王は母と叔父、それに弟を黜廃《ちゅつぱい》したあと、応侯だけを信頼しつづけてきた。応侯を誅《ころ》せば、大宮殿のなかで綏靖《すいせい》を失い、孤独のさびしさをあじわうことになる。

たしかに昭襄王をたれよりも敬愛したのは応侯であろう。王を喜ばせるために敢行した兵略であったのだが、かえって王を悲しませた。かれは最初からこの策戦の中心に白起《はくき》をすえなかった。白起をわきにおいて、王陵《おうりょう》や王齕《おうこつ》に武功を樹《た》てさせるようにした。自尊のかたまりである白起は、その応侯の意図を察し、長平《ちょうへい》の戦いで大勝をおさめたあと、独断専行し、応侯の制御を脱しようとした。一将軍によって兵略をこわされかけた応侯は、王命によって白起を召還した。とたんに白起はつむじをまげた。以後、白起は昭襄王と応侯を批判しつづけ、ついに死を賜った。

——白起のような武将は要《い》らぬ。

と、おもっていた応侯であるが、白起が死んだあと、将軍の顔ぶれをみると、武徳のある者はいない。昭襄王もため息をつき、

「わしが恐れているのは、楚《そ》が秦をうかがうことである。平素のそなえがなければ、にわかの変に応ずることはできぬ。武安君《ぶあんくん》はすでに死し、鄭安平らは畔《そむ》き、内に良将なく、外に敵国多し。それゆえ、わしは憂えているのだ」

と、いい、応侯の挽回《ばんかい》の策を期待していることを暗に示した。深謀遠慮の応侯であるが、昭襄王の歓心をすぐに得るような外交や軍事の手を打てなかった。かれの犀利《さいり》さは、自分の窮状を深刻に認識しただけであった。かれは法についても意識が高く、自身が多数の秦兵を趙で戦死させた罪や鄭安平にかかわる連座などを、昭襄王の温情でまぬかれたことを、法を曲げたと感じ、苦痛をおぼえていた。例外を設けていては、法治国家は成り立たぬのである。

——が、自身を罰すれば、たれが大王を輔《たす》けてゆくのか。

そういう苦悩のなかにいた応侯に面会を求め、引退を勧めたのは、蔡沢《さいたく》であった。唐挙《とうきょ》に人相をみてもらった、あのひどい面貌の男である。

「えっ、応侯が相《しょう》の印《いん》を返した——」

どちらかといえば応侯に対立する気分をもっていた呂不韋《りょふい》であるが、応侯の内政がまれにみる堅密《けんみつ》さをもっていたことを称賛せざるをえず、遠い国と交わり近い国を攻めるという遠交近攻《えんこうきんこう》策の内容と成果にひそかに感心していた。このたびの軍事の失敗は不運としかいいようがなく、兵略を推進してゆく思考のたて糸は正しく、白起（武安君）のようなよこ糸に、ゆがめられたとみるべきである。ところがそのままの状態で、応侯は引退してしまった。

「いや、大王は応侯の留任をご要望しています」

と、陽泉君《ようせんくん》は教えてくれた。当然のことだ、と呂不韋はおもった。応侯のようなすぐれた宰相はめったにあらわれない。応侯が執政の席から去れば、今後の秦はどうなるのか。

月日がすぎた。

昭襄王は応侯に再起をうながしたが、応侯は、病《やまい》が篤《あつ》いため、とことわりつづけた。

――范雎は復《かえ》らぬのか……。

昭襄王は寂寥《せきりょう》感をおぼえたであろう。即位以来、昭襄王が身内以外に愛情をおぼえて接した臣は、応侯ただひとりであった。が、いつまでも丞相《じょうしょう》の席を空《あ》けておくわけにはいかない。やむなし、とおもった昭襄王は冬の到来のまえに、応侯に推挙された蔡沢に政治をまかせることにした。驚天動地の大抜擢である。

呂不韋もひっくりかえりそうになった。

「あのご面相の男が、秦の宰相に――」

これだから秦はおもしろい、といえなくはない。二年前まで蔡沢はどこの国でも重用されず、貧困の底で喘々《せんせん》としていた。ところが秦に入国して応侯に面談してから蔡沢は昭襄王への謁見がかない、客卿《かくけい》として任用されるようになった。応侯も最初に昭襄王に認められて与えられた位は客卿であった。が、応侯は実績を積みあげてから宰相になった。それにひきかえ蔡沢には何の功績もないのに、一旦にして、相の印をさずけられた。

「高官の反感が強まるのは必至です」

陽泉君のいう通りであろう。往時、秦の宰相となった張儀《ちょうぎ》は秦王の歓心を得ることに心血を注ぐあまり、王族や高官の反感を買い、ついに秦を去らねばならなくなった。蔡沢もおなじ道をたどりそうである。

――他人《ひと》のことはわかっても、自分のことはわからぬらしい。

蔡沢に好感をもっている呂不韋は、春光に夏のけはいがまじるころ、蔡沢に面会を求めた。すでに帰宅していた蔡沢は、

「ふふ、呂不韋か。ようやくきたな」

と、いい、この来訪者を一室にいれた。呂不韋が再会の辞を献ずるまえに、蔡沢

は、

「なんじの師の唐挙は、わが尊顔をくさしただけだ。無礼な男よ」

と、いった。呂不韋は笑わず、

「師があなたを占わなかったのであれば、弟子のわたしが占いましょう」

と、重々しくいった。蔡沢の目に軽侮《けいぶ》の色が浮かんだ。

「なんじに、何がわかる」

「これほどわかりやすい尊顔はありません。あなたは十日以内に相の印を大王にお返しする。もしもそうしなければ、あなたは十日後には誅殺される。唐挙先生がここにいても、おなじことをいうでしょう」

「なんだと――」

眉《まゆ》をひそめた蔡沢は呂不韋をにらみつけた。やがて口端で嗤《わら》い、

「わしが応侯を怒らせて説諭《せつゆ》した手を、なんじもつかうのか。ふふ、その手は食わぬ」

と、わずかに横をむいた。

「わたしはあなたとちがって、推挙してもらおうとは想っていません。丞相の器ではない者が高みにとどまっていると、顚落死《てんらくし》する、と申し上げにきたのです。せっ

かくの寿命を、足もとに目をやらないがゆえに、そこなうのを、みるに忍びないのです」

蔡沢はどちらかといえば廉明《れんめい》の臣であろう。賄賂をけがらわしいと感ずる質をもっている。それなら別の手段で昭襄王の側近や高官を柔撫《じゅうぶ》しなければならない。が、蔡沢はそれをやらないので、吝嗇《りんしょく》で私腹を肥やしている大臣とみられている。

「蔡沢は第二の陶《とう》侯です」

という讒言《ざんげん》がしきりにおこなわれていることを、蔡沢は知らないであろう。昭襄王がそれを信じはじめたことを陽泉君からきかされた呂不韋は、蔡沢をかばう有力者が朝廷にいないことを考え、

――まもなく蔡沢は誅される。

と、感じ、忠告をおこなったのである。蔡沢が不快そのものになったので、呂不韋はさっさと室外にでて、蔡沢邸をあとにした。蔡沢の賢明さが欲で濁っていなければ、呂不韋の忠告を容《い》れて、宰相の席からおりるであろう。呂不韋は蔡沢が嫌いではない。

三日後に、蔡沢は相の印を返上した。かれのぬけめのなさは、君号を得て貴臣の地位にとどまったことである。

「綱成君《こうせいくん》」

と、いう。コウという音は剛の字にもあてはまるので、剛成君と記されることもある。君号は孟嘗君《もうしょうくん》や平原君《へいげんくん》のように封邑《ほうゆう》名が採《と》られるのがふつうである。綱成あるいは剛成とよばれる邑は河北《かほく》にあった。というのは、蔡沢が北方の燕《えん》の出身だからであろう。その邑の位置をもうすこしくわしくいうと、燕の首都の薊《けい》の近くをながれる川を治水《ちすい》といい、その川をさかのぼってゆくと修水《しゅうすい》という支流があり、修水をさかのぼってゆくと蔡沢の封邑に近くなる。ただしこの時点で秦はその邑を得ていたのであろうか。やがて取るであろう邑の名を君号にした例はないので、考えられることはふたつしかない。秦軍が趙を攻略するとき、趙の北辺にも進攻して、その邑を陥落させて、支配下に置いた。あるいは蔡沢が君号を得たのは、このときではなく、もうすこし後である。ふりかえってみれば、秦軍が長平で大勝したあと、軍は三つにわかれ、司馬梗《しばこう》という将軍は北進して、

——北、太原《たいげん》を定む。（『史記』）

ということをした。その軍はさらに北上して燕の長城《ちょうじょう》に達し、綱成（剛成）を攻略したのかもしれない。ただし秦が太原郡を置くのはその年（昭襄王の五十三年）から六年後になるので、蔡沢がいつ君号を得たかを推定するのはむずかしい。

それはさておき、この年に天下の諸侯が秦に入朝した。魏《ぎ》の安釐《あんき》王だけが遅れて、けっきょく入朝しなかったので、怒った昭襄王は、魏を伐《う》て、と将軍に命じた。信《しん》陵君《りょうくん》がとどまっている趙を攻めにくくなったので、矛先《ほこさき》を魏にむけたのである。

陶《とう》の滅亡

一

咸陽《かんよう》から雪が消えた。

衛《えい》の濮陽《ぼくよう》に往《い》った雉《ち》が復《かえ》ってきた。雉はただならぬ表情をしている。

「どうした――」

と、呂不韋《りょふい》はみじかく問うた。帰還の遅さは、異変のあったことを暗示しているが、鮮乙《せんいつ》にとどけるべき千金を途中で盗賊に奪われたのであれば、叱るつもりはない。が、鮮乙に凶事があったとすれば、みずから濮陽に往かねばなるまい、とおもった。

「はい、濮陽が魏《ぎ》軍に急襲されまして、衛という国は、魏の属国になりました」

と、雉は答えた。衛という国は濮陽を中心にすえて大小の邑をもっていたが、先代の嗣君《しくん》のときに、濮陽をのぞくすべての邑を失った。それでも外交をもちいて国《こく》歩《ほ》を墜死《ついし》させず、大国の干渉をしりぞけて、ここまできた。ところが急に魏が大軍をもって衛を圧伏《あっぷく》した。衛の兵は駭擾《がいじょう》しただけで、魏軍を撃退することはできず、二日戦ったのちに、魏兵の侵入をゆるしたという。

「鮮乙は、ぶじか」

都内を制圧した魏兵が大賈《たいこ》の家を襲ったのではないか、と呂不韋は心配した。

「ぶじです。鮮氏は用心のために財産を匿《かく》しましたが、大賈を潰《つぶ》すと魏の国益にならないとわかっているらしく、魏兵の襲来はありませんでした」

「それは、よかった。鮮乙に千金を返してくれたのだな」

「まちがいなく――。鮮氏は主の物堅さにおどろいていました」

「ふむ、事件がそれで終わったのであれば、なんじの帰りはもっと早い。ほかに、何があった」

「陶《とう》が――」

魏冄《ぎぜん》の国である陶が魏軍に攻められて、滅亡した、と雉はいった。

「まことか」

「ほんとうです。濮陽でそのことを知りましたので、陶へゆき、黄外《こうがい》先生と田焦《でんしょう》先生の安否をたしかめようとしました」

「それで――」

　おもわず呂不韋は身をのりだした。

「両先生は陶を脱出なさったようです。しかし、わかったのはそれだけです」

「何ということだ」

　呂不韋は長大息《ちょうたいそく》した。魏は北部と西部を秦《しん》にけずられつづけてきた。南部は楚《そ》の力が衰えたいま侵削《しんさく》されることはなく、また楚を攻めて南部を拡大することはけっきょく楚と連合して秦と戦うことをさまたげるので得策ではない。すると魏は東へ伸張するしかなく、衛を服従させたのも、陶を滅亡させたのも、国力を回復しようとする計画の内にあった振驚《しんけい》にちがいない。ただし、魏冄のいる陶を攻めるにはなみなみならぬ勇気が要《い》る。信陵君《しんりょうくん》に率いられた魏軍が秦軍を邯鄲《かんたん》からしりぞけたという事実をはずみとして、魏の安釐《あんき》王が掠奪《りゃくだつ》の軍を発したとすれば、軽佻浮《けいちょうふ》薄《はく》でありすぎる。まちがいなく成功すると安釐王に確信させた何かがあったはずである。

「陶侯が病死したようです」

「それで、わかった」

魏冄という巨星が墜《お》ちた。同時に陶という国が消滅した。

——陀方《たほう》や向夷《きょうい》はどうしたか。

衛の兵とちがって陶の兵がたやすく魏軍に降伏したとはおもわれない。堅甲利兵《けんこうりへい》で陶を死守しようとしたにちがいない。それでも陶を守りきれなかったということは、陀方や向夷は戦死したと想わざるをえない。そうなると陀方に庇護されていた桂《けい》と旬《じゅん》も斃踣《へいぼく》したのか。陶を本拠に商売をおこなっていた茜《せん》はどうなったのか。

「茜どのは、ぶじです」

「そうか。魏兵は大賈にたいして逼奪《ひつだつ》を禁じられていたか」

魏は陶を商業の要地にするつもりであろう。茜に危害が加えられなかったのは、不幸中の幸いである。しかし多くの人の安否が気になる。さっそく呂不韋は申欠《しんけつ》を招いて話をした。申欠は苦笑した。

「邯鄲に気をとられているうちに、陶が滅んだか。魏王はなかなか狡猾《こうかつ》ではないか」

「魏は慈光苑《じこうえん》を騙《だま》し伐《う》った。亡くなった応侯《おう》も、賤臣《せんしん》であったころに、魏で無実の罪を衣《き》せられて、殺されそうになったらしい。魏は黠獪《かっかい》の国よ」

呂不韋は心のなかで魏を赦《ゆる》したことがない。魏と共謀して孟嘗君《もうしょうくん》の国である薛《せつ》を滅ぼした斉《せい》も、憎んでいる。

「応侯は亡くなったのか……」

「ということだ。死因はわからない」

「そうか、応侯が死んだか……」

　つぶやきつつ申欠は腰をあげた。翌日、呂不韋が客舎をのぞくと、申欠だけではなく、かなりの数の客が消えていた。それから半月あとに、邯鄲の栗《りつ》の配下が咸陽にきた。桂と旬の消息を報《しら》せるために急行してきたという。

「栗がふたりをかくまってくれたのか」

　呂不韋はほっとした。配下の話では、陀方とともに戦った旬は、落城が近づくと陀方にさとされ、姉を護《まも》りながら落ち延びて、栗を頼ったという。まっすぐに呂不韋のいる咸陽をめざしたいところであるが、ふたりは太子外《がい》に仕えていたし、太子の死後に芷陽《しよう》から脱出したといういきさつをもっているので、秦にははいれない。

「陀方どのは戦死したのか」

「おそらくは――」

「ふむ……」

　呂不韋の息が幽《くら》くなった。つぎつぎに倈人が亡くなってゆくさびしさにさらされた。魏冄の死より陀方の死のほうが呂不韋にはこたえた。魏冄を尊崇《そんすう》していた陀方は殉死したといえなくはないが、陀方がもはやいないという事実は、呂不韋の胸のなかに蔵《おさ》めておいたものを、いやおうなく重厚にした。陀方のわずかな表情や隻言《せきげん》さえかけがえのないものになった。

これが時代の節目《ふしめ》というものかもしれない。何かが訖《おわ》れば何かが始まる。訖ったものはみえるが、始まったものはみえない。栗の配下をねぎらって帰したあと、呂不韋は悼痛《とうつう》のなかに沈んでいた。

申欠の配下や食客からもたらされる情報を整理して呂不韋に告げるのは申二《しんじ》である。晩春のある日、申二が呂不韋のもとにきて、

「田焦先生が陳《ちん》にいることがわかりました」

と、いった。報告の内容が明るいのに申二の口調にはずみがない。

「田焦どのは楚人《そひと》だ。楚で仕えることになったのか」

「いえ、田焦先生は主のおられる咸陽へゆくために、多数の民を引き連れ、楚へのがれて、秦にはいるつもりであったようです。ところが同行していた黄外《こうがい》先生が陳で重病となり、動けなくなった」

「ああ、黄外先生まで亡くなってもらっては、こまる」

すぐさま呂不韋は雉に黄金を与えて陳へ急行させた。黄外と田焦は農学の大家であるから、薬草について無知ではなく、おそらく薬を所持しているであろうが、黄外の病《やまい》を治せるのは医人のほかにいないという場合もありうる。戦場となった陶からでる際にふたりが大金をもっていたとはおもわれない。医人を招くには金が要るであろう。

「申二よ、富まねば人を助けられぬ」

「主が秦の丞相《じょうしょう》になればよろしいのです。そうなれば、天下の民が救われます」

申二はそうはっきりいって呂不韋をおどろかした。

仲夏に、訃報《ふほう》がはいった。

陀方や葉芃《しょうほう》などの戦死を確認したという申欠からの報せがとどけられた。

「陀方どののご妻女は自害なさったのですが、子のゆくえは不明とのことです」

「つぎつぎに恩人や知人が亡くなってゆく。やりきれぬ」

訃報はまだあった。

陽翟《ようてき》の父が亡くなった。義母の東姚《とうよう》や兄の呂孟《りょもう》の顔をみたくないが、葬儀にはでなければなるまい。使いの者とともに陽翟へむかった呂不韋は、ついに生母のことをきけなくなった、とおもった。咸陽から陽翟まで二十日かかった。実家にあらわ

れた呂不韋にたいして、東姚と呂孟は、

「これは、これは、秦の太傅《たいふ》さま……」

と、底意のある鄭重《ていちょう》さをむけた。呂不韋は横をむいた。ふたりは呂不韋を軽蔑してきたのに、呂不韋が秦王の嫡孫を傅佐《ふさ》するようになったと知り、はなはだしく歆羨《きんせん》し、あわよくば身内や外戚の者を引き立ててもらおうとしている。こういう卑しい魂胆をもった者たちとおなじ屋根の下で暮らしてきた父とは、どういう人であったのか。その父の血をうけついだ自分が、父の生きかたとどこかで歙然《きゅうぜん》とするときがくるのであろうか。

――父が奇貨としたものは、何であったのか。

庶人の墓はみすぼらしいものである。もともと土を盛ることさえゆるされなかったのに、父の墓には盛り土がある。死者の子がいま秦の高官であると役人にとどけて、盛り土をゆるされたらしい。呂不韋は、大雨に遭《あ》えば消えそうな小さな土の山にむかって、哭泣《こっきゅう》した。

二

咸陽《かんよう》はまだ暑かった。

帰着した呂不韋《りょふい》を申二《しんじ》が待ちかねていたらしく、

「客人です」

と、せわしなくいった。うなずいた呂不韋は、旅装を解くや、客舎へ行った。

「向夷《きょうい》どの――」

「呂氏……」

向夷の肩のあたりに零落《れいらく》のわびしさがある。むりもない。かれは魏冉《ぎぜん》の臣として長刀をもって東奔西走し、やがて悟覚《ごかく》を得たのか、長刀を棄てて勤行《きんこう》して累進《るいしん》し、ついに参政者のひとりになった。だが、陶《とう》という国が消滅したことにより、富貴《ふうき》を喪《うしな》い、無官の士となった。はるかのちに、一日に朝は二度こない、ということを、

――一日再《ふたた》びは晨《あした》なり難《がた》し。

と、詩《うた》われるが、たしかに向夷には人生の昏暮《こんぼ》がただよっている。ただし向夷が陶で死なず、呂不韋を頼って咸陽まできたということは、かれの人生がまだ夕闇で

閉ざされていないあかしである。向夷は妻子をともなっていた。妻子を殺したくないために自身も生きたといえよう。さらに、ここまできたのは家族のためだけではなく、陀方《たほう》の子を扶助したいがためであった、と向夷は呂不韋に頭をさげた。

「陀方さまの子を、あなたが護《まも》りぬいたのか」

いそいで呂不韋はべつの客舎にいる陀方の子を招いた。呂不韋ははじめて陀方の子と面談した。この三十代の貴人はさすがに人格に卑しさがない。知識も豊かである。陀方がもっていた鋭敏さをこの貴人に求めるのは酷であろう。陶の輔弼《ほひつ》の子として育つ過程に激詭《げっき》があったとすれば、そのほうが変である。とにかくこの人物はまがりくねらず、まっすぐに成長したのである。呂不韋は辞を低くして、

「わたしは陀方さまに御恩返しをしなければならぬ者です。陀方さまがお亡くなりになったいま、あなたさまを寒灯《かんとう》の下におくことはできません。賓客《ひんかく》の舎《いえ》へお移りください。小生の賓客としてすごすことにご不興を感じなければ、いつまでもおとどまりください。が、拝察したところ、あなたさまには王佐の才がおありになり、せっかくの偉材が小生の客舎で朽ちてしまうのは、天下の損失です。いかがでしょうか、子楚《しそ》さまにお仕えになりませんか。ただしそのときは、陀氏を棄てて、新しい氏をお立てください。陀方さまが陶侯の腹心であったことを知っている者は、ま

だ宮中にすくなからずいますので、用心のためです」

と、仕官をすすめた。

陀方の子は、国に変事がなければ、父の死後に魏冄の子を輔佐して国政にのぞむはずであったので、素門《そもん》に生まれた者のように俗塵《ぞくじん》をかきわけて名を揚げようとする欲をもっていない。かといって、幽人《ゆうじん》となって山居《さんきょ》するほど情意は枯れてはいない。陶を滅ぼし父を殺した魏《ぎ》への怨みが、いまの辛烈《しんれつ》さを耐えさせている。こういうときに接した呂不韋の寛言《かんげん》に、かれはすくなからず感動した。

「この世には、忘恩の徒ばかりがいるわけではないのだな」

と、あとで向夷にしみじみといった。

——やはり、呂氏を頼って、よかった。

向夷は肩の荷をおろしたようにほっとした。かれは陶の陥落が迫ってきたとき陀方に呼ばれて、

「わが家を残そうとしていうのではない。わが子が不徳であれば、わしとともにここで死ねばよい。もしもわが子が民のために益をもたらす福沢《ふくたく》をもっていれば、なんじの手で活《い》かしてくれぬか」

と、たのまれた。すべてを察した向夷はすぐさま陀方の子を説き、その妻子をも

配下に護衛させて、陶を脱した。ほとんどの配下は魏兵に伐《う》たれたが、いちおう脱出は成功した。が、陀方の子は陶の滅亡を知って、父とともに死にたかった、と悔《かい》恥《ち》をくりかえした。かれらは魏の国を通過するわけにはいかないので、いちど斉《せい》へ行き、それから趙《ちょう》にはいり、趙から秦《しん》をめざした。

陶で戦いぬきたかったのは向夷もおなじである。しかし、そうさせてくれない力がはたらいていたというしかない。失意の人になりはてた陀方の子にむかって、

「生きるほうがつらいのです。この世で、たれが楽しさを満喫《まんきつ》して生きているというのですか。陀方さまは、他人《ひと》のつらさを軽減する徳をあなたさまがお持ちだとおもったからこそ、あなたさまを活かそうとなさったのではありませんか。いまのあなたさまは、ここまで従ってこられたご妻子のつらささえ、おわかりにならない。砂丘に穴を掘ってご自身を埋められたらいかがですか」

と、ついに切言した。

精気を殫竭《たんけつ》したような陀方の子を再起させようとしたこの言が、じつは、生きる虚しさに沈没しかけた向夷自身を救ったともいえる。

――わたしも妻子の困苦がわかっていない。

陀方の子と向夷の二家族をうけいれて厚遇してくれる人物は、天下に多くの王侯

がいるとはいえ、呂不韋しかいない、と陶を脱出するときに向夷はおもい、陀方の子に意中を述べた。

「呂氏か……。陶侯にとりいって巨富をつかんだ賈人《こじん》だな」

陀方の子は呂不韋に好意を懐《いだ》いていないようであった。貴人はどうしても上から人を観《み》る。人も物も上から観ていては何年たってもわからない。が、下から観れば、一日でわかる。向夷は慈光苑《じこうえん》にいた呂不韋が、その後、他人のために何をおこなったかをつぶさに語った。

「呂氏が富むことによって、どれほど多くの人が福をうけたか、わかりません。かつて斉の管仲《かんちゅう》は、君主である桓《かん》公にならって豪奢《ごうしゃ》を忌《い》むことをしませんでしたが、管仲の政治が公平であり、しかも斉を富ましたことを知っている国民は、ひとりとして管仲を非難しませんでした。呂氏は管仲のごとき人物です」

名宰相とよばれる人は、ふたつに類別される。管仲のように、公室と国とを富ますと同時にみずからも富む人と、晏嬰《あんえい》のように、自身は質素で倹約をおこない、公室と国とを富ます人がいる。魏冄は前者の類にはいるであろう。おそらく呂不韋もそうである。

「なるほど……」

流亡《りゅうぼう》の人である陀方の子のつぶやきは恫瘝《どうかん》のなかに落ちた。だが、かれは呂不韋に面会してすぐさま好感をおぼえた。

——この男の容儀には、真実がある。

と、みた。没落したがゆえに、みえてくるものがあるといってよい。亡国の貴族ほど哀れなものはないが、知識にしろ礼儀にしろ、力争《りょくそう》の場裡《じょうり》である戦国の世では無用であるとおもわれていたものが、呂不韋の周辺では有用であることにおどろきをおぼえた。熟考するまでもなく、

「子楚さまにお仕えしよう」

と、いった陀方の子は、あらたな氏名を考えた。

「往時、大国の楚《そ》に仕えていた小国は、随《ずい》や唐《とう》といった国名であったから、子楚さまにお仕えするわたしの氏は、随、ということにしたい。名は……、呂氏が生まれた邑の陽翟《ようてき》の、翟、をもらおう。随翟、では、どうであろうか」

「随翟ですか。悪くはないのですが、翟は狄《てき》とおなじで、語感に卑しさがあります。ご尊父の名の、方、は、鬼方《きほう》、土方《どほう》のように古くは邦《くに》をいいましたので、どうでしようか、邦《ほう》の字をおつかいになって、随邦《ずいほう》、と名告《なの》られてはいかがですか」

「そうしよう」

陀方の子、すなわち随邦は一笑した。かれは翌日子楚のもとにゆき、そのまま輔佐の臣のひとりになった。だが、向夷は随邦に従わず、呂不韋の近くに残った。

「こちらのほうが、いごこちがよさそうだ」

「わたしを佐《たす》けてくれるのですか」

「佐けるほどの才はない。匏瓜《ほうか》にすぎぬ。大木に繋《かか》っているだけよ」

向夷は自嘲の色あいのある口調でいった。匏瓜はひさごのことで、瓜の一種である。大木とは、呂不韋のことであろう。魏冄という英傑が建てた国の未来を悲観の目でみてこなかった向夷が、おもいがけずに国の滅亡に直面して、竭蹷《けつけつ》を痛感したのであるから、自信を喪失し、希望を見失ったにちがいなく、呂不韋に救われたことが喜びとはならず、大木にひっかかって腐ってゆくだけの自分を予想したのもむりはない。だが、向夷には独特な威がある。長刀をひっさげて闇の世界を往来していたころに砥礪《しれい》された肝胆は、いまだにものがちがうといってよい。ふた月もすると、向夷は家の内外から呂不韋を衛《まも》る武人の長であるとみなされるようになった。むろん呂不韋は向夷に護衛をたのんだことはない。呂不韋が外出すると、つねに向夷がかってに同行するようになっただけである。

冬になるまえに、申欠《しんけつ》と食客が引き揚げてきた。なんとかれらのうしろに、八百人もの農民がいた。

「魏の支配を嫌った民よ」

と、中欠はいった。つまりかれらは陶の住民で、脱出した黄外《こうがい》と田焦《でんしょう》を慕って、戦火をくぐりぬけ、危地を跳び越えてきた人々である。

「黄外先生は、重態で、動かせぬ。雉《ち》どのが医人を招いたが、手遅れであった。いま雉どのと田焦先生が看病しているが、黄外先生のいのちは年を越せまい。あれらの人々は、農人ではあるが、いわばふたりの先生の弟子だ。陳《ちん》で困窮していたので、秦に移住するように説き、つれてきた」

「ああ、善導であった。八百人が路傍で殍餓《ひょうが》しなくてよかった」

中欠と食客をねぎらった呂不韋は、農人の集団のなかに田焦の高弟である華佶《かきつ》の顔をみつけた。華佶には濮陽《ぼくよう》で農事の指導をおこなってもらった。呂不韋は華佶としばらく話しあった。さいごに、

「八百人で鄙《むら》をつくることができるようにします」

と、呂不韋はいい、さっそく陽泉君《ようせんくん》に事情を説明して華陽《かよう》夫人の助力を乞い、子楚に面談して太子の聴許《ちょうきょ》を願い、高官にもあたった。秦に入国したあの八百人はふつうの農民ではなく、農耕に関する高い技能をもっていることを大臣や有司に知

ってもらわねばならない。そうしておかないとかれらは犯罪者とともに植民として辺境の邑へ移されてしまう。

　半月のあいだ、八百人は都外で待たされた。むろん呂不韋は家人をつかってかれらの衣食の欠乏をふせいだ。やがてひとりの高官がきて華佶の訴えをきき、それから数日後に、数人の役人をよこした。華佶は馬車に乗り、定住するにふさわしい地を渭水《いすい》両岸でさがすことになった。すなわち農業試験場兼住居を建てることを許されたのである。華佶は丹念に土壌をしらべ、けっきょく咸陽より北の涇陽《けいよう》に近い地に落ち着くことに決めた。そこは土の質が良いのか、と呂不韋が問うと、

「いえ、良くないから、選んだのです」

　と、華佶は答えた。良くない土壌で農作をこころみ、農産物を得る工夫をしないかぎり、秦の農業生産量は増加しないであろう。秦国の土壌は河水《かすい》の中流域の土壌とは比較にならないほど悪い。

　寒風が吹いている。これからますます寒くなるというのに、野に放置された八百人はどうなるのか。呂不韋は大いに心配したが、それは杞憂《きゆう》にすぎなかった。八百人が住む鄙は王室直属の農場と認定されたため、徴集された千数百人の人夫が、低い牆壁《しょうへき》と二百戸の家をひと月半で建ててしまった。それを報告するために華佶が

呂不韋の家にきた。

「呂氏のおかげで安住の地を得ました。あとは田焦先生の到着を待つだけです」

華信のことばには衷款《ちゅうかん》のひびきがある。師がすぐれていれば、弟子もすぐれている。呂不韋はゆるやかに笑い、

「かつて秦王は和氏《かし》の璧《へき》を得ようとしたが、わたしと藺相如《りんしょうじょ》がさまたげた。いまわたしは和氏の璧より貴いものを秦王にもたらしたが、秦王にわかってもらえるであろうか」

と、いった。実際、黄外と田焦の弟子が涇陽の近くに住んだことが、秦の農業生産量を飛躍的に増大させるきっかけになった。

三

申欠《しんけつ》と食客がもたらした情報はかなりの量である。

そのなかに楚の遷都《そ》があった。申欠は、

「陳《ちん》はもはや楚の国都ではない」

と、いった。では、楚の国都はどこになったのか。

「鉅陽《きょよう》」

という邑が新首都になったと食客のひとりが答えた。陳の南方に潁水《えいすい》がながれていて、その川にそって南下してゆくと鉅陽に到る。すなわち楚は首都を南にさげたのである。陳は魏《ぎ》の国境に近すぎる。今年、秦《しん》は活発な軍事をおこなわなかったが、軍事の主眼を趙《ちょう》から魏へ移すことはあきらかであり、魏の国土を秦兵が往来することになることを想えば、楚都を魏から遠ざけようとするのは当然であろう。戦いもないのに、きたるべきわざわいを予見して、遷都のような大事を断行することのできる人は、春申君《しゅんしんくん》を措《お》いてほかにはいない。

「ただし多くの人民は鉅陽へゆきたがらず、陳にとどまっている。群臣のなかでも難色をしめしている者はすくなくない」

楚王は鉅陽へ移ったのに、あいかわらず陳が国都の性格を保っている、と申欠はいった。

「はは、太古に、国都は三つあった。祭祀の都、軍事の都、行政の都だ。楚に二都があってもふしぎではない」

と、呂不韋《りょふい》がいうと、食客たちは大いに感心した。

趙の情報もある。小梠《しょうりょ》と政《せい》に危害を加えようとする者はいなくなったようである。七歳になっている政は、友人をみつけたらしい。

「丹《たん》」

という名で、燕《えん》王の子である。嫡子であるようなので、公子丹とよぶより太子丹とよんだほうがよいであろう。いまの燕王は王喜《おうき》とよばれ、即位するとすぐに趙に人質をいれた。その人質が太子丹である。この少年が政と仲よくなった。二十五年後に、太子丹の密命を帯びた刺客の荊軻《けいか》に秦王となっていた政は刺殺されそうになる。運命のふしぎさといってよい。

「おふたりが殺害されず、しかもごぶじでいられるのは、鮮芳《せんほう》どののおかげだ。政どのが成長し、秦王の位に即《つ》くときに、億万倍の恩返しをしなければなるまい」

と、呂不韋はしみじみといった。小梠と政が暴力や凶刃にさらされなくなったとはいえ、呂不韋は用心のために、ふたりを護衛している飛柳《ひりゅう》と昣《しん》を引き揚げさせなかった。咸陽《かんよう》にいる呂不韋は何もしなかったわけではない。

——子楚《しそ》の妻子を送りかえすべきである。

という趣旨の書簡を趙の大臣へなんども送った。大王である昭襄《しょうじょう》王は老齢であり、いつなんどき崩御して、太子柱《ちゅう》が即位するかわからない。そうなれば子楚が太子になることは確実で、子楚の妻子を趙が留取《りゅうしゅ》していることは有利どころか、怨みの的となって不利である。そのあたりを懇々と書いた。子楚は情念の旺盛さをみせぬ人だが、妻子を愛していることはたしかで、その妻子が趙で酷虐《こくぎゃく》されたと知れば、全身全霊を怒らせて復讎《ふくしゅう》するであろう。

——怨まれたほうが負ける。

人の世とは、そういうことになっている。長男を趙に残している呂不韋は趙の滅亡を望んではいない。

「僖碧《きへき》どののことだが……」

あとで、食客のいないところで、申欠はいった。僖碧は藺《りん》氏の家臣ではなくなり、一家を立てたという。藺相如《りんしょうじょ》の子に逐《お》われたわけではなく、長平《ちょうへい》においてその材《ざい》幹《かん》を廉頗《れんぱ》将軍に認められて、推挙され、孝成《こうせい》王の直臣になったようである。

——僖家を建てたのか。

僖福《きふく》は喜んだであろう、と呂不韋は胸のなかにしめりけのある衍《ゆた》かさをおぼえた。僖福の父祖はおそらく郷《さと》に淪《しず》んでしまった士で、その家に沈澱《ちんでん》していた惜愍《せきびん》が僖福の心身によって濾過《ろか》されたといってよい。僖福の子は家臣をもつ上士になったのである。

「ちかごろめずらしい朗報だ」

と、呂不韋は弱く笑った。自分の手のとどかないところにいる母子である。ふたりの運命の浮沈を、遠くで喜び、ひそかに悲しむしかない。

雪のすくない冬が終わって、渭水《いすい》の岸辺が春の色に染まった。

人々が春の明るさを楽しんでいるころ、粗衣の小集団が咸陽に到着した。

「田焦《でんしょう》先生のご到着か――」

郭門《かくもん》に出迎えた呂不韋はすぐに田焦の健康状態をさぐった。長い看病で田焦は疲れきっているのではないか。

「ああ、呂氏……」

田焦の肩のあたりにさびしさがある。が、容貌は疲悴《ひすい》の色をまぬかれていた。田焦の横にいるのが黄外《こうがい》の妻であった。涙をこらえた呂不韋はその寡婦に近づき、悼《とう》心《しん》をことばにした。黄外の妻はなんども頭をさげては涙をこぼした。子は三人いるが、すべて女であるという。三女のうち、うえの二女はすでに他家に嫁ぎ、したの一女が同行してきた、と語《つ》げられた呂不韋は、不安そうなまなざしをこちらにむけている十一、二歳の少女が黄外の女《むすめ》にちがいないとおもい、突然、

――眕《しん》の妻には、この女がよい。

と、ひらめいた。実際、呂不韋は一年半後に引き揚げてきた眕に黄外の女を娶《めと》ら

せる。

田焦とその家族、それに黄外の妻と女、さらに少数の弟子を先導してきた雉《ち》をねぎらった呂不韋は、かれらを自宅で歓待し、長旅の疲れがとれるのを待った。

「また、呂氏に救われた」

と、田焦は感嘆を籠《こ》めていった。

「天が田氏を殺さないのです」

「黄先生は天に召されたのか。天帝は農業指導者を必要としたのか」

「はは、そうかもしれません。毎年、多くの人が死んでゆくのですから、天上の人口は増えつづけ、かれらを養わねばならぬ天帝は困惑なさって、孟嘗君《もうしょうくん》や伯紲《はくせつ》さまに諮問《しもん》なさり、黄先生を招聘《しょうへい》なさったのでしょう」

「天上にも農地があるのか。それはよい」

田焦の表情と口調に晴れ間がのぞいた。それから五日後に、華佶《かきつ》が田焦と家族を迎えにきた。いちど官衙《かんが》へゆき、それから涇陽《けいよう》近くの鄙《むら》へむかうのである。出発直前に田焦は、

「昔、唐《とう》先生に人相をみてもらったとき、家を出たら秦へ行ったらどうか、といわれた。わたしは生涯、秦へゆくことはあるまい、とおもっていたが、いまここにこ

うしている。呂氏が秦王の嫡孫の傅《ふ》になったときいたとき、もしかしたら、わたしも、と予感をおぼえたことはたしかだが、とにかくふしぎさに打たれている。呂氏は唐先生に仕えていたのだから、予言や勧誨《かんかい》をさずけられたはずだが、さしつかえなければ、教えてくれまいか」

呂不韋は破顔した。

「何もないのです」

「何も、というと……」

「わたしは唐先生に人相をみてもらおうとしたことはなく、唐先生もみてやろうとおっしゃったこともない。そのころのわたしは未来に幸運を求めず、遠くに幸運があるのではなく、おのれが変わらなければ悲運は幸運にならぬ、と信じていた。じつは、いまもそうですが、その点、わたしは唐先生の弟子であるというより孫卿《そんけい》の弟子です。わたしには天与の才はなく、将来に幸運のひとかけらもないから、努力しつづけるしかない。他人の幸運をみて、わがことのように喜ぶ、それが呂不韋という鈍才の生きかたです」

「ふうむ、ここにきてそういうことがいえる呂氏は、天下の宰相にふさわしい。天帝の近くには名君、名宰相が列座しているのだから、呂氏はこの世で、秦王を輔成《ほせい》し、億万の民に福をさずけてもらいたい」
うしろをむいた田焦の背に暗さはなかった。
この年、衛《えい》の段季《だんき》が、突然、呂不韋の目のまえにあらわれた。

昭襄王《しょうじょう》の死

一

段季《だんき》があらわれるまえに、情報の蒐集と分析をおこなっている申二《しんじ》が、

「衛君《えいくん》が魏《ぎ》で謀殺されたようです」

と、呂不韋《りょふい》に語《つ》げた。衛君とは、嗣君《しくん》の子の懐君《かいくん》のことである。

「衛には凶事が多いな」

と、呂不韋が申二と語りあってから、半月後に、眷属《けんぞく》を率いた段季が呂不韋の家の門前に立った。暑気のすさまじい日で、この旅行者たちは全員が汗まみれになっていた。

「段季がきたと――」

喜んだのは申欠《しんけつ》である。段季と申欠は孟嘗君《もうしょうくん》の食客として旧誼《きゅうぎ》がある。呂不韋

と段季が面談している室《へや》に、中欠が飛んできた。

「おお、やはり、段季か。なんじは衛の司寇《しこう》に仕えているのではないのか」

「中欠――」

わずかに目もとになつかしさをただよわせた段季は、しかしいちど強く唇を嚙み、それから、

「仕えているのではなく、仕えていたということになった。司寇は謀叛《むほん》の罪を衣《き》せられて誅殺されてしまった」

と、くやしそうにいった。話を整理するとこうなる。

一昨年、魏の附庸《ふよう》（属国）になった衛の懐君は、魏の安釐《あんき》王に臣従の礼をとらなければならなくなった。今年の春、懐君が魏へ入朝すると、いきなり捕らえられて殺された。罪譴《ざいけん》は、懐君は魏王の臣でありながら、秦《しん》や趙《ちょう》に通じた、というものであった。だが安釐王が懐君に罪証をつきつけずに誅殺の命令をくだしたうらには、自分の女《むすめ》への愛情がある。安釐王の女は懐君の弟に嫁《か》していた。

――いつか女の夫を衛の君主にしてやりたい。

というより自分の女を衛君夫人にしてやりたい。安釐王は懐君が死去するのを待っていた。ところが懐君は長生きであった。今年で在位、三十一年である。しかも

懐君は外交の主眼を趙や陶《とう》にむけて、魏をかろんじた。むこうが死ぬまえに、わしが死ぬかもしれぬ、と不安を感じはじめた安釐王は、趙の国力が落ち、陶の君主である魏冄《ぎぜん》が逝去《せいきょ》したことを好機とみて、東方にむけて兵馬を発《た》たせた。この征戦は大きな成功を得た。衛を滅亡させなかったのは、自分の女のためである。懐君は安釐王に隷属《れいぞく》したが、安釐王の内意にさからって、国君の席を弟にゆずらなかった。安釐王は大いに不快をおぼえ、

――死なねば、わからぬとみえる。

と、懐君の謀殺を左右に命じた。すぐさま女の夫である元君《げんくん》を立て、懐君を輔佐してきた臣や懐君を敬慕する者たちを捐廃《えんぱい》するように元君を使嗾《しそう》した。衛国内に粛清の嵐が吹き荒れ、安釐王の恣縦《ししょう》を怒り、懐君の死を悲しんだ司寇はまっさきに斬られた。司寇に重用されていた段季は、もはや魏にも衛にも正義はないと感じ、

――このまま衛にいれば、投獄されて、獄死するだけだ。

と、自分が逮捕されれば罪は妻子ばかりでなく姻戚にもおよぶことを説き、眷属を率いてすばやく国外にでた。そのとき、頼る人は呂氏しかいないとおもったという。

「ひどい話だ」

中欠は自分のことのように憤悱《ふんぴ》した。

ところで『史記』では、衛の新君主を嗣君の弟にしているが、嗣君の在位が四十二年で懐君が三十一年であることにかんがみると、元君は嗣君の弟ではなく懐君の弟というのが正しいであろう。その元君について段季は、

「侈傲《しごう》の人ではないのですが……」

と、いった。呂不韋は微笑して、

「わかりますよ。貪欲の人であれば、三十余年も兄の聴政をだまって見守るはずはない。すべては夫人の噪聒《そうかつ》と魏王の悖謬《はいびゅう》がおこなったことでしょう。魏王の正体をみたおもいがします」

と、いい、あえて恚《いか》りをおもてにださなかった。だが慈光苑《じこうえん》を滅ぼしたのは安釐王の父の昭《しょう》王であり、昭王といえば孟嘗君によって国の患害を払ってもらった人ではないか。孟嘗君が亡くなったあと、薛《せつ》の存続のために力を貸すのが当然であるのに、斉《せい》の襄《じょう》王と共謀して薛を滅亡させてしまうとは、なんたる忘恩の王であろうか。魏の昭王と安釐王という父子が、徳をほどこしたことがあったか。趙の邯鄲《かんたん》を救ったのは安釐王の弟の信陵君《しんりょうくん》の義俠心《ぎきょうしん》であり、安釐王の態度は邯鄲を見殺しにするというものであった。二代も失徳の王がでると、

——その国は、おのずと滅んでゆく。

と、呂不韋はおもう。

「段季どの、あなたのおかげで、わたしは慈光苑で死なずにすんだ。ここが住みやすいとおもったら、いつまでもいてください。住みにくいとおもったら、いつでもいってください。秦の高官にあなたを推挙しますし、秦をでたいのなら、楚《そ》の春申君《しゅんしんくん》に仕えられるように計《はか》らいます」

そういわれた段季は呂不韋の厚意をひしひしと感じたらしく、頭を低くして、

「秦に骨を埋めたい」

と、いった。のちに段季は子楚《しそ》の身辺警護をおこない、王宮の衛士を掌統《しょうとう》するようになる。そのきっかけになる事件がひと月後におこった。

申陸《しんりく》が殺されたのである。

かれは子楚の宮《いえ》の奥むきの取り締まりをおこなっているので、つねに子楚に扈《こ》従《しょう》しているわけではない。ところがその日は虫が知らせたのか、外出する子楚に随行した。帰りは夜になり、路傍から湧きでた数人の賊に馬車が襲われた。申陸は子楚をかばって斬られたのである。そのとき都内を見回っている役人がさしかからなければ、子楚も殺害されていた。賊はいずれも武術にすぐれていて、役人に逿《お》わ

れても、やすやすと夜陰に消え去ったという。

子楚の宮に駆けつけた呂不韋は、子楚が色を失いつつもぶじであることを確認したあと、申陸の遺骸をみて、おもわずその頭を膝にのせて、落涙した。

「志《こころざし》のなかばで斃《たお》れるとは、くやしかったであろう。わたしもくやしい」

申陸は全身全霊で子楚に仕えていた。申陸は申欠にみいだされた者であるが、その才覚は抜群で、これからその異能が発揮されるというときに殺された。ほかにも屍体《したい》がある。けっきょく四人の従者が斬殺されたことになる。

——この咸陽《かんよう》で殺されるとは……。

呂不韋は愕然とした。天下の諸都邑《とゆう》のなかで咸陽ほど治安のよいところはない。にもかかわらず、凶刃をきらめかす賊が湧騰《ゆうとう》した。傷悼《しょうとう》の胸をかかえて帰宅した呂不韋に、

「賊のひとりは、高睟《こうすい》ではあるまいか」

と、申欠はいった。

「なにゆえ、かれが、いまごろ——」

「賊は子楚さまを殺そうとした。盗賊のたぐいではなく、かれらは刺客だ。しくじらないために多くの刺客を集めたいところだが、ここは秦だ。賊ははいりこめない

し、咸陽で賊を集めようがない。子楚さまを襲った賊徒の数は、五か六だろう。その五、六人はどこからきたのか」

「わかるのか、なんじには」

「いま、楚王の使者が咸陽にきている。ちがうか」

「そうか。それだ、使者の従者のなかには高睟がいるにちがいない」

夜が明けるや、呂不韋は官衙《かんが》へゆき、子楚の傅《ふ》として警察の長官に面会を求め、自分の考えを話した。

「事件のことはきいています。賊を逮捕するために捜査中です。が、楚王の使者に随行している者を連行することはできません。楚王の使者は、たぶん咸陽を去り、帰途についています」

「そうですか」

慍然《うんぜん》とした呂不韋は家にもどるとすぐに平服に着替えて馬車に乗った。わたしもゆこう、と向夷《きょうい》がいうので、申欠と申二はもう一乗の馬車に乗り、楚の使節団を追った。

東方諸国の使者は河水《かすい》南岸の函谷関《かんこくかん》を通って往復するが、楚の使者は咸陽から渭《い》水《すい》を渡って樗里《ちょり》に到り、そこから武関《ぶかん》にむかって東南にくだってゆくのがふつうである。

馬車とともに渭水を渡った呂不韋は、樗里をみるまえに使節団を追いぬいた。八十人ほどの集団である。追いぬくとき、御《ぎょ》をしている向夷が、

「おりなくてよいのか」

と、きいた。呂不韋は低い声で、

「樗里の郭門《かくもん》で待つ」

と、いった。二乗の馬車は使節団よりさきに樗里に着き、郭門で腰をおろした呂不韋はうつろな目をした。申陸を喪《うしな》ったことは自分の手足をもぎとられたようなものである。申陸は呂不韋の思想を感得し、子楚の意趣《いしゅ》に移しかえることのできる、かずすくないひとりである。呂不韋と子楚の心事が申陸という梁《はし》の上を往来してきた。その梁が断たれたのである。呂不韋の哀傷は子楚よりも烈しいであろう。

どれほど時がたったのか。

「きましたよ」

という申二の声で、呂不韋は目をあげ、腰もあげた。

使者には正使と副使がいる。かれらの馬車の前後左右に多数がいる。正使は楚の大臣であるが、春申君ではない。集団の後尾に笠をかぶった十数人の剣士がいる。

――あれだな。

笠で顔はみえなくても、体形と歩きかたはそれぞれちがう。つかつかとひとりの男に近づいた呂不韋は、

「高睟、なんじの凶行を、天が宥《ゆる》しても、わたしが赦《ゆる》さない」

と、強い声でいった。男はぎょっとしたようであったが、笠のなかで乾いた笑声を立てた。それから、

「なんじに何ができようか。いや、わしより多くの人を殺すだけだ。天誅がくわえられるのは、わしではなく、なんじよ」

と、嗄《か》れた声でいい、おもむろに歩き去った。

二

――鉤《こう》を窃《ぬす》む者は誅《ちゅう》せられ、国を窃む者は諸侯と為《な》る。

とは、『荘子《そうじ》』にある一文である。

鉤はかぎの形をした金属をいうが、この場合、帯鉤《おびどめ》であろう。帯鉤ひとつを盗んでも罰せられるが、国を盗んだ者は君主となる。おなじように、人を殺した者は処

刑されるが、戦場で多数の敵兵を殺した将軍は賞揚《しょうよう》される。

高睟《こうすい》が皮肉をこめていい残したのは、そういうことであろう。道家《どうか》の門をくぐったことのある呂不韋《りょふい》は、逆説に真理のあることを、知らぬわけではない。たとえば申陸《しんりく》の場合、かれが有能であるがゆえに、子楚《しそ》の股肱《ここう》の臣となり、そのために横死することになった。それゆえ、無能にまさる能はない、ということになる。

「やりきれぬ」

親しい者の死にたいして感覚を鈍化させることのできぬ呂不韋は、つぶやきをくりかえして咸陽《かんよう》にもどった。申陸の仇を伐《う》ちたい。が、みずから楚《そ》へゆくことも、申欠《しんけつ》か向夷《きょうい》にたのんで高睟を暗殺してもらうことも、できない。徳をもって徳に報いることはしたいが、怨みをもって怨みに報いることはしたくない。もしも高睟を殺せば、自分も死ぬことになろう。復讎《ふくしゅう》は道義上赦《ゆる》されても、それをおこなうことによって、自分の何か肝心なものが死ぬ。怨みは、じっとかかえているのがよく、それを晴らさぬがゆえに、人を強く生かしつづける。怨みを晴らせば、生命力が殫尽《たんじん》する。

とはいえ、勝ち誇ったような高睟が憎くてたまらない。高睟は呂不韋の賑恤《しんじゅつ》の心の対極に立ち、むこうからこちらの善意を冷笑し、否定しようとしている。高睟の目には呂不韋の生きかたが偽善に映るのであろう。

——高睟が正しいのか、わたしが正しいのか。

こういうときに、師の孫卿《そんけい》であれば、何というであろうか。数日間、暗い顔をしていた呂不韋は、

「雉《ち》よ、なんじは、孫先生から教えられたことを、何か憶《おぼ》えていないか」

と、きいた。さあ、急には——、という表情をした雉は、翌朝、

「快々《かいかい》にして亡ぶは怒ればなり、というものがありました。ただし、うろ覚えです」

と、語《つ》げた。快々にして、とは、愉快にすごしていて、ということであろう。せっかく愉快にすごしているのに、いちど怒ったことが、すべてをそこなってしまう。

ふと呂不韋は笑った。雉のやさしさにふれたおもいがしたからである。いま呂不韋の心裏《しんり》で暗く沸騰《ふっとう》しているものを心の目でみた雉は、自分がおぼえている孫子《そんし》の教誨《きょうかい》のなかから、適切なものを選んだのであろう。雉のこころづかいである。

——怒りは、滅亡につながるのか。

そうかもしれないが、怒りをおさえることは、おのれの勇気のなさやみすぼらしさをみつめることになる。怒りたい。が、怒る者は怒らぬ者より勇気において劣る、

と師はいうであろう。

「つらいことだな……」

このつぶやきは胸のなかに落ちてゆき、底にあたってべつな音を立てるということはなかった。

中陸の埋葬が終わってから脱力感に襲われた呂不韋は、自分を立て直すために、田焦《でんしょう》のいる鄙《むら》に往《い》った。そこで秋の収穫を手伝い、田焦や華佶《かきつ》と話をすることで、鬱悒《うつゆう》を払おうとした。田焦は黄外《こうがい》を喪《うしな》った悼痛《とうつう》からぬけでたようで、感傷のないたくましさをみせていた。かれは呂不韋の顔色の悪さをみても、あえて問わず、収穫を終えたあと、呂不韋を馬車に乗せて、涇陽《けいよう》の北へ行った。

「どうです、どこまで行っても丘陵はすくなく、たいらでしょう。中原《ちゅうげん》であれば美田をつくるにふさわしい地ですが、残念ながら、みわたすかぎり塩鹵《えんろ》をふくんだ土です。水利も悪い」

と、田焦はゆびさしながら説明した。

「涇水《けいすい》を利用することはできないのですか」

「もっと北へゆくと、瓠沢《こたく》とよばれている沢があり、その沢を涇水とむすび塘《つつみ》を築いて、水位を高めて田圃《でんぽ》に水をそそぐようにすれば、農地は拡大し、しかも土は改良される」

「では、建言すべきです」

「監督の官府には意見書を提出しました」

という話を呂不韋にしたということは、呂不韋にも働きかけをおこなってもらいたい、という田焦の希望なのであろう。その意望を察した呂不韋は、田焦の志気《しき》の高さと強さに打たれた。若いころの田焦の境遇は呂不韋に似ていて、九死に一生を得たこともおなじであるが、私情を棄てて民のために働くという肚《はら》のすえかたと生活のありかたは、情にふらつくところのある呂不韋をうわまわっている。

——みごとな男だな。

田焦のような男が王であれば、その国は栄えに栄えるであろう。だが、天は田焦に門地をあたえず、仁徳のみをさずけた。呂不韋は田焦をみて、感心し、おのれの弱さを愧《は》じた。この弱さとは、何なのであろう。

考えながら咸陽にもどった呂不韋は、気分をかえるようにつとめ、昵比《じっぴ》している高官たちに田焦の想念と計画をつたえ、善処してくれるようにたのんだ。いま秦《しん》は兵に休息をあたえている。こういうときに農務の見直しをおこなうべきではないか。

ある高官は、

「大きな声ではいえぬが、大王は老齢になられ、兵事にも政事にも、大きな企画をもちこむことを嫌っておられる。秦が内政と外交に宏謨《こうぼ》を樹《た》ててはっきりとした動きをしめすには、太子の御即位を待たねばならぬ」

と、いった。太子柱《ちゅう》が秦王になれば、子楚《しそ》の傅《ふ》である呂不韋も重用され、その意見がやすやすと亨《とお》るようになる、それまで待て、といったのである。が、呂不韋はこのときべつなことを考えた。

――大王も情の人ではないのか。

と、ふと気づいた。昭襄王《しょうじょうおう》は若いころから生母と叔父をはばかって生きてきたが、あるとき、身内の者より応侯《おう》（范雎《はんしょ》）を信じ、愛するようになった。その応侯が亡くなったとたん、昭襄王は気落ちした。応侯の死後、王朝は活発さを失った。昭襄王の虚無感が王朝に反映されているとみてよい。なにをする気にもなれず、応侯を追思し、自分の虚しさを悲しくみつめているというのが、いまの昭襄王なのであろう。

昭襄王のさびしさが呂不韋にはわかる。呂不韋にしかわからないともいえる。

孤独の人になりはてた昭襄王の在位は今年で五十五年になる。応侯が分掌されていた権力を王のもとに集めたせいで、いまの昭襄王は望んでできぬことはなく、得られぬものはなくなったが、そうなってかえって、何も望まなくなった。昭襄王の心のありかたが、秦という国の欲望をひかえさせている。それを遠望した魏《ぎ》の安釐《あんき》王がこのときとばかりに烈しく軍事を展開した。だが、いまの昭襄王は安釐王の譎《けっ》数《すう》を不快に感じても、魏を攻めよ、とはいわぬであろう。秦国をでて諸国で奔突《ほんとつ》した秦兵は、今年も来年も、城邑《じょうゆう》と国境を守ってすごすことになろう。

冬になってようやく呂不韋の心と生活に静寧《せいねい》がおとずれた。

——しずかすぎる。

と、不安に感ずるほど、咸陽の冬は、なにごとも起こらずにすぎていった。

年が明ければ、昭襄王の五十六年である。この年が、歴史の節目となる。

三

この年、太子柱《ちゅう》は五十三歳であり、子楚《しそ》は三十一歳である。ついでにいえば、呂不韋《りょふい》は四十八歳である。

子楚の最大の関心事といえば、邯鄲《かんたん》に残してきた妻子の安否であるので、申二《しんじ》からの報告をうけるたびに呂不韋は子楚に面謁して、ふたりの生活ぶりをなるべくく

わしく語《つ》げた。子楚は眉《まゆ》を寄せて、

「政《せい》は、九歳か……」

と、嘆息した。やむをえないこととはいえ、長い別居生活である。子楚には侍《じ》妾《しょう》がいるが、それらの美女は子楚に慰安《いあん》をあたえることができぬらしい。小梠《しょうりょ》を正夫人にする、と子楚はいった。歳月はその言を侵蝕も風化もしなかった。子楚は他の公子のように豊裕《ほうゆう》な生活を送ってきたわけではないが、貴人として生まれたことはたしかであり、貴人の選択というのは、絶対というものがなく、これも良く、あれも良い、はずであり、そういう情のうつろいをみせぬ子楚はやはり特別な人なのかもしれない。もしも小梠が子楚のもとにきて、子楚の即位と同時に后《きさき》になれば、舞子《ぶし》が秦《しん》王の后になるわけで、空前絶後のことになろう。小梠の運命も前代未聞であるが、紅塵《こうじん》の底に咲いていた花を王宮の玉台《ぎょくだい》のなかに移して、なおも咲かせようとする子楚の意望のほうが、いっそうのふしぎさをもっているというべきであろう。

だが、いまの子楚は、いつまで妻子と離れていなければならぬのか、という幽《くら》いつぶやきを膝もとに落としている。

「おふたりの返還を、くりかえし趙《ちょう》に訴えております。が、この訴えをにぎりつぶしていのは、おそらく、平原君《へいげんくん》でしょう」

と、呂不韋はいった。子楚は力なくうなずいた。

「平原君は秦を敵視しつづけている。平原君が死なねば、趙はふたりを返してくれぬのか」

「魏《ぎ》の信陵君《しんりょうくん》は、趙王より城をあたえられて、いまだに趙にいます。というより、信陵君は魏王の命令にそむいたばかりか、魏将である晋鄙《しんぴ》を殺して趙を援《たす》けたので、魏に帰ることができぬのです」

「平原君と信陵君が趙にいては、趙は秦に強面《こわもて》をむけるだけか。いつになったら、埒《らち》があくのであろうか」

また子楚は嘆息した。

信陵君の武勇のすさまじさを知った秦将は、趙を攻めたい、という者がいない。武力で趙に圧力をかけられないのなら、外交で道を拓《ひら》きたいが、いまのところ、その道も遮断されている。秦には打つ手がない。

呂不韋は申欠《しんけつ》と向夷《きょうい》にきくときがある。

「手も足もでない、というのが、いまの秦だが、こういうときにこそ、きたるべき経略《けいりゃく》のための良籌《りょうちゅう》を胸膈《きょうかく》で練《ね》っておくのが、知者であろう。さて、ご両人、知恵はないか」

しかしふたりは、

「天が秦のために道を啓《ひら》くまで、待つべきだ」

というようなことを、微笑をまじえていう。秦は邯鄲攻めに失敗したとはいえ、諸国にたいして優位を保ちつづけている。韓《かん》の桓恵《かんけい》王、魏の安釐《あんき》王、趙の孝成《こうせい》王、楚《そ》の考烈《こうれつ》王など、諸国の王はひとりとして秦をおびやかすほどの盛名をもっていない。かれらにはるかにまさる輿望《よぼう》をになっているのが、信陵君である。しかしながら信陵君は相手が動かぬかぎり、自分は動かぬという人であるから、合従《がっしょう》の軍を率いて秦を攻めるようなことはしないであろう。現状に危険のきざしがないのが秦であり、優位を保ちつづけていること自体が、諸国へ圧力をかけつづけていることになる。その圧力に耐えられなくなった国が、行動を起こす。そのとき、秦のための道が啓かれるであろう。

「やれやれ、ふたりとも、哲人になってしまったか。わたしだけが俗塵《ぞくじん》のなかであがいている」

あえて苦笑してみせた呂不韋はまた表情をひきしめた。

「では、天が秦のために道を啓いてくれたとしよう。その道にそって秦王の徳を天下に知らしめると同時に、悖謬《はいびゅう》の国を討伐せねばならぬ。その遠征軍を率いる将軍には、たれがふさわしいのか」

王齕《おうこつ》は邯鄲攻めに失敗し、将器に非凡さのないことがあきらかになった。摎《きゅう》という将軍は、用兵にすぐれているが、天下をにらんでの戦いをおこなえるか、どうか。そうおもうと、魏冄《ぎぜん》が白起《はくき》をみつけたように、呂不韋も未知の将器を発見しておかねばなるまい。

「ひとり、いる」

なるほど申欠は情報通である。

「蒙驁《もうごう》」（または蒙傲《もうごう》）

という斉《せい》の出身者が高位にいるが、かれは応侯《おう》にうとまれたため、秦の主力軍を率いたことがなく、当然のことながら、巨《おお》きな軍功を樹《た》てたことがない。昭襄王《しょうじょうおう》は応侯を信じたゆえに、応侯に推《お》された将軍たちをいまだに信任している。それゆえ蒙驁は日当たりの悪いところで、王宮に吹く風の向きが変わるのを、辛抱強く待っている。

「ほう、知らなかった」

「ただし、将器の大小はわからない。白起を捐廃《えんぱい》して、将が罄匱《けいき》したのに、応侯は蒙驁を用いなかった。蒙驁を嫌ったので大軍をあずけなかったのではないかもしれぬ」

「会ってみれば、わかる」

さっそく呂不韋は蒙驁に面会を求めた。ちなみに蒙驁の孫が、

「蒙恬《もうてん》」

である。蒙恬は万里の長城を築き、始皇帝の死後に、始皇帝の子の扶蘇《ふそ》とともに自殺を命じられて北辺の地で死ぬ。さらにいえば、毛筆を発明したのが蒙恬であるといわれ、その名は書道史で特記されている。

さて、蒙驁はまもなく六十歳になろうという年配であり、白起とおなじように体《たい》軀《く》はこぶりである。むろん蒙驁は呂不韋が子楚の傅《ふ》であることを知っている。政治的な感覚をにぶらせてはいないようであった。呂不韋は知らなかったが、かつて蒙驁は自分の不遇に耐えかねて、自分の栄進をさまたげている応侯を貶斥《へんせき》しようと知恵をはたらかせ、たくみに応侯を中傷して、昭襄王のまなざしを自分にむけさせようとしたことがあった。年齢からくる焦《あせ》りがそうさせたのであろう。もともと蒙驁は陰黠《いんかつ》な人ではない。中傷はなかば成功し、蒙驁は昭襄王の諮問《しもん》をうけられる地位に就いたものの、軍事をまかされることはなかった。

――もう、あがくのはやめよう。

昭襄王は老い、自分も老いた。秦はつぎの世代にはいる段階にきている。蒙驁はさびしく笑いながら、子孫に夢をたくすしかない。

ところが、眼前にすわった呂不韋という男は、ふくよかな声で、

「旗をふり、鼓を打ってみたいとは、おもわれませんか」

と、いう。男として生まれたかぎり、空気の変わらない官廷からでて、嵐気《らんき》をたくわえている山を越え、霧気《むき》を放つ川を渉《わた》り、明るくひろびろとした野で大軍を指揮してみたい。それが蒙驁の素志なのである。

――わしのことを調べてきたのだな。

蒙驁はねむっていた心の目がひらくおもいがした。いま呂不韋の官位は自分よりはるかに下である。しかし、ある日突然、自分より上になるかもしれない。それに、子楚のような嫡流《ちゃくりゅう》からもっとも遠いところにいた公子を、いつのまにか嫡孫にしてしまった妖術に似た謀画《ぼうかく》をおこなった、賈人《こじん》あがりの呂不韋の胆知と才覚に底しれぬ力があることを感じざるをえない。やがてこの男が国権をにぎるかもしれぬ、と蒙驁は予感した。

「わしも、奇貨のうちにはいるのかな」

「奇貨……、なるほど、信陵君と戦うことのできる人物が、あなたしかいないとすれば、まさしく奇貨でしょう」

呂不韋はゆるやかに笑った。

べつに戦術の話をしたわけではない。長平《ちょうへい》の戦いで白起に殺された趙括《ちょうかつ》という趙将は、兵法に精通していた。趙括が兵法を戦場で活《い》かせなかったのは、戦場が事例のない千変万化の場裡《じょうり》であるという認識が欠けていたことと、かれがどこに行っても兵学という学問の室《へや》から脱することができなかった、いわば理論をみて現実をみなかったからである。良将は、敵将に克《か》つ工夫をするまえに属将や配下の兵の心をつかんではなさない工夫をするものである。蒙驁に衒異《げんい》や傲岸《ごうがん》があれば、人はついてこない。が、呂不韋のみるところ、蒙驁にいやな高ぶりはない。

——長い不遇を耐えぬいたのだ。

それによって心気が萎《な》えてしまったのではどうしようもないが、蒙驁はそうではなく、堅忍不抜《けんにんふばつ》を呂不韋に感じさせた。良将になりうる、と呂不韋は蒙驁をみた。

そうみられた蒙驁は、呂不韋がしりぞいたあと、

「あの者は龍でもなく蛇でもない。螭《みずち》かな。天に昇ることはないが、深い淵《ふち》の主になれる」

と、左右の者にいった。

ところでまったくの余談であるが、往時、魯《ろ》の孔子《こうし》は、魯の公室をおびやかしている季孫《きそん》氏の祿《ろく》を食《は》んだことがある。あるときそのことを非難された孔子は、

「龍は清潔なものを食べて清水のなかに遊び、螭は清潔なものを食べて濁水のなかに遊び、魚は汚濁のものを食べて濁水のなかに遊ぶという。いまわたしは上のほうの龍にはおよばないが、下のほうの魚よりはましだとおもっている。するとわたしは螭のようなものかな」

と、いった。これは『呂氏春秋《りょししゅんじゅう》』にある話で、その孔子の言のあとに、

――溺《おぼ》れる者を救う者は濡れ、逃げる者を追う者は趨《はし》る。

という短評がそえられている。これが呂不韋の思想なのであろう。

――蒙驁はおもしろい。

と、呂不韋はおもい、帰宅して申欠《しんけつ》に感想をいった。蒙驁は不運というものを知っているがゆえに、幸運が何であるのか、知っているであろう。幸運のとらえかたと活用のしかたに、たぶん誤《あやま》りはあるまい。若いうちに幸運をつかまされた者に、人生がもっている幽玄《ゆうげん》な綾《あや》はわからない。

「蒙驁だけでは、こころもとないのではないか」

と、申欠はいった。多方面に軍を展開してゆくときがくるとおもえば、あと二、三の良将をみつけておきたい。だが良将とは将のなかの将であり、たやすくみつけられないとおもっている呂不韋は、

「百の凡器《ぼんき》をならべられるよりはましだ」

と、答えた。蒙驁を発見したことは呂不韋自身の幸運であるという認識がここにはある。むろん蒙驁の存在をおしえてくれた申欠に感謝した。だが申欠は笑わない。

「信陵君に、蒙驁は克《か》てるのか」

「はは、いまの信陵君に、戦場において克てる者はいない。だが、経略という総合力でまさることはできる。比類ない個に克つには、組織しかない。大衆の力があなどれないものであることを、わたしは知っているが、貴門に育った信陵君にはわからぬであろう。つまり、そこだけではなく、あれやこれやで克つ」

「蒙驁は、あれやこれやのひとつか……」

ようやく申欠は笑った。

夏が終わろうとしている。申二がいそぎ足で呂不韋のもとにきた。

「平原君が亡くなりました」

「ふむ……」

重大な報《しら》せである。一貫して秦に敵対した平原君が消えた。平原君の夫人は信陵君の姉であり、平原君と信陵君は義兄弟であった。その兄が亡くなったので、弟は趙のために尽力する理由が希薄になるであろう。平原君がいなければ、かならず趙の外交に迷いが生ずるし、軍事においても、趙の孝成王《こうせいおう》が信陵君に趙兵をあずけるような果断をおこなうはずはない。すると秦は軍を動かす好機を迎えたことになる。呂不韋はまた蒙驁に面会にゆき、平原君の死をつたえ、秦の軍事についての意見を求めた。人払いをした蒙驁は、

「秦は軍を動かせない。なぜなら、大王の病が篤《あつ》い。子楚さまが寝室に呼ばれることになれば、大王はご臨終だということです」

と、秘匿《ひとく》すべき情報を呂不韋に漏らした。まもなく、呂不韋は子楚とともに太子柱《ちゅう》に呼ばれて、昭襄王が危篤であることを告げられた。太子柱は呂不韋に愁顔《しゅうがん》をむけ、

「このたびは大王のご延命はむりであろう。たとえ大王が天から一、二年の余命をさずけられても、ご聴政をおこなうことはむずかしく、わしが摂政《せっせい》をつとめることになろう。不韋よ、わしを佐《たす》けよ」

と、いった。呂不韋は拝稽首《はいけいしゅ》した。太子柱の言は、呂不韋を参政の地位に就《つ》かせ

ることを暗示している。呂不韋の胸がふるえ、胸の底に熱い波が立った。

「太子に心魂を奉《ささ》げ、お仕えするでありましょう」

呂不韋の答えにうなずいた太子は、子楚には、

「なんじには母がふたりいる。孝敬は徳の基《もとい》である。よいな、孝行を忘れず、傅《ふ》の言をわしの言であるとおもい、おろそかにしてはならぬ」

と、さとすようにいった。

昭襄王の生命力は強く、重態になっても、なおも二十日生きた。太子が秦王となり、子楚が太子になるときが目前に迫った。だが、そこに驚天動地の事態が待っていた。

ひとつの金貨

一

太子柱《ちゅう》はためらわず喪を発した。

即位式をおこなっていないものの、この時点で、かれが秦《しん》王であった。かれは、

「孝文《こうぶん》王」

とよばれることになる。

訃報《ふほう》をうけた諸侯はおどろき、いそぎ弔問《ちょうもん》のために大臣をつかわした。秦にたいして他の君主より多くの気をつかわねばならない韓《かん》の桓恵《かんけい》王は、喪服である衰絰《さいてつ》をまとって入朝し、弔辞を述べた。これは昭襄《しょうじょう》王の死を悼《いた》む気持ちのさらさらない桓恵王の媚態《びたい》というべきである。桓恵王の在位は二十二年になるが、その間に、河水《かすい》の北の広域を秦に奪われ、国力を半減させてしまった。昭《しょう》侯が君主で申不害《しんふがい》

が宰相であったころの韓は、栄えに栄えていたではないか。その昭侯が亡くなってから八十二年が経《た》ったいまの韓は、みるかげもない。

――せめて新しい秦王が暗愚であってくれれば……。

桓恵王の希望とはそれである。ここまで国力を衰微させてしまうと、これから国を富ませ兵を強くするのは不可能であるといってよい。自国の富強がかなわぬのであれば、秦の衰弱を希《ねが》うしかない。つまり、新しい秦王である孝文王が暗君か暴君であれば、韓に回天の好機がめぐってくる。弔辞を述べる桓恵王の心底にある声とは、そういうものであった。

いや、桓恵王にかぎらず、弔問のために入朝した諸国の大臣の心事も似たようなものであった。秦の勢力の伸張をさまたげるための合従《がっしょう》の軍を編みにくい現状では、秦の自滅を待つしかない。

「法が優先する秦にたとえ暗君があらわれても、すぐに自滅するはずがない」

という感想をもっているのは、秦都にのぼってきた春申君《しゅんしんくん》である。この楚《そ》の宰相は組織の強靭《きょうじん》さにおいて諸国は秦におくれをとっていることを認識している。秦の組織は異物を排抑《はいよく》するようにできていながら、諸国の才能を吸収するふしぎさをもっている。国の門戸を開放して天下の偉材を招こうという英断をしめしたのは、孝公《こう》であり、それ以来、商鞅《しょうおう》、張儀《ちょうぎ》、甘茂《かんも》、范雎《はんしょ》などの大才が執政の地位に登って、さらに秦を強くした。かれらはすべて異邦人である。楚は異邦人に国政をあずけることは、ぜったいにできない。長い楚の歴史のなかで、ただいちど、亡命してきた天才に政柄《せいへい》をにぎらせたことがあった。その天才とは、

「呉起《ごき》」

である。呉起が楚でおこなった改革は商鞅のそれの先駆的な意義をもつ。呉起の才能は軍事にとどまらず、立法、司法、行政におよんだ。その改革が国の体質を変え、王族から庶民までの意識を刷新しおえたら、楚は天下を経営するようになったであろう。楚の王族が呉起を殺し、改革を否定したことによって、楚は旧態にもどってしまった。以来、組織の中枢に外来の血をいれなくなった楚は、旧弊を脱げず、組織の末端に血がかよわなくなり、手足が麻痺し、体力を失って、近づいてきた白《はく》起《き》という秦将のひと突きで、仰向けに倒れてしまった。それで死んでしまえば楚は滅亡したことになるが、奇蹟的に息を吹きかえした。しかしながら半身不随になっても楚は旧《ふる》い血を尊重しつづけた。国権をにぎった春中君は、多くの食客を養い、また荀子《じゅんし》（孫卿《そんけい》）のような大儒を招いて一邑を治めさせてはいるが、地方の行政に新風をもたらしただけで、国体の変革にはとりくめない。王から国民まで、進取を

望んでいない。進運のないところであえて改革をおこなえば、呉起のように殺されるだけである。こうなると楚の精神の風土が改革を望まないとしかいいようがない。

——だが、秦は……。

賈人《こじん》であった呂不韋《りょふい》のような男が、王朝の運営者になるかもしれないのである。少年の呂不韋をみて、その才気に非凡なものを感じた春申君でさえ、運命のふしぎさをおもい奇異の念に打たれた。

——呂不韋に会って、帰ることにしよう。

新しい王のでかたをさぐるには、呂不韋の意向を知っておくべきである。孝文王から要務をまかされたらしい呂不韋は、あまり帰宅せず、宮中で泊まっている。すさまじい多忙のなかにいるようである。春申君は四、五日待ち、ようやく呂不韋の帰宅を知って、夜中にでむいた。

「呂氏は、楚で賊に襲われたときいた。わしの客がその賊にかかわっていたと知り、詫びにきた」

と、春申君は頭をさげた。呂不韋に遺恨をもたれていると、楚の外交に引け目が生ずる。

「何を仰せになります。食客のごとく奄留《えんりゅう》させていただき、一言の謝辞も残さずに去った非礼はこちらにあります。詫びねばならぬのは、わたしです」

この気持ちにいつわりはないが、春申君の従者に怪しい者がまぎれこんでいないか、呂不韋はすでに配下をつかってしらべた。

「そういってくれるか。これで、気が楽になった。くどいようだが、賊をさしむけたのは、わしではない」

それをきいて、呂不韋は内心嗤《わら》った。暗殺団にさしずをあたえたのが春申君ではないにせよ、趙《ちょう》の邯鄲《かんたん》を援《たす》けるために楚軍を発し、秦軍を伐《う》ったのは春申君であろう。その行為によって多数の秦兵が死んでいる。賊をさしむけることが邪で、軍をさしむけることが正になるのか。

「よく、よく、存じています。主犯の高睟《こうすい》にひそかにさしずをあたえた者が、たれであるのか。それもわかっています」

「ほう、そうか……」

おどろいた春申君は呂不韋の貌《かお》を凝視《ぎょうし》した。だが、呂不韋は口をつぐみ、静かに微笑している。

——凶行の首謀者は、楚人《そひと》ではないのか。

ようやく春申君の想念にひろがりがでた。ははあ、なるほど、と推量はひとつの影をつかんだが、秦の王室内の暗闘に関心のない春申君は、話題をかえた。

「新しい秦王は子福者であられる。そのなかの王女を、楚の太子の夫人にお迎えすることはできまいか」

「王に申し上げておきます」

「それは、かたじけない。これからも両王室は友誼《ゆうぎ》を保ってゆきたい」

「そうです。友誼を保つには、信がなくてはなりません。どうか三晋《しん》（韓、魏《ぎ》、趙）のくわだてにお憑《の》りにならぬよう」

こんどは春申君が心のなかで嗤《わら》った。

秦が三晋を攻めるから、やむなく合従の策が生じたのではなかったか。このまま秦がおとなしくしていてくれれば、楚はあえて背信行為にでることはない。

「わしは秦王が高徳の人であることを希っている。二度と、懐《かい》王を誘殺したような詐佯《さよう》をもちいてもらいたくない」

もしも孝文王が衍《ゆた》かな徳の持ち主であれば、春申君は考烈《こうれつ》王に秦への入朝を勧め、よろこんで秦の経略を助けるつもりである。すでに周《しゅう》王室の本統は絶えているのだから、孝文王を天子にしてもかまわない。険悪きわまりない戦争をつづけてゆけば、天下の民を困窮させるばかりである。どの国にも厭戦《えんせん》の気分が生じつつあり、春申君自身も戦争に懐疑的である。

呂不韋は強い目をした。

「いま詐術《さじゅつ》のことを仰せになったが、そもそも戦乱を拡大し他国を侵《おか》して取ったのは、魏の累代《るいだい》の君主です。それこそ詐術でしょう。魏に圧迫されつづけた秦は苦しみぬいて、ようやく孝公のときに反撃にでたのです。また誘殺された懐王に、非はなかったのでしょうか。わが師の孫卿は、仁義徳行《じんぎとっこう》は常安《じょうあん》の術なり、と仰せになった。懐王が危亡の道に陥落したことは、懐王にあった仁義徳行が薄皮《はくひ》のごときものではなかったのか。いや、たがいに過去の非計をなじりあっていては、両国の未来に明るいものがみえてきません。わたしは、張儀とはちがい、舌尖《ぜっせん》をもって世を渡ってきたわけではなく、物を売り買いし動かすことと人を信じることとを同一視してきたのです。虚を実《じつ》のようにみせる世界は知りません。この愚直なわたしがもしも国政にかかわるようになれば、外交に虚妄《きょぼう》をもちこまないし、諸侯をあざむくことはしないでしょう。人と財とを失わせる戦乱を憎み、それを終息させるために武を用いねばならぬのなら、いいわけすることなく、武を堂々とつかいます。そうでなければ、周の武《ぶ》王の武が謬《あやま》っていれば、武をつかった者は滅びます。そうでなければ、周の武王のごとく、完全な平和を得られるでしょう」

きいているうちに春申君は寒気をおぼえた。

平民のなかでも最下級というべき賈人であった呂不韋は、この世をどうみてきたか。正確にいえば、人の世の底面からどうみあげてきたか。遊説者が考えだした合従と連横《れんこう》の策などは、虚妄にみえたのであろう。諸国はあざむきあってここまできた。そのなかで孟嘗君《もうしょうくん》のような実力のある個人が虚妄を脱して正義を樹《た》てようとしたにすぎない。国々が虚妄のかたまりであるかぎり、正義を樹てようとする者は、既成の国体に属さない世界を創るしかない。その点、孟嘗君は卓犖《たくらく》としていた。が、平原君《へいげんくん》と信陵君《しんりょうくん》は公子の立場から離脱することができず、超絶した存在になりえない。趙の平原君であり、魏の信陵君なのである。

呂不韋は、みずから明言したように、外交において策を弄しないであろう。孟嘗君が天下にしめした信義を継承する者は、呂不韋かもしれない。ただし孟嘗君は、瞞着《まんちゃく》をおこなう者たちに、貴族的な寛容をしめした。しかし呂不韋は、契約を守らなかった者から違約金を取るように、虚を実のようにみせている者たちを烈しく実の世界にすえようとするのではないか。たとえば韓の桓恵王のように、うわべは秦に服従していながらつねに秦の不幸と禍《わざわい》を望んでいる者を、容赦しないのではないか。また、この長い戦乱を、枝葉を切り取ったかたちにしてみると、秦と魏の戦いにすぎぬ、ということも呂不韋にはわかっている。秦、あるいは魏が、滅亡すれば、戦乱は畢《お》わる。したがって呂不韋はわき目もふらずに魏を攻めるであろう。利ということが骨の髄までわかっている呂不韋は、みせかけの利につられることはない。そこが、春申君には恐ろしい。従来の権謀術数《けんぼうじゅっすう》には狎《な》れがある春申君であるが、虚構にすぎぬ策をはずしてひた押しするような呂不韋を、押し返さなければならぬとおもえば、憂鬱になる。

――諸侯の策の通じぬ男が、これから秦を導いてゆく。

諸侯はまだ呂不韋のすごみを知らないが、春申君には視《み》えてくるものがある。たぶん呂不韋の徳の大きさは、魏冄《ぎぜん》や范雎《はんしょ》のそれをうわまわるであろう。天下の賢英は呂不韋という巨大な器に納められてしまう。強力な武をもっている秦が勝っても勝っても、まだ天下の半分も平定できないのは、徳が欠如しているからである。ところが呂不韋が秦王を輔佐して天下に仁義を布《し》きはじめれば、どうなるか。

――観《み》たくない未来だ。

と、春申君はおもう。さしあたり楚は秦の攻伐の対象にならないにせよ、魏が滅べば、楚は危亡の淵になげこまれるのであるから、いまからできるかぎりの手を打っておかねばなるまい。

春申君はすぐれぬ顔色で咸陽《かんよう》を去った。

二

咸陽《かんよう》にきた諸侯の使者のなかに趙《ちょう》の孝成《こうせい》王の使者がいた。

趙と秦《しん》とは和睦《わぼく》したわけではないが、弔悼《ちょうとう》の礼は国の感情を超えたところにある。それに秦は平原君《へいげんくん》の弔問《ちょうもん》のために大臣をつかわした。趙はその返礼をしたともいえる。

この使者はふたつの調査と確認をおこなった。

ひとつは、新しい秦王、すなわち孝文《こうぶん》王がほんとうに子楚《しそ》を太子に立てるのか。

ほかのひとつは、子楚は趙に残している妻子をいまだに尊重しているのか。

調査の結果はあきらかであった。

孝文王は即位と同時に立太子《りったいし》を天下に告げる予定である。また太子に立てられる子楚は、側室のひとりに子（のちの長安君成蟜《ちょうあんくんせいきょう》）を産ましているが、正室を空《あ》けてあり、いつでも趙姫《ちょうき》（小梠《しょうりょ》）を迎えいれる用意を損《す》てていない。

——そうなると、邯鄲《かんたん》にいる政《せい》は、まもなく嫡孫になる。

この使者はわずかな時間ではあるが呂不韋《りょふい》にも面会した。ここでの談《はなし》のなかで、かれは子楚の妻子を返還してもらいたいという内容の書翰《しょかん》がいくども趙に送られていたことを、はじめて知った。

「それらの書翰は、平原君の邸《いえ》の庭で、灰になったかもしれませんので、趙王への書翰をあらためて書きます」

呂不韋にそういわれた使者は冷や汗をおぼえると同時に呂不韋に好意をいだいた。いままで秦の高官は強国の威を恃《たの》んで他国の使者にたいしてそろいもそろって高圧的であった。ところが太子の傅《ふ》になるという呂不韋は、まったく酌量《しゃくりょう》をしめさなかった趙を怨咎《えんきゅう》してよいのに、険《けん》をみせず、しずかに書翰をしたため、

「子楚さまの苦衷《くちゅう》をお察しください」

と、腰と辞を低くした。

——こういう男も、秦にはいるのか。

むろん使者は、呂不韋が賈人《こじん》であったころに、その名を知っていたが、面談して呂不韋の人格の重みをじかに感じたのはこれが最初である。

——この男によって秦は変わる。

何がどのように変わるかはいちいち予測のつかないことであるが、とにかく皮膚

が予感したのはそういうことであった。この予感はそこはかとない恐怖をともなっている。秦が変わるというのは、悪く変わるのではなく、良く変わるのである。秦が軍事と外交を改善すれば、いっそう国の質を高めて、いままでとはちがった力を諸侯におよぼすことになる。それが怖い。

あらたに王が立つときが、外交の転機となる。それは古来おなじである。

使者は考え込みつつ帰途につき、心身から恐れが去らないことを確認すると、道をいそぎはじめた。趙のためには、人質を早く返還したほうがよい。このまま人質を保持していると、大きな災難が趙にふりかかる。そんな気がしてならない。

邯鄲に帰着した使者はすぐさま孝成王に復命し、呂不韋の書翰を呈上《ていじょう》して、ことばをそえた。

「呂不韋なる者は、もと濮陽《ぼくよう》の賈人でありましたが、わが国にいた公子異人《いじん》、改名して公子楚といいますが、その公子にひそかに昵比《じっぴ》して、公子を秦に還《かえ》らしめた人物であります」

孝成王は呂不韋の名をはじめてきいた。だが、

「さては、人質を脱走させたのが、呂不韋だな、そうであろう」

と、勘のよさをしめした。

「仰せのごとく、公子楚を逃がしたのは、呂不韋にちがいありません。ただし趙における罪は秦において功となります。いまや呂不韋は、新しい秦王の嬖幸《へいこう》となり、王后となる華陽《かよう》夫人に依倚《いい》され、太子となる公子楚の絶大なる信頼を得ております」

孝成王はうなずかない。すべてが気にいらない。だいいち賈人が国政に参与してよいものか。秦はどこかが狂っている。そのような常軌《じょうき》を逸した人事を、趙はけっして許さない。政治とは王侯貴族の専有物であり、太古から支配される者である庶民が政治に口だしをするようになれば、上下が殽雑《こうざつ》となり、乱の本になる。庶民に政治の何がわかるというのか。何ひとつ、わかるはずがない。しかしながら使者は、心のなかで呂不韋の重さを再確認しつつ、

「数年のうちに、呂不韋が秦の丞相《じょうしょう》になることは、必定《ひつじょう》です」

と、力をこめていった。孝成王は唇をゆがめ、

「微者《びしゃ》にはおのれの器の小ささがみえず、欲ばかりが大きい。おそらく呂不韋は豎《じゅ》刁《ちょう》、易牙《えきが》のごとき奸臣《かんしん》であろう。ただし、呂不韋が国権を掌握すれば、秦は乱邦《らんぽう》となり、趙にとっては慶事となる」

と、あえて冷笑した。たしかに豎刁と易牙は覇者《はしゃ》であった斉《せい》の桓《かん》公の死後に乱を

起こして滅び、斉を衰弱させたが、呂不韋はかれらとはくらべものにならぬ徳量をそなえている。それがわかるだけに使者は、

「恐れながら賈《こ》という賤業《せんぎょう》に身を浮沈させながらも、英主と遭遇するや、その大才を発揮した者に、太公望《たいこうぼう》や管仲《かんちゅう》がいます。呂不韋がかれらの高大な才徳におよぶとは断定しかねるものの、けっして奸悪《かんあく》な者ではなく、武の用いかたも陶《とう》侯や応《おう》侯とはおそらくちがうはずで、それだけに趙は用心が必要で、かれが輔佐する秦王と太子に弔《ちょう》をささげたあとは、賀を献じておいたほうが、無難かと存じます」

と、呂不韋を軽視したがっている孝成王の見識にねじれを生じさせないように、また機嫌を損じないように、ことばをえらんで説いた。現実は、趙にとどめてある子楚の妻子が人質として何の役にも立っていない。趙は秦軍に邯鄲を包囲された怨みを、秦軍を痛烈に撃退することで晴らした。子楚が人質として邯鄲にいたときでも秦軍は邯鄲を攻めたのであるから、人質の有無は両国の攻防にかかわりがない。それゆえ子楚の妻子をこのまま趙にとどめておくことは、趙にとって益になるどころか、秦の太子、すなわち次代の秦王に怨まれるだけで、害になる。害をのぞくことも、益につながるのである。

「賀を献ずるとは、秦の太子の妻子を還すということか……」

孝成王は浮かぬ気分になった。呂不韋の書翰を史官に再読させたあと、みじかく、

「還してやるか」

と、いった。子楚の妻子を送還することに意義が生ずるのは、いわれるまでもなく、いましかない。それでもいちど上卿《じょうけい》に諮問《しもん》をおこなった孝成王は、ようやく決心して使者を立てた。

趙姫と政は、この年、ついに秦へゆくことになった。

吉報を知った飛柳《ひりゅう》はすかさず人を秦へ駛《はし》らせた。飛柳は趙姫を守り、眕《しん》は政を守ってきた。賊に襲われたのは一度や二度ではない。そのつど飛柳は趙姫の手を曳《ひ》き、眕は政をかかえて、凶刃をのがれた。鮮芳《せんほう》の働きで、母子の生命に危害がくわえられなくなったあとも、飛柳と眕は気をゆるめなかった。

「眕は強い」

病弱でもあった政は、強さにあこがれるらしく、眕に驚嘆と信頼の目をむけつづけた。その目が、眕にべつな感情を生じさせた。呂不韋に命じられて政を守ってきたにはちがいないが、任務を解かれても、政から離れたくないという感情である。

趙王の使者とともに秦へゆくとわかったとき、いいようのない虚脱感に襲われた。不覚にも、落涙した。それをみた政は、

「なにゆえ、泣く。眕は喜ばぬのか」

と、いぶかしげにいった。眕ははっと容《かたち》を改めて、

「大いに喜んでおります」

と、答えた。

「眕は喜ぶと泣くのか」

「そうではありませんが……」

しばらく眕をみつめていた政は、ふと気づいて、

「咸陽に着けば、眕は呂氏のもとにもどるのであろう。だが、わたしは、なんじを呂氏からゆずりうける。それでよいか」

と、さぐるようにいった。眕は低頭して肩をふるわせた。

いよいよ出発であった。趙姫と政は邯鄲を去るまえに、鮮芳に会い、感謝の辞を遺《のこ》した。鮮芳はこの母子に祝賀の辞を献じ、趙姫の養母として、

「今日の慶福《けいふく》は、呂氏の働きによって、もたらされたものです。それをお忘れなきように」

と、さとすようにいった。趙姫は目頭《めがしら》をおさえながらうなずいた。秦の王宮にはいってしまえば、二度と鮮芳には会えぬであろう。趙姫にとって邯鄲は受難の地

であったが、子楚と呂不韋、それに鮮芳に遇《あ》えた幸運の地でもあった。肉親のいない趙姫は鮮芳に敬慕の情をささげ、親密さを得た。そうさせた鮮芳の人柄には寛容と毅魄《きはく》があるということであった。感受性の衍《ゆた》かな政は、眼前の鮮芳こそが最大の恩人であることを感じ、

「わたしが秦王になるときがきたら、鮮氏に小国を買えるほどの財を贈ります」

と、明言した。実際、政は恩も怨みもけっして忘れぬという性質なので、のちに鮮芳に巨富《きょふ》をさずけることになる。怨みについていえば、

――父と呂氏は、母とわたしを置き去りにした。

ということがある。父がほんとうに母と自分を愛していれば、ひとりで逃走するはずがない。が、父はそうした。その行為を心の深いところで政は赦《ゆる》していない。もしも政がおだやかな日々のなかで教育されたら、そうは考えないであろう。父母のために子が犠牲になるのを常識とするのが孝道である。しかしながら政は本能が強く、他人《ひと》がつくった孝心のありかたを烈しくこばんだ。

三

秦《しん》の歳首《さいしゅ》は十月である。

すなわち秦の一年は冬からはじまることになる。

十月己亥《きがい》の日に、孝文《こうぶん》王は即位した。直後に、子楚《しそ》は太子になった。当然のことながら華陽《かよう》夫人は王后となった。

「吉慶《きっけい》は重なるものとみえます」

と、呂不韋《りょふい》は子楚に言上した。趙姫《ちょうき》と政《せい》がすでに邯鄲《かんたん》を発して咸陽《かんよう》にむかっていることが吉報の内容である。いきなり子楚は手を拍《う》ち、独りで笑いながら室内を歩きまわってから、呂不韋のまえにすわった。体貌《たいぼう》から喜色があふれている。

「趙《ちょう》王はすこしものわかりがよくなった」

「まことに――」

呂不韋の胸裡《きょうり》から懸念がひとつ消えた。

「おお、国境まで人をつかわせ。万一、ということがある」

「すでに手配いたしました」

と、呂不韋は軽く頭をさげた。子楚は歯をみせた。

「はは、なんじに手ぬかりはないか……。ところで、不韋よ、わしはなんじのおかげでこの高位に登ることができた。といっても、きたるべき立太子《りったいし》の式に臨《のぞ》まなければ、正式な太子ではないが、御内定はいただいた。こうなってみて、わしのような愚昧《ぐまい》な者が、次代の王であってよいのか、と足がふるえてきた」

と、子楚は正直なことをいった。たしかに子楚は英明ではない。だが、愚昧ではない。知識にとぼしく、そのとぼしさが群臣や国民の害になることを愚昧という。子楚は学問を好まず、美女と美酒とを好むが、けっしてそれらにおぼれない。また、おのれの器量からはみだして欲したり望んだりしない。無理をしないから、迷わない。

「わたしも胸がふるえております」

「なんじもふるえているのか。主従でふるえていては、東宮《とうきゅう》までふるえそうだな」

子楚は太子の宮殿というべき東宮にはいることになった。東宮の主であることが王位継承権をさずけられたあかしである。子楚が正式に太子になっていなくても、群臣は子楚を秦王の嗣子《しし》として敬仰せざるをえない。

翌日、子楚は宏大な東宮に移った。ほとんど同時に、呂不韋も移転した。王宮近くの宮室があたえられたからである。

「別世界だな」

と、宮室と庭のおどろくべき広さをみて、呂不韋は幽《ほの》かな笑いを雉《ち》にむけた。雉は呆然としている。奴隷であったころの雉は家畜小屋にひとしい狭陋《きょうろう》さのなかで起居していた。藺《りん》という邑に侵入してきた秦兵に捕獲されて穣《じょう》へ送られるとき、雉はむしろ解放されたにひとしい喜びをおぼえた。穣でも牛馬のごとく酷使されるにちがいないが、仲間の多さがまるでちがう。それに労働の内容は複雑ではなく、また陰気でもない。だが、雉は呂不韋と孫子《そんし》（荀子《じゅんし》）に遇《あ》ったことで、心の目をひらいた。呂不韋に従って生きてゆくにしたがって、世界の広さとは、おのれの外にはなく内にあるのではないか、と考えるようになった。そう考えるようになって、急に、世界が狭くなった。何も考えなかった奴隷のころのほうが広い世界をもっていたのではないか。つまり蒙《くら》い世界のなかにいれば、何もみえず、広さと狭さを意識することがないのに、明るい世界にでたために、かえっておのれの視界の狭さを痛感した。この世を生きてゆくことは、恐怖に耐えてゆくことでもある。何かを信じなければ、発狂しそうである。自分には何の力もないとおもっている雉としては、信ずるものがふしぎな力をもって自分を守ってくれなければこまる。雉は呂不韋を信じた。本能的な何かがそうさせたといえる。

——この人は、常人《じょうじん》とはちがうのだ。

何がどうちがうのか、いちいち挙げるまでもないが、はじめはただ運が強いとおもっていたことが、不断の努力と済民《さいみん》の心によって創《つく》られたことにようやく雉は気づいた。資本も信用もなかった呂不韋が豊盛《ほうせい》さを得たやりかたをみていると、まず人にあたえることからはじめている。呂不韋の内的手続きとしては、棄てることからはじめているのではないか。棄てなければ得られないという考えかたは、儒家《じゅか》にはなく、道家《どうか》にある。儒家の教えは、命令と禁止のくりかえしである。ああせよ、こうしてはならぬ、ということばを発する力の源には大衆の知力を低くみる支配者の伝統が生きている。だが、道家は命令も禁止もしない。道を示すだけである。その道を歩こうとすれば、とたんに変幻する道である。呂不韋は孫子から多くのことを学んだが、貴門のうちで家臣を頤使《いし》するわけではない呂不韋は、巷衢《こうく》にあって道家の教えにそった生きかたをえらんだ。人を救うことによって人に救われ、人を富ますことによっておのれも富んだ。こまかくみれば、物をあたえて、人を得たのである。人ははじめから広い世界をもっているわけではない。呂不韋もおそらくそうで、しかし呂不韋は人を得ることによって、世界を広げてきたのではないか。雉にしても、呂不韋を信ずることによって、呂不韋が得た世界と得ようとしている世界をみることができるようになった。

——だから凡夫は、すぐれた人に遭《あ》って、目をひらいてもらわねばならない。

いまの雉は素直にそういうことができる。眼前にひろがっている邸宅と庭の広さにおどろいて呂不韋が、別世界だな、といったわけではない。雉にはわかる。この邸宅に住むことによって、人民の幸福にかかわる為政に手がとどくという感慨が、そういうことばを呂不韋に吐かせたのであろう。ここまできた呂不韋に黙々と附随してきたにすぎぬ自分が、家宰《かさい》として、この大家を運営してゆくことになるふしぎさに雉は打たれたのである。

この日、呂不韋はみずから官衙《かんが》へゆき、移転の完了を告げた。そのとき戸籍を管理している吏人《りじん》のひとりがおずおずと呂不韋に近づき、

「太子の傅《ふ》は、もしや……」

と、声をかけた。呂不韋はその吏人を凝視した。みおぼえのない顔である。いちど頭をさげた吏人は、

「お忘れになったのは、ごもっともです。三十数年もまえのことですから」

と、固さのある声でいった。

「三十数年まえに、……あなたに、遭《あ》ったのか」

「さようです」

「どこで――」

問われた吏人は、すぐに答えず、懐から袋をとりだして、紐をゆるめ、袋の口をひらいた。なかからでてきたのは金貨である。

「これを、あなたさまから、いただきました。ほかの金貨は、つかいはたしましたが、これだけは、護符のかわりにして、肌身《はだみ》から離したことがありません」

その金貨を指でさわったとたん、呂不韋は憶《おも》いだした。同時に、和氏《かし》の璧《へき》が脳裡《のうり》によみがえった。

「あのときの童子か……。舟で、わたしを逃がしてくれた。たしか、名は――」

「馬《ば》です」

「そうか、馬だ。漁人《ぎょじん》のくせに、馬という名であったな」

「別れ際に、あなたさまはわたしに、なんじにゆけぬところはない、といい遺《のこ》されました。それを慈訓《じくん》に感じたわたしは、父が亡くなったあと、邯鄲に行って学問をし、秦にきて、官府の片隅においてもらえるようになりました」

「ああ、学問をしたのか……」

呂不韋は金貨をいじっていたが、ふたたび強い眼光で馬をみつめて、

「袋は空《から》にしておいたほうがよい。この金貨はもらっておく」

と、いうや、金貨を袂《たもと》にいれ、唖然《あぜん》とした馬を尻目に官衙を去った。翌日は、早朝から東宮へゆき、呂不韋が帰宅したのは深夜であった。就眠してほどなく、雉に起こされた。

「太子の使者として随邦《ずいほう》どのが到着なさいました」

随邦は陀方《たほう》の子である。太子を教導する臣のひとりである。着替えながら首をひねった呂不韋は、

「もう鶏晨《けいしん》か」

と、雉に問うた。子楚が困惑し、輔佐の臣がとまどうような事態が生じたにせよ、晨明《しんめい》にならぬうちに呼びつけられるのは迷惑である。

「いえ、鶏鳴《けいめい》はまだです」

「東宮のことは、樊然《はんぜん》さを払い、ぬかりがないようにしてきたつもりだが、どんな紛梗《ふんこう》が生じたのか」

さすがに呂不韋の機嫌はよくない。いぶかしいことに随邦は邸内にはいらず、馬車のなかで呂不韋を待っているという。呂不韋の姿をみつけた随邦はいちど下車し

て揖《ゆう》の礼をして、呂不韋を車中にいざない、御者《ぎょしゃ》に命じて発車させた。

「随邦どの――」

とがめるような呂不韋の声である。が、随邦は口をひらかず、目で小さくうなずいた。ここでは答えたくない、といいたそうである。馬車が東宮に着くや、随邦は呂不韋をともなって趨《はし》った。いつのまにか段季《だんき》が呂不韋のうしろにいた。趨る三人は燭火のある一室にはいった。立ったまま呂不韋を待っていた子楚は、いきなり呂不韋の手をつかんだ。ふるえている。

「どうなさいました」

「不韋……、王が、しばらくまえに、崩じられた」

文信侯《ぶんしんこう》

一

秦《しん》の孝文《こうぶん》王の正式な在位は三日間である。

これほどのみじかさは古来類がないであろう。

嗣子《しし》である子楚《しそ》はうろたえたが、怛惕《だってき》をあえて払いのけた呂不韋《りょふい》は、悼痛《とうつう》のなかにいた華陽《かよう》夫人のもとにゆき、しずかに意向を拝受した。華陽夫人は怜質《れいしつ》である。涙をながしながら、呂不韋の言をきき、的確な判断をしめした。すなわち、孝文王の死を秘匿《ひとく》しようとすれば、それだけ子楚の即位がおくれる。即位がおくれることが秦王朝の利益になればすぐに喪を発してはなるまいが、人臣を疑心暗鬼にさせるだけであり、かえって害になる。はやく子楚を即位させたほうが群臣の動揺を鎮静させやすい。

「うけたまわりました」

呂不韋はすぐさま子楚と大臣に華陽夫人の意向をつたえ、喪を発してもらった。

「まさか」

と、群臣は驚愕した。新しい秦王が三日で崩じたことを怪しむ声があちこちであがったものの、その声はそれ以上のひろがりをみせなかった。孝文王の急逝を喜ぶ者は玉座の周辺に、あるいは王族に、ひとりもいないことはあきらかなのである。

殯葬《ひんそう》を終えた子楚は即位した。

「荘襄王《そうじょう》」

と史書に記されている秦王こそ、子楚なのである。だが修史の手続きとしてはこの年が荘襄王の元年にはならない。たとえ三日間でも孝文王が在位したという事実があるかぎり、この年は孝文王の元年であり、荘襄王の元年は翌年にまわされる。

華陽夫人も三日間の王后であり、子楚が秦王となってからは、華陽太后《たいこう》とよばれる。ちなみに子楚の生母である夏姫《かき》も、夏太后とよばれ、荘襄王から孝養されるところで、夏姫の姫は敬称ではなく、姓であり、姫姓の王室から秦に帰嫁《きか》した人である。姫姓の王室とは、周《しゅう》、韓《かん》、魏《ぎ》である。ただし夏姫を妾《しょう》とした公子柱《ちゅう》すなわち安国君《あんこくくん》は、当時太子ではなかったから、庶流の公子の正夫人にもなれなかった夏姫の出身は王室ではなく、姫姓の封侯《ほうこう》の室《いえ》（魯《ろ》や衛《えい》、あるいは周、韓、魏の王族）であったかもしれない。たぶん後者のほうがより事実に近いであろう。夏姫の不幸は、安国君に愛されなかったことにつきるが、かろうじて一男を産んだことが、この人の晩年を明るく涵濡《かんじゅ》した。かつて王宮からだされた夏姫は、自分の子つまり子楚が咸陽《かんよう》に還《かえ》るや、王宮にもどされ、華陽夫人に仕えるようになったのであろう。華陽夫人と夏姫との関係に悪感《あっかん》がただよったことはいちどもないようである。夏姫はきわめておとなしい人であったにちがいない。きらきらと知恵が光り、機知の豊かさをもった華陽夫人を恵愛して信じきった安国君の性質からすると、おとなしいだけの佳人である夏姫に、ものたりなさをおぼえたとしてもむりはない。女のかがやかしい外貌は二十代のなかばに衰えはじめるのであり、内面の佳妙《かみょう》さあるいは豊麗さをもたぬ人は、内から発する光がないので、そのまま情念の蒙さに〈くら〉かたむいてゆく。老いてなお明るく美しい人には、窈々《ようよう》たる情と怦々《ほうほう》たる心のありかたがあるにちがいないのである。

さて、趙姫《ちょうき》と政《せい》をともなって秦に入国した趙《ちょう》の孝成《こうせい》王の使者は、子楚が太子になるやいなや、秦王として立ったことを知り、驚愕した。三日間太子であった者が四日目には君主となるようなふしぎさが、かつてあったであろうか。この使者はすぐさま趙姫と政を尊ぶ容《かたち》をつくり、咸陽にはいった。

「きたか――」

荘襄王は喜び、呂不韋を門外に出迎えさせた。

呂不韋は陰《かげ》の護衛者を放ち、趙姫と政の安全をはなれたところから守っていたので、趙の使者の旅次《りょじ》は手にとるようにわかっていた。かれらが国境を越えたとたん、趙姫と政の待遇があらためられたことさえ知っている。

車中の趙姫はすぐに呂不韋をみつけ、わずかに幌《こう》をあげて、目容《もくよう》になつかしさをにじませた。直後に、自分の立場と運命の奇妙さを自覚して、表情をこわばらせた。十年前には、自分は庶民にすぎず、呂不韋はなかば賈人《こじん》であった。呂不韋に遇《あ》ったとき、

――わたしはこの人の妻になる。

と、全身で直感した。亡き母の魂がそう想わせたのかもしれない。が、その直感は現実によって曲げられた。そのときの心事の窈靄《ようあい》さはことばにしにくい。強烈な意志で抱き留めてくれなかった呂不韋を怨みつつ、呂不韋に怨まれるであろうあいまいな自分を悲しみつつ、子楚の妻におさまり、政を産んだ。出産のときに呂不韋が邯鄲《かんたん》にいなかったことをあとで知り、かえって自分にむけられていた呂不韋の愛

情の深さを感じ、苦しんだ。

——では、どうすればよかったのか。

趙姫はいまだにわからない。邯鄲が秦軍に攻められたとき、呂不韋が子楚だけを扶《たす》けて去ったという事実が心中にしこりとしてある。呂不韋がもっともたいせつにしている人は、子楚であり、自分ではない。さらに、子楚にも棄てられた、と趙姫は嘆いた。だが、呂不韋の配下に護《まも》られている自分は呂不韋の愛情のなかにいると気づき、生きぬいてゆく力を得た。

しかし、趙姫の子の政はちがう目で呂不韋を視《み》た。

——この男はよからぬ魂胆をもって父に近づいたのではないか。

賈人として成功していたのなら、なぜ、賈市《こし》の道をまっすぐ歩かないのか。困窮していた父を助けたというが、それは義俠心《ぎきょうしん》によるものではあるまい。父を金儲けの商品にしたにすぎぬ。

——父を安く買って、高く売ったのだ。

邪知《じゃち》を嫌う十歳の目は呂不韋をそう視た。それゆえ政は、自分を出迎えた呂不韋の礼容に、うなずきもかえさず、冷えた目容を保っていた。呂不韋は勘の悪い男ではなく、すぐに政の感情の所在に気づいて、軽い失意をおぼえた。

——この王統の継承者は、もう臣下に悪質をみせている。

君主としては大成しにくく、臣下としては仕えにくい器である。心に暗風を感じたものの、呂不韋は教育の力を信じているので、政の性質にある険難《けんなん》を、徳操《とくそう》を育てることによって、とりのぞけると意《おも》った。この太子を靡薄《びはく》にしてはならない。暗君の出現は国全体を不幸にする。

呂不韋は趙姫と政を王宮に導き、再会の席をつくった。あとは随邦《ずいほう》にまかせた呂不韋は王宮をあとにして、飛柳《ひりゅう》と畛《しん》をねぎらうべく帰宅した。ふたりとその配下のために宴席を設けた。そこで飛柳は夫の申欠《しんけつ》と、畛は義兄の雉《ち》と再会し、深夜まで燕喜《えんき》した。翌日、畛は日が高くなるまでねむっていた。

夕《よる》、帰宅した呂不韋は、畛を招き、

「なんじの妻を決めておいた。黄外《こうがい》先生の末女だ。すでに先方の諒解《りょうかい》を得ている。また、なんじは明日から、太子にお仕えせよ。まもなく官爵《かんしゃく》があたえられる」

と、いった。畛は感動しつつ頭をさげた。

「ご高配、かたじけなく存じます」

「宮室に落ち着かれた太子は、なんじがおらぬので、ご不興であったらしい。畛よ、それほどなんじは信頼されている。太子を善導してくれ」

「微忠を太子にささげるまでです」

「わずかでも徳を積むことの貴さを、太子にわかってもらえばよい」

「肝に銘じて、勤めます」

「小琦《しょうき》にきいたところ、氏は戈《か》であるようだ。戈は夏《か》王朝の禹《う》王の子孫の氏である。いうまでもないが、禹王の父は鯀《こん》で、鯀の父が顓頊《せんぎょく》、すなわち秦王の遠祖だ。戈《か》という氏名をもったなんじは、おそらく秦の水に適《あ》っている」

昣《しん》「ご祥符《しょうふ》をいただいたような気がします」

昣は喜びを全身であらわした。昣にとって政はもっとも仕えやすい主君である。そういう寵幸《ちょうこう》のなかにいる昣には、政の性格のむずかしさはみえぬであろう。

昣にはいわなかったが、政はまだ東宮《とうきゅう》にはいっていない。いまのすまいは東宮とはちがう宮室である。というのは、父である荘襄王が妻子との再会をはたしたあと、けわしく眉《まゆ》を寄せ、ひそかに呂不韋を近づけて、

「政には怨憤《えんぷん》があるようだ。なんじはどう思うか」

と、問うた。政は父に会ってもすこしも喜悦の色をみせなかった。それどころか、

「父君が秦の宮殿で安謐《あんひつ》にすごされているあいだ、母はいくたびも危難にさらされました」

と、問われもせぬことを答えて、刺すようなまなざしをむけ、荘襄王を不快にさせた。子はいかなることがあっても父の過失を誚《せ》めるものではない。孝子とはそういうものである。荘襄王は父の孝文王にうち捨てられたかたちで趙でくらしたことがあるが、いちども父を非難したことはない。しかるに政の口吻《こうふん》にある忿恚《ふんい》はどうであろう。

ここで、

「仰せの通りです。太子はわたしにも冷顔をおむけになりました」

と、呂不韋がいえば、政の処遇は未決にとどまるであろう。しかしながら呂不韋は、

「太子は大王に甘えたくなったのでしょう。臣下に仁恵をおさずけになる太子が、大王をお怨みするはずがありません」

と、あえて政を弁護した。

「そうかな……」

荘襄王の勘のするどさは衰えていない。政という長子に良質をみなかったので、東宮は空《あ》けておくがよい、といった。これは、政を太子にするとはかぎらぬ、といったにひとしい。

二

荘襄王《そうじょう》はすくなからず失意をおぼえている。

その失意の原因は、政《せい》にあるというより趙姫《ちょうき》にある。邯鄲《かんたん》で最後にみた趙姫は心に滲《し》みるように美しかった。だが、十歳の子をもつ趙姫の容姿は、別れ際にあったせつなさからは遠く、多少の蒙《くら》さと、ぬるさと、あかぬけぬものを感じさせた。荘襄王は近侍する美妾《びしょう》に心を移したつもりはなく、愛情を捐《す》てていない目で趙姫をみても、

――こういう女《ひと》であったか。

と、心に小さな冷えをおぼえた。夫と妻とは離れてくらすものではない。歳月は趙姫のおもての美しさを衰えさせ、人としての本質を露呈させつつある。趙姫の本質には、残念ながら、際立った美しさはない。齢をかさねたがゆえにべつな美しさをみせるようになった華陽太后《かようたいこう》に、趙姫はとてもおよばない。荘襄王は充分に学問をするような環境に育たなかったが、太子となり、王となって、人を観察する機会がふえると、教育の力を痛感した。教育は人を美しくする。自分の内面をみがかな

い者は光を放たない。

——趙姫を后《きさき》にしてよいのか。

はじめて荘襄王は迷った。それゆえ荘襄王は王宮に趙姫をいれてから、寝所に招かず、趙姫の宮室にもゆかなかった。目にやさしく、心にやすらぎをあたえてくれるようなことばを発する狎《な》れた美体とともに夜をすごすほうがよい。これが安心感のある日常生活であった。

趙姫は王宮で孤独になった。ねむることができないせいであろう、顔色が悪くなり、痩《や》せた。政《せい》に会いたい、とつぶやきつづけ、とうとう制止をふりきって政に会いにゆき、わが子をかき抱いて泣いた。さらに趙姫は政のいる宮室から自室へかえらず、ほどなくやってきた役人の説得に耳を貸さず、

「引き離されるくらいなら、首を吊って死にます」

と、烈《はげ》しく首をふってわめいた。

その日のうちに畛《しん》が呂不韋《りょふい》のもとにきた。このまま趙姫が政の宮室に居すわっているると処罰され、政も連座することになる。しかし政は母親に強いことをいわない少年で、母親が放逐されるのなら自分も王宮をでてゆく、と覚悟をさだめているという。趙姫を説いて、荒だった事態を鎮《しず》めることができるのは、呂不韋しかいない

と眕はおもったのである。

黙って呂不韋は腰をあげた。捐瘠《えんせき》そのものになっている趙姫を憫《あわ》れむ心が生じたのなら、その心に遵《じゅん》ずるべきだとおもっての行動であった。

呂不韋をみた趙姫は急に容貌から険《けん》を消して泣きくずれた。余人のいなくなった室《へや》で、呂不韋にすがりついた趙姫は、

「わたしが愚かでした。わたしを守ってくれるのは呂氏しかいないのに……。これは、天罰です。ああ、怖くて、たまらない」

と、ふるえはじめた。そのふるえがおさまるのを待って、

「お話し相手が要《い》りましょう。邯鄲からも人を招いてさしあげましょう」

と、情のある口調でいった呂不韋は、趙姫に知人の名を挙《あ》げさせ、さしあたり飛《ひ》柳《りゅう》を近侍させることにして事態をおさめた。

この小さな騒動はまたしても荘襄王を不快にさせ、

「あれのことは、考え直さねばならぬ」

と、側近に微妙なことをいった。あれとは、むろん趙姫のことであろうが、そのことばの全体が、趙姫を后にするのはやめたい、という意向にもきこえた。そのことを随邦《ずいほう》から耳うちされた呂不韋は、ほかの公子とその生母がよこしまな欲望をも

つことを恐れ、荘襄王に内謁して、おだやかに諫言《かんげん》を呈した。はやく趙姫を后にしてもらいたいというのではない。太子をさだめるほうが先で、それが未決定のままでは、王室の力が内側から磨耗《まもう》される。政が荘襄王の気先《きさき》にかなわぬのなら、ほかの公子を太子にしてもかまわない。とにかく、荘襄王の意向を明確にしめしてもらわないと、王室内に争いの種を播《ま》くことになりかねない。

「趙姫さまは、王のご温言ひとつで、立ち直りましょう。なにとぞ趙姫さまにご恵愛をおさずけください」

と、呂不韋はいった。だが、荘襄王はうなずかず、

「楚《そ》の成《せい》王や趙《ちょう》の武霊《ぶれい》王は、はやく太子を決めたがゆえに、後悔し、それゆえ太子に攻め殺された。公子の徳があきらかになるのを待って、太子をさだめるほうが、国家のためでもある。后を立てるのは、そのあとでよい」

と、いい、呂不韋の諫言を容《い》れなかった。

ここで、

――なるほど、仰せの通りである。

と、おもってしまえば、呂不韋は諛佞《ゆねい》の臣になる。荘襄王の考えが誤っているわけではない。むしろ正しいといえる。しかし、ほんとうに正しい判断というのは、

長い時間を経て、くだされるものではない。この場合の荘襄王の判断は、選択を放棄したにひとしく、奇妙にきこえるかもしれないが、誤った速断より劣る。在位三日で崩じた孝文《こうぶん》王が荘襄王を東宮《とうきゅう》にいれておいてくれなければ、どうなったか。それを忘れてはなるまい。東宮を空《から》にしておくことは、王室の不安定さを内外に知らしめることになる。

——明日の吉凶が人にわかろうか。

荘襄王と呂不韋に凶がふりかかってきても、禍事《かじ》がふたりにとどまるのなら、未来を楽観視していればよい。しかし荘襄王と呂不韋はもはや恣放《しほう》のゆるされない公人《こうじん》なのである。百官と群臣をあずかっているふたりの殞砕《いんさい》や逼塞《ひっそく》はたちまち王朝の困窮を産む。ゆえに、小さなこともおろそかにせず、匡《ただ》すべきことは早く匡しておかねばならない。太子不在というこの状況も王朝にとってこのましいことではない。

呂不韋はすぐさま飛柳に指示をあたえた。華陽太后と夏《か》太后に趙姫自身が進物をささげるように、というのが指示の内容である。さらに随邦を介して荘襄王の側近にひそかに会って意見を述べた。二か月後に、邯鄲から舞の師が到着したので、ひと工夫してもらい、管弦楽をつかわない招魂の舞を、趙姫と女官たちに舞わせることにし、そこに荘襄王を臨席させた。管楽器と弦楽器をつかわないのは、まだ喪中であるという忌憚《きたん》をこめた想定による。

趙姫はよみがえった。舞う趙姫は綺靡《きび》をおさえているがゆえに、いっそう美しかった。幽玄《ゆうげん》の美しさのなかに生命力を灯《とも》していた。荘襄王は感動したらしく、涙を浮かべ、

「あれには苦労をかけた」

と、つぶやくようにいった。

それからほどなく荘襄王は趙姫のために宏敞《こうしょう》の地に宮室を建てさせ、政を東宮にいれた。それにより趙姫と政は安舒《あんじょ》を得たといえる。同時に、母おもいの政は、呂不韋の陰助《いんじょ》を知って、すこし感情を軟化させた。

呂不韋の懸念がひとつ消えた。内憂があると国外に目をむけられない。ここでようやく呂不韋は天下の情勢を遠望した。新年になれば丞相《じょうしょう》になることが内定している呂不韋である。停滞ぎみの国歩《こくほ》を来年は活発にしなければならない。

戦争がない年はない。昨年、燕《えん》は四十万と二十万という兵力の二軍をもって趙を攻めた。長平《ちょうへい》の戦いで壮年の趙兵が全滅したのをみて、趙の兵力が衰微したこの機をのがさず、攻伐を敢行した。たしかに趙兵の質は悪くなったが、将軍の質は良い。名将の廉頗《れんぱ》が八万の兵を、楽毅《がっき》の薫陶《くんとう》をうけた楽乗《がくじょう》が五万の兵を率いて出撃し、

おし寄せる燕の大軍を撃破し、大敗させた。

——三倍の兵力でも趙軍には勝てません。

と、燕王を諫止《かんし》した楽間《がくかん》（楽毅の子）は、燕王に失望し、敗報に接するや、同族の楽乗をたよって趙へ亡命した。今年、趙は廉頗に命じて燕都を包囲させている。

東方の斉《せい》も、田単《でんたん》将軍をつかって、燕に取られた聊 城《りょうじょう》を奪いかえそうとしている。すなわち燕は趙と斉に攻められていることになる。

——孤立無援の燕は、かならず秦の援助を請うようになろう。

そこからあらたな外交と軍事のながれが生ずることになる。秦は危難に遭遇している燕を援《たす》けるための義兵を興《おこ》すことができる。実際、呂不韋は二、三人の食客を燕にむかわせた。

秦兵の強さは、戦いのたびに、諸侯の兵を振驚《しんけい》させてきた。魏毋《ぎぜん》の攻略方法は点と点をむすんで浸透するというものであり、范雎《はんしょ》のそれは面を拡大してゆくというものであった。いずれにせよ、地図上の軍事であり、空間の争奪戦であった。庶民の目でそういう戦いをみてきた呂不韋は、

——秦は百戦百勝しても、天下を平定することはできまい。

と、内心嗤《わら》った。ほんとうに戦いに勝つということは、敵国の民の心を従わせる

ことで、白起《はくき》将軍のように、降伏した四十万もの趙兵を、地中に沈めては、趙に百年の怨みを生じさせたことになり、長平での大勝が邯鄲包囲戦を失敗させる近因となった。あの場合、四十万人という捕虜をそっくり趙に還《かえ》してやったら、どうなったか。

——倓慶《たんけい》先生の活人剣の極意がわかっているのは、わたしであり、高睟《こうすい》ではない。という自負が呂不韋にはある。人を殺す剣は自分をも殺すのである。将軍にとっての剣とは兵であり、為政者にとっての剣は、権力である。

戦争の場裡《じょうり》において、あるいは、政争の場裡において、勝つということの本義は、相手に超えられない何かを存立させることである。その何かとは相手を消滅する力ではなく、相手の争う心を失わせる仁徳の巨《おお》きさである。秦軍の戦勝に意義がうすいのは、秦の軍事行動を天下の民が悖礼《はいれい》あるいは私欲としかみなさなかったからである。戦国の世とは、諸国の欲望のぶつかりあいにすぎず、ひとつとして義戦《ぎせん》はなかったといえなくはないが、たとえば信陵君《しんりょうくん》が魏《ぎ》兵を率いて趙を援けて秦軍を破った戦いに、天下の民が喝采した。それを義戦とみたからである。しかしながら、信陵君が魏軍を掌握するまでの過程で、軍令の割り符を盗ませ、何の罪もない晋鄙《しんぴ》将軍を撃殺させている。兄である安釐《あんき》王をあざむいた罪をふくめて、信陵君は三つの罪を犯したことになる。その上にある義戦が、清快《せいかい》であるか、どうか。天下の民が信陵君の犯罪をやむをえぬこととして許したのであれば、正義と公平を期待する民の心に、悪を憎むと同時に悪を赦《ゆる》すはたらきがあるとみなければならない。または、信陵君を賛美した民は、罪をつぐなっていないといううしろめたさを共有したままである。

——攻めるということは、つねに匡《ただ》すということか、許すということでなければならない。

呂不韋はそう信じている。これまでの秦王朝の意志がどうあれ、天下の民の心をどう把《と》るか、それが呂不韋の課題である。かれは学殖の豊かな客を集めて、

「民意が反映される王朝のありかたとは、どういうものか。そのためには、何を改革し、どのような法の整備をおこなったらよいのか。三年以内に、明示してもらいたい」

と、いった。おそらく呂不韋は、ばくぜんとではあるが、立憲政体《りっけんせいたい》を希求していた。

三

「治人《ちじん》」とは、民を治めることである。もっともすぐれた国体とは、民が自身を治めるというものである。すると王は不要なのか。そうではあるまい。太古から、人民にとって王は不可欠な存在であった。民族の象徴であり、精神のよりどころでもある。それを失うと、おそらく人民はおのれを見失う。しかしながら、王が暗君や暴君であったときが問題なのである。秦《しん》は法制国家であるとはいえ、ひとつの例外をもうけている。秦王のみが法の外にいるということである。

――秦王を法の内にいれさえすれば、秦王朝は千年つづく。

暗君や暴君を法の力で廃することができれば、つねに群臣と庶人は良主を奉戴《ほうたい》することができるのである。呂不韋《りょふい》がそれを最初に発想したわけではない。道家《どうか》の思想にはそれがある。ただし道家の思想家で参政者になった者はおらず、理想と現実の距離を縮めることができなかった。が、呂不韋はまもなく荘襄王《そうじょうおう》から国政をまかされるところにいる。

——急進的な改革は、ほとんど失敗している。

歴史が教えていることとは、そういうことである。古昔《こせき》、短期間に大改革を成功させたのは、鄭《てい》の子産《しさん》がいるのみで、その事績は奇蹟の色あいをもつ。呂不韋は奇蹟を望む者ではない。一日に千里をゆくことを夢みてはなるまい。

——今年は外にむかって動かぬことだ。

荘襄王が喪に服しているかたちを天下にしめしておくだけでも、秦王朝のありかたは好感をもたれる。孝心の篤《あつ》い荘襄王は、それについてよくわかっているようである。民は何もいわないが、即位するやいなや軍旅を催すような君主を憎み、あなどるものなのである。なにごとも、はじめが肝心であり、それがわかっていながら、実行できない人がいる。できないのは、けっきょく、やらないからだ、といったのは孟子《もうし》であるが、呂不韋もおなじ考えをもっている。

今年は、外にむけない力を、内で高めておく必要がある。

呂不韋は内務の充実をこころがけ、官吏《かんり》の抜擢や罷免をおこなった。良吏《りょうり》に高位をあたえれば、おのずと王朝は自浄の機能をもつ。呂不韋は中級官吏であった馬《ば》をよんで、

「尚書《しょうしょ》」

という重任をさずけた。尚書という官職は、はるかのちの世では、王朝の中枢となるが、この時代ではまだそういう強力な権能をもたず、宮中の文書をつかさどる官にすぎない。しかしながら秦のことに精通していなければつとまらず、とにかく該博《がいはく》な知識が要《い》る。馬は拝さず、揖《ゆう》して、

「とてもわたしにはつとまりません」

と、辞退した。ところで馬は、

「司空馬《しくうば》」

と、よばれる。司空は、司馬のように、官職名が氏になったものであろう。往時、馬の先祖がどこかの国で司空の位にあったとおもわれる。馬本人が司空になったわけではない。いうまでもなく秦王朝には司空という官職はなく、御史大夫《ぎょしたいふ》と名称がかわっている。もともと司空は土木をつかさどる大臣であったが、秦の御史大夫は警視総監の権能をもち、丞相《じょうしょう》が首相であるとすれば、御史大夫は副首相にあたる。

呂不韋はかすかに笑い、

「つとめないから、つとまらぬのだ。不可と不能は、ちがうのだ。わたしは金貨を袋にもどす気はない。使うべきときに使わねば、貨とはいえぬ。つとめよ」

と、強い声でいい、辞退をゆるさなかった。呆然とした司空馬は、やがて、血が沸《わ》きかえるほど感奮した。

——呂氏は天下を匡済《きょうさい》しようとしている。

その手はじめとして、王朝の内を匡矯《きょうきょう》しようとしている。もっといえば、厳明《げんめい》でありながら血も涙もある王朝にしようとしている。非凡な才能をもっている司空馬には、わかるのである。同時に、司空馬は激情家であり、自分を発掘してくれた呂不韋を烈しく敬仰《けいぎょう》した。じつは呂不韋の抜擢をうけた官吏は司空馬にとどまらず、また呂不韋の客のなかで、家臣にひとしくなりしかも有能な者は、推引《すいいん》されて官廷に送りこまれた。かれらはひとしく呂不韋の情熱に応《こた》えようとしたのである。

——真の改善とは、改善しつづけることだ。

呂不韋の信条にはそれがある。おのれを改善しないでどうして他人《ひと》を改善することができよう。王朝もおなじである。秦の停滞は、国外に駐留する将兵の不活発さによるのではなく、秦国内の治体の弛緩《しかん》による。もっといえば、秦は理想を失いかけている。

かつて商鞅《しょうおう》が秦の法を大いに改めたとき、当時の秦君であった孝公《こう》は、富国強兵をいそぎ、霸道《はどう》を選んだ。商鞅はひそかに嘆きつつ、孝公の意向にそって法の改変をおこなったが、商鞅が嘆いたのは、覇道には限界があることを知っていたからである。覇道では、天下を取っても、天下を治めることができない。たとえ治めることができても、ながつづきはしない。上からおさえつける力は、かならず民の力によってはねかえされる。したがって、時がかかっても、

——王道をすすむのがよい。

と、商鞅はいちどは孝公を説いたのである。王道とは、商《しょう》（殷《いん》）の湯《とう》王や周《しゅう》の文《ぶん》王が具現化したものであるが、けっきょく荀子《じゅんし》（孫卿《そんけい》）のいうように、

——王者は民を富まし、覇者《はしゃ》は士を富ます。

というちがいがある。おなじ富国強兵でもいちじるしく内容がことなるのである。人の目的は実現可能でなければならず、理想は実現可能であってはならない、といわれる。しかし秦は目的と理想が近すぎて、国力を強大にし、版図《はんと》を広大にしたとき、目標に達した満足感のなかで理想を見失おうとしている。が、国を支えているというべき民は満足していないし、国が画《か》いた理想とはべつな理想をもっているにちがいないのである。

それがわかっている呂不韋は、新年を迎えようとするころ、荘襄王に、

「大王の元年に、四つの善事をなさいませ」

と、献言した。ひとつは大赦《たいしゃ》、すなわち罪人を赦《ゆる》すことである。ひとつは先王の功臣に恩賞をあたえることである。ひとつは肉親を厚遇することである。さいごのひとつは民に恵みを施《ほどこ》すことである。その四事には仁義と博愛がふくまれているので、墨家《ぼっか》の思想に呂不韋が無縁ではなかったことがわかる。

「よく、わかった。そうするであろう」

荘襄王は歳首《さいしゅ》（十月）になると、呂不韋の献言をすべて実行に移させた。民に恵みを施すことをおこなった先王はいない。

「新しい秦王は恵恤《けいじゅつ》の人である」

と、秦の民はおどろき、喜んだ。

――このおどろきと喜びが、諸国へ波及してゆくのだ。

呂不韋はそう信じている。

ほどなく立太子《りったいし》がおこなわれ、ついで趙姫《ちょうき》が王后に立てられた。ほとんど同時に、呂不韋は丞相に任命され、

「文信侯《ぶんしんこう》」

に封ぜられ、所領として洛陽《らくよう》付近の十万戸があたえられた。ただし『戦国策《せんごくさく》』には、

——藍田《らんでん》の十二県を食《は》む。

と、ある。どちらが正しいのか。あるいは、どちらも正しいのか。藍田は咸陽《かんよう》に近く、はるかのちに藍田をふくむ十二県は京兆尹《けいちょういん》とよばれて、元始《げんし》二年（西暦二年）に戸数は十九万五千七百二であり、人口は六十八万二千四百六十八となる。つまり一戸に三、四人しか住んでいないことになるが、戦国時代の一戸にはすくなくとも六人が住んでいたので、十万戸は六十万という人口をあらわしている。とにかく呂不韋は巨大な封地《ほうち》をあたえられた。呂不韋の家臣ばかりではなく、呂不韋に厚遇された客たちも、こぞって祝賀の声を揚げた。かつて秦の宰相に就任した人物のなかで、これほど多くの人に祝賀された人はいない。

成皋《せいこう》の陥落

一

丞相《じょうしょう》となった呂不韋《りょふい》はすぐさま蒙驁《もうごう》のもとにゆき、

「軍を率いてもらう日は遠くない、とおもっていただきたい」

と、いい、この不遇な老臣を感激させた。蒙驁は呂不韋の訪問を予知していたらしく、子の蒙武《もうぶ》ばかりでなく、孫の蒙恬《もうてん》と蒙毅《もうき》を、室《へや》のすみにひかえさせていた。むろん呂不韋に嘱目《しょくもく》してもらうためである。

——これからは呂氏の時代である。

と、考えていたのは蒙驁だけではない。秦国《しん》が、いや、天下がそうおもっていたといっても過言ではない。呂不韋の視界のなかに自身を置かなければ、なにごともはじまらない、とおもっている者はすくなくない。

のちに家名をいっそう高くする蒙恬は、このとき官吏になったばかりで、この青年は獄法（刑法）を学び、獄官になっていた。かれはやがて裁判文書をあつかう書記となる。それでわかるように、蒙家は武官というより文官の家である。このじみな家に、大きく華やかな窓をつくってまぶしい光をとりいれてくれたのは、呂不韋である。

また、呂不韋は趙《ちょう》の西部に駐在している将軍の王齕《おうこつ》に、人をつかわして、邯鄲《かんたん》から脱出したときかれがおこなってくれた善処について礼をいった。王齕は范雎《はんしょ》（応《おう》侯）に起用された将軍であり、新宰相の呂不韋がどちらかといえば范雎に批判的であるときいて、

「わしはまもなく罷免されるであろう」

と、左右に漏らしていた。呂不韋の使者の到着は、罷免および召還の命令にちがいないとおもっていたのに、意外であった。すぐさま王齕は呂不韋の好意を感じ、ほっとしたように、

「新しい丞相は、情義の豊かな人よ」

と、つぶやいた。

呂不韋は偏私《へんし》をきらっている。政治は公平でなければならず、兵籍にかかわる人

事においてもそうあるべきである。かれは蒙驁と王齕のほかに、

「麃公《ひょう》」

という人物に注目した。麃は邑の名であり、麃公とはその邑の主であるが、残念ながら後世の者にはかれの姓名がわからない。呂不韋は参政の席から遠くにいるその人物を、

――将器である。

と、みて、交誼《こうぎ》を求めた。麃公はおどろいたであろう。いままで王朝の顕職に就いたことはなく、いちど誉聞《よぶん》にめぐまれて一邑を得たものの、それからは自家と采《さい》邑《ゆう》の治化《ちか》を黙々とおこなってきたにすぎない。だが、突然、来訪した新宰相に、

「あなたに旗鼓《きこ》の才をみつけたつもりです」

と、いわれて、すくなからず感奮した。

――いつ、わたしのことを調べたのか……。

麃公は王朝の執政者をあからさまに批判したことはいちどもなく、陰《かげ》でも険《けん》のあるいいかたをしたことはない。魏冄《ぎぜん》、范雎、蔡沢《さいたく》など歴代の宰相がおこなった軍事についても、口をとざしてきた。が、麃公は兵略への関心が高い。自分が軍を指揮することができたら……、と空想したことはある。まさか、その空想を呂不韋に洞

察されたとはおもわれないが、この突然の来訪者に、旗鼓の才、といわれたとき、のけぞらんばかりにおどろいた。直後に、このおどろきは、呂不韋という賈人《こじん》あがりの宰相のなかにある神秘をかいまみさせた。

——ふしぎな男だ。

と、麃公はまぎれもなく感じ、この感じは重厚なものであった。王朝の一部には、呂氏は陰謀家であり、自分の子を孕《はら》ませた妾《しょう》を子楚《しそ》にあたえ、王室を乗っ取ろうとしたのであり、いまや着々とその陰謀は実現しつつあり、その害は宣太后《せんたいこう》と魏冄のそれにまさる、というささやきがある。廉忠《れんちゅう》を自負している麃公はそういうささやきを片耳できくや、会ったこともない呂不韋に嫌悪感をいだいたが、呂不韋を自分の目でみて会談したあと、その嫌悪感があっけなく氷解したことに気づいた。

——わたしは小人《しょうじん》になりさがるところであった。

と、冷や汗さえおぼえた。

そうではないか。陰謀家というものは、顕貴《けんき》の人にすり寄るものである。安国君《あんこくくん》に捐忘《えんぼう》されたような公子にすり寄ったところで一金にもならない。すべては惻憫《そくびん》の心がなしたことであり、その情殷《じょういん》が天を撼《うご》かし、幸運を招いたのではないか。天意をこちらにむけたという比類ない心力の巨《おお》きさに、人はもっと愕《おどろ》くべきであろう。

子楚という衰亡しがちな魂しかもたぬ公子を救いたい呂不韋の一心が、最大限に努力する過程に、不透明さが生じたにせよ、それは意図的なものではなく、まして黠《かっ》獪《かい》なものではなく、むしろそれは呂不韋の人格の幽妙《ゆうみょう》さをあらわしているとみるべきであろう。とにかく、人を救おうとしたのであれば、救いきらなければならない。中途半端なものから感動は生じない。美質としては孝心しかなかった子楚という凡庸な公子を、教導しつづけて、慧敏《けいびん》な兄弟より上等な存在にしあげて、はじめて救いきったのである。そのまれにみる誠実さに権力がそえられると、とたんに人はそねみ、陰謀であるとさえいう。しょせん小人とはそういうものであろう。麃公は自分の目を信じたい。眼前にいた呂不韋が魏冄とちがうのは、親族のひとりも呼び寄せなかったことであり、范睢とちがうのは、政敵とおもわれる者を貶退《へんたい》しなかったことである。恩を衣《き》せず、怨みを晴らさない。

——呂氏は王朝を公平で働きがいのある場に変えようとしている。

あえていえば、強烈な恣《し》意《い》を発揮しない荘襄《そうじょう》王のありかたをふくめて、これほどすぐれた王朝がかつて存在したことはあるまい。呂不韋によってかならず秦は天下を制することになろう、と麃公は予感した。

呂不韋が王朝の人々に好感をもたれるおどろきをあたえたのは、それら三人の人事にとどまらない。人はおどろきによって、おのれにめざめる。めざめた人が多ければ、王朝はおのずと旧弊《きゅうへい》を払いのけ、限界とおもわれていたものを超《こ》えようとする。

——組織も努力し、出藍《しゅつらん》の誉《ほま》れを得なければならぬ。

呂不韋は勤勉を愛した。

「主よ、東周《とうしゅう》と韓《かん》が共謀して、合従《がっしょう》の策を立てようとしている」

と、申欠《しんけつ》が報告したのは、晩冬《ばんとう》である。くどいようだが、秦の一年は冬、春、夏、秋という順序であり、晩冬は年末ではなく、新年になって三か月目にはいっていると想ってもらいたい。

秦は、昭襄《しょうじょう》王が亡くなってほどなく孝文《こうぶん》王も崩じたので、服喪にともなう静粛《せいしゅく》がながく、軍事が停止している。それをよいことに、秦の勢力を撃退しようとたくらむ者があらわれるのは、この戦乱の世では当然であるといえるが、

——韓王がその首謀者とは……。

と、呂不韋はあきれた。韓の桓恵《かんけい》王は昭襄王の葬儀のさいには、諸侯のなかでただひとり秦にきて、わざわざ衰絰《さいてつ》して悼惜《とうせき》をあらわしてくれた。東周の君主も、桓恵王と同様に、秦王へ臣従する容《かたち》をみせつづけた人である。呂不韋はもうそろそろ

詐妄《さぼう》の世を閟《お》わらせたいとおもっている。ゆがんだ王の下に正しく立ちつづける民などはいるはずがない。

とはいえ、

「韓の欺誑《ぎきょう》はいまにはじまったことではない。それでも天下の同情が韓や東周にむかえば、人々は秦を裏切ることを欺誑とはみなさない。弱い韓と東周を扼喉《やくこう》している強い秦を憎むばかりであろう」

と、呂不韋はいきなりの出師《すいし》にためらいをみせた。

「では、韓と東周に、さきに攻めさせればよい。天下を相手の兵略であれば、肉を斬らして骨を断つほうがよい。長平《ちょうへい》の戦いと邯鄲攻めが教訓よ。こちらが義憤をもつほうが戦いやすいし、勝利が定着する」

「よくぞ、いってくれた」

呂不韋は荘襄王に奏聞《そうもん》するとき、意見をそえた。

「なんじの存念の通りにせよ」

と、荘襄王は理解をしめした。これは荘襄王が聴政に熱心ではなく、すべてを呂不韋の判断にまかしているということではない。荘襄王は王として確実に成長しているのである。

——この王は、おそらく、孝公《こう》に肖《に》ている。

商鞅《しょうおう》に大改革を敢行《かんこう》させた孝公は意志の強い人であったが、臨終のとき枕頭《ちんとう》にいた商鞅に、

「なんじに君主の位を譲りたい」

と、漏らしたらしい。それはほんとうに民の幸福を考えた君主にしかいえないことである。荘襄王をみていると、好悪と我意を抑えて、呂不韋に善政をさせようとしている。

——もしも宰相が悪政をおこなうようになったら……。

王は宰相の悪に気づかないときがある。気づいても、どうすることもできないときもある。燕《えん》王噲《かい》と宰相の子之《しし》がその例である。それゆえ、王が宰相を罷免するのではなく、民意によって罷免することができないか。

できないことはない。古代の朝廷のありかたが示唆《しさ》している、と客が呂不韋に説いた。古代の朝廷には民間の代表が列席し、王はかれらを尊重した。王はかれらを通して民意を知ることができた。秦王朝が民間の代表に王政に参与させる制度を創《つく》れば、ひらかれた王朝になり、王と執政者は民への気づかいをおろそかにできなくなる。それにより王権が弱まるようにみえるかもしれないが、じつは民に支えられ

て王権がながつづきする。ゆえに王朝がながつづきする秘訣とは、そういう制度の確立である、と客はいう。

――もう一歩、踏みこめば、民主政治になる。

と、呂不韋にはわかっているが、これは口が裂けてもいえない。西周《せいしゅう》王朝期にいちど、周王を追放して大臣たちによる共和政治がおこなわれた。が、それはつぎの王の成長を待つ過渡的なものとして終わった。合議制では政治が安定しなかったからである。人臣はやはりすぐれた王を欲している。秦の群臣と庶民も、王権を無力化したいとはおもっていない。かれらはそういうことをおこなおうとする改革者を、叛逆者あるいは専制者として憎むであろう。したがって呂不韋の胸中には折衷案があり、王と民とが近接する王朝がよく、大臣以下の官僚に権力が付着しないような政体にしたい。それなら荘襄王に具申することができる。王ひとりの幸福を計《はか》るだけの王朝になると、早晩、滅亡がやってくる。夏《か》の桀《けつ》王と商《しょう》（殷《いん》）の紂《ちゅう》王がそれを証明したではないか。王権が強大になりすぎないようなしくみを考えることも、王のためであり民のためでもある。

二

春風が吹いた。

咸陽《かんよう》の近郊が花の淡い色で染まるころ、申欠《しんけつ》がなまぐさい報告をたずさえてきた。

「韓《かん》と東周《とうしゅう》の兵が、ついに、秦《しん》の邑を攻撃した」

報告の内容とはそれである。

――韓王にみくびられたものだ。

呂不韋《りょふい》は幽《ほの》かに笑った。秦の先王である昭襄《しょうじょう》王に平身低頭していた韓の桓恵《かんけい》王は、聴政に鋭気をみせぬ荘襄《そうじょう》王と外交に烈しい展開を画《か》かぬ新宰相の呂不韋を凡庸な主従とみなし、これならくみしやすし、と意《おも》ったのであろう。荘襄王が静座していたのは、祖父と父の死を悼《いた》んでいたからであり、喪中に軍旅を催すことに心の痛みを感じない諸国の王とはちがうことに桓恵王は恐れねばならぬのに、かえってあなどったところにかれの見識の浅薄さがある。

呂不韋は蒙驁《もうごう》を将軍に推挙したあと、

「そういう王のもとに賢臣と名将がいるはずはない。奇策を弄さずに、韓を攻めてもらいたい」

と、いった。秦の主力軍をはじめて率いることになった蒙驁は、心のたかぶりをおさえつつ、

「丞相《じょうしょう》も出陣なさるのか」

と、懸念を口にした。呂不韋にも一軍があたえられたのである。ここに呂不韋の大胆さがあるといってよい。范雎《はんしょ》という宰相が失敗したのは、軍功を樹《た》てなかったことによる、と呂不韋は分析している。魏冄《ぎぜん》の政権が長かったのは、戦場での大功があったためである。諸国の人臣は文武をながめるとき、文を高くみて、武を低くみる。その視線の延長に、文官と武官の位の高低がある。とはいえ、現実は力の世である。范雎のように中央で戦略を指示して、たとえそれが成功を得ても、その大功を認識するのは王ひとりであり、人臣が称賛するのは戦陣で活躍した将軍なのである。

——賈人《こじん》に政治と軍事がわかろうか。

という呂不韋にたいする懐疑と批判の空気がうすらいでいない王朝に、一陣の風を送りこんでおく必要があろう。人心を攬《と》らねば、呂不韋独自の思想を具現化することができないのである。ものごとには時宜《じぎ》がある。大仰《おおぎょう》にいえば、いま呂不韋

は天下の注目の的《まと》である。諸侯も秦の新宰相の実力をはかろうと目をそらさないでいる。ここでの成功は、のちの成功の数倍の価値がある。物の売り買いにたずさわってきた呂不韋にとって、時はいつもおなじながれをもたず、軽重もちがう。

「征《ゆ》きます。将軍には韓を攻めてもらい、わたしが東周を攻めます」

この戦略では蒙驁を主とし、呂不韋は従の立場をとった。そういう心づかいがわからぬ蒙驁ではないが、

「失礼だが、丞相に軍の指揮はむりではあるまいか。東周征伐は、愚息の武《ぶ》にやらせましょう」

と、いった。蒙武はかつて軍功を樹《た》てたことがあり、兵馬に関してはそつがない。それゆえ呂不韋が東周攻めの大将であるのはかまわないが、蒙武を副将に任命し、かれに実際の指揮をまかせたほうが無難ではないか。呂不韋が東周攻めに失敗すると、この戦略はついえてしまい、いきなり呂不韋は執政につまずきを露呈し、蒙驁も名誉を得る場を失う。

「将軍には、成皋《せいこう》と滎陽《けいよう》を落としてもらわねばならぬ。その陣中にはすぐれた属将が必要です。ご子息をおつれなさるがよい。東周は秦の大軍をみただけで、畏縮しましょう」

と、呂不韋はことともなげにいった。

「成皋と滎陽――」

蒙驁はわずかに目をむいた。その二邑は韓の最大の軍事都市といってよく、難攻不落の規模と備えをもっている。事実、その二邑を陥落させた秦の武将は過去にいない。常勝将軍というべき白起《はくき》でも、成皋と滎陽を避けて、軍をすすめた。その二邑を取ろうとすれば、長期の包囲を想定しなければならず、その間に不測の事態が生ずれば、包囲を解かざるをえなくなり、兵と軍資を損耗《そんもう》するだけで戦略が失敗する恐れは充分にある。

――しかし。

と、呂不韋は強く意《おも》う。韓という国は、首都の北方にある華陽《かよう》と西方にある新城《しんじょう》を秦に抑えられているので、河水《かすい》に近い成皋と滎陽が秦軍に攻撃されたとき、その二邑を援助することができないのが実情である。成皋と滎陽は韓の防衛の誇りであり、それゆえにその二邑を攻め取らないかぎり、秦は韓を屈服させることができないのだが、いまやその二邑は離析《りせき》している。成皋と滎陽は難攻不落であると韓の君臣が信じているとすれば、それは妄想にすぎないであろう。おなじ妄想は秦の諸将の脳裡《のうり》にもあった。かれらは成皋と滎陽以外の邑を攻め落としては、自身の軍功を誇ったが、呂不韋にいわせれば、それはうわべの軍功である。軍事と戦略の本質を回避しては、解決と展望は得られない。

――成皋と滎陽を秦が取れば、韓の抵抗は熄《や》む。

と、わかっていながら、たれもやらなかった。童子でもわかることが、わからなくなるのが大人の世界のふしぎさである。軍事の専門家ではない呂不韋にとって虚飾は不要である。韓の小邑《しょうゆう》を二、三十陥落させるために、蒙驁を起用したわけではない。

「その二邑を攻略するのに、千日かかっても、かまいません。将軍への讒言《ざんげん》や誣告《ぶこく》が大王のお耳にとどかぬようにしますし、将軍に罪がおよべば、わたしがかわって罰をうけましょう」

呂不韋は肚《はら》から声をだした。この声が蒙驁の胸を打たぬはずはない。老躯《ろうく》が熱くなった。

――あと十年もすれば、わしの春秋は終わる。

と、自分の虚生《きょせい》をさびしくふりかえりはじめていた蒙驁が、ここで、少年のようなみずみずしい感動をおぼえたのである。成皋と滎陽を落とせなければ、死ねばよい。成功せずには帰れない。男の美意識が強烈にはたらいた。

呂氏は神伝《しんでん》の目をもっている。

なぜ呂不韋が成皋と滎陽しかみていないのか、ということは、戦略家としての蒙驁にはよくわかる。その二邑を落とせば、荘襄王を喜ばせるだけではなく、秦の国民を狂喜させ、天下を驚愕させることができる。ひとつの成功がもつ効果ははかりしれない。蒙驁の名も白起に比肩するであろう。

「ただし将軍が二邑を落とすのに、千日もかからない。年内に落とせますよ。わたしはまだ無名の丞相だが、将軍も似たようなものですから」

と、呂不韋は微笑しながらいった。

「はは、なるほど……」

韓王と東周の君主は秦が出師《すいし》したときいても、将が蒙驁と呂不韋であると知れば、

――たやすくあしらえる。

と、恐れず、むしろ軍事に実績のないふたりをあなどるであろう。まさか蒙驁がほかの邑には目もくれず、成皋と滎陽を急襲するとはおもわない。戦争とは心理戦であると認識していたのは、ほかならぬ白起であり、攻めるということは相手の心を攻めるのである。白起は心に備えのない敵をえらんだがゆえに、戦えばかならず勝った。そういう観点に立てば、いまの韓は脆《もろ》い。

「将軍が二邑を包囲したあと、それが千日の包囲戦であるといううわさを、韓にながしましょうか」

　邑を防衛する将士の戦意を喪失させるためである。三年分の食糧をたくわえている城邑《じょうゆう》などない。

「いや、それは、攻めあぐねたときにしていただこう」

　と、蒙驁は截然《せつぜん》といった。

「そうですか。では、そうします。わたしが戦場にでれば、将軍の命令に従わざるをえませんので、いま丞相の立場でいっておきますが、二邑の攻略に成功したあと、捕虜にした韓兵を虐殺しないでもらいたい。できることなら、全員を韓都へ送還してもらいたい」

「それは……」

　蒙驁は当惑した。勝利を目にみえるものにするということは、捕虜を従えて凱旋することである。ひとりの敵兵も連行せずに、勝ったと叫んでも、秦の民衆に冷笑されるだけであろう。

「これは、わたしの希望であり、大王のご命令ではありません」

「ふむ……、たしかに、聴いた」

蒙驁には呂不韋の狙いがわかる。それだけに胸中を整理するのにてまどった。捕虜を敵国に送り還《かえ》すことは、軍事の枠を越えた行為で、もはや政治と外交の領域である。呂不韋の希望通りにすれば、復命したとき、荘襄王の怒気にさらされるかもしれない。

「では、まず、わたしが東周を攻めます。韓はたぶん援兵を発するでしょう。将軍はおもむろにお起《た》ちになるとよい」

呂不韋は一軍を率いて出発した。あえて舟をつかわず、陸路を東進したのである。

三

洛陽《らくよう》のあたりは呂不韋《りょふい》の封地《ほうち》である。その東隣と北隣が東周《とうしゅう》であり、東周の首都は鞏《きょう》である。東周には鞏をふくめて大きな城邑《じょうゆう》は三つしかない。ほかの邑を無視して鞏を急襲してもかまわないが、そうすると韓《かん》の援兵を誘いだせなくなりそうなので、

「どこから攻めるか」

と、呂不韋は佐将の麃《ひょう》公に問うた。東周攻略のための軍を麃公に率いさせたか

った呂不韋であるが、政治的なおもわくがそうさせなかった。ただし軍中では、

「韓軍に不意を衝《つ》かれて、大敗することだけは、避けたい。ここでのあなたの功は、すべてわたしの功となる。ゆえに、大勝は要《い》らず、負けぬような戦いかたをすればよい」

と、麃公にむかって意中を述べた。麃公は苦笑して、

「兵には勢いというものがあり、それが騎虎《きこ》の勢いとなれば、将でもどうすることもできません。虎を御《ぎょ》せましょうか。負けぬような戦いかたができるのは、百年にひとりの名将であり、わたしは無器用なので、丞相《じょうしょう》の御意にそえないでしょう」

と、答えた。なかば謙遜、なかば本心であろう。東周の国をどこから攻めたらよいかについては、

「平陰《へいいん》を東周の兵に取られたようなので、奪い返すのがよいでしょう」

と、いった。平陰という邑は河水《かすい》の南岸にあり、大きな津《みなと》をもっているので、水上交通の要地である。韓としては東周に平陰を取らせ、そこを経由して河水の北岸に残存している勢力に活力をあたえ、趙《ちょう》とむすんで、秦《しん》に対抗しようと企画したのであろう。平陰はもともと東周の邑なので、東周の君主もその企画に乗ったにちがいない。

「では、平陰に軍をむけよう」

呂不韋はおもむろに軍を北上させた。平陰を守っているのは東周の兵だけではなく、韓の兵もいた。

「ここでの包囲は意味がありません」

と、麃公はいい、苛烈といってよいほどの攻撃を連日おこなった。包囲に意味がないというのは、邑の北が河水なので、水上を封鎖しないかぎり包囲陣が完成しないのに、この秦軍には舟がない、ということである。それゆえ三方から邑を攻めた。平陰での攻防は三十日以内で終了した。秦兵の猛攻に耐えかねた東周と韓の兵は舟をつかって退去した。

――これで蒙驁《もうごう》の主力軍は安心して水上を征《ゆ》ける。

呂不韋は平陰を確保したことを蒙驁に報《しら》せるために使者を発《た》たせてから、軍頭を東にむけた。もはや麃公に問うまでもない。偃師《えんし》にある邑を攻撃し、そこを落としたあとに、首都の鞏を包囲すればよい。

偃師の邑に近づいた呂不韋は、

「韓軍はどうしたのか」

と、つぶやくようにいった。呂不韋の近くにはつねに申二《しんじ》と向夷《きょうい》がいる。呂不

韋の護衛をおこなっている向夷は、

「韓は東周を救うどころではなく、自国の防衛さえ危ういので、趙、魏《ぎ》、楚《そ》などに急使を発し、その帰りを待っているのではないか」

と、推量した。青息吐息で、そうかもしれない。が、呂不韋は笑わなかった。

――韓が東周を見捨てるのであれば、何のための合従《がっしょう》か。

韓王の考えは、呂不韋にはわかりにくい。韓王の器量ではとても合従の盟主にはなれない。どう考えても、合従の盟主は、趙にいる信陵君《しんりょうくん》である。その信陵君を動かすために韓王は東周の君主をそそのかして平陰を取り、それを手土産《てみやげ》に趙王と会見するつもりであったのか。趙王を口説かねば、信陵君を動かすことはできない。この想像が中《あ》たっているとすれば、韓王は秦の矢石《しせき》のとどかないところで陰謀をはぐくみ、他邦を使嗾《しそう》するだけの人である。

呂不韋の軍が偃師の邑を攻撃しはじめたとき、蒙驁《しんけつ》に率いられた秦の主力軍が、舟で河水を続々とくだって、成皋《せいこう》を急襲した。申欠がその急報をもってきた。

「よし、この邑を十日で落とそう」

呂不韋は本陣を邑に近づけ、みずから兵を督励《とくれい》して、十日目には邑を陥落させてしまった。

「丞相は猛将の仲間入りができます」

と、麃公はあきれぎみにいった。呂不韋のなかにひそんでいる激越さをかいまみたおもいがしたのであろう。

「残るは、鞏のみだ」

呂不韋は東天を指した。鞏を落とすのに、百日を想定した。そこでは猛攻をおこなわず、しずかに包囲したまま仲秋まで待てば、都内でかならず変化が起こるとみこんだ。むだに秦兵を戦死させることはない。

包囲を完了して、四十日がすぎようとするころ、中欠が朗報をもってきた。

「蒙将軍が成皋を取りました。将軍はすかさず東行して、滎陽《けいよう》の包囲を指示したようです」

「やったか――」

手を拍《う》った呂不韋は、祝賀の使者を蒙驁のもとにつかわした。成皋の陥落が天下にあたえる衝撃の大きさははかりしれない。蒙驁は不可能を可能にかえたのである。

――韓王と東周の君は落胆したにちがいない。

すぐさま呂不韋は軍使を立てて、東周の君主を説いた。主旨は次のようなものである。

成皋が秦の邑となった。すると滎陽の陥落は近い。東周は韓をたよりに抗戦をつづけているが、韓の衰えがはなはだしくなったいま、鞏を救援するほどの余力が韓にあろうとはおもわれないので、その抗戦は無援のまま全潰《ぜんかい》への道をたどっている。もう降伏してよいではないか。いま鞏を開城すれば、東周の君を誅《ころ》すことをしないが、このまま籠城をつづけていれば、捕らえて殺戮《さつりく》せざるをえないし、東周の民を大量に殺傷することになる。東周の君は、民の上に立つ者として、みずからの身を善処すべきである。十日以内に応答または諾唯《だくい》がない場合は、総攻撃を開始する。いままで鞏の攻撃をひかえていた当方の好意を斟酌《しんしゃく》すべきである。

東周の君は暗澹《あんたん》となった。

「趙軍がくるまで、けっしてあきらめてはなりませんぞ」

密行してきた韓の使者は、桓恵王《かんけいおう》の励声をとどけた。しかし趙軍がくるまえに、なにゆえ韓軍がこないのか。東周の君はそうなじりたくなった。やはり、韓王は信義に欠ける。ただし韓は援軍をだしたくてもだせない、というのが実情である。援兵がすすむ道がもはやなくなっていた。成皋が陥落し、滎陽が包囲されているとなれば、東周への陸路は、幹線が遮断されたことになる。新城《しんじょう》を通る西路も新城が秦の邑になっているので、通行することができない。残る路は南路であるが、大きく迂回して、伊闕《いけつ》とよばれる狭隘《きょうあい》な路を通って洛陽にでても、そこで止められて、鞏にとどかない。では、東周への水路はどうであろうか。河水にでなければどうにもならぬのに、韓は成皋を失うと同時に、河水を利用することができなくなった。たとえ趙軍が東周を救援しようと河水北岸まで進出しても、上陸地点が対岸にはない。河水南岸はずらりと秦の支配下にある。つまり、趙軍の上陸を容易ならしめるはずの成皋が、韓と組んだ東周にとっても、余命を照らしてくれる燈台のようなものであったのに、成皋の陥落は東周を暗黒にした。

近臣のひとりは、

「合従の策は進捗《しんちょく》していますので、まもなく信陵君が立ちます。それまで戦いぬきましょう」

と、必死のおももちで言を揚げた。が、東周の君主はその献言が現実ばなれしていることを感じた。たとえ信陵君が軍旅を催して秦軍を駆逐したところで、その軍はせいぜい韓を助けて、停まる。それによって東周を攻略していた秦軍が退却すると想像しても、その退却は年内に実現しそうにない。すなわち孤立している鞏をあと百日死守することができるか、と考えれば、答えは、否《いな》、である。いつくるかわからぬ趙軍を待って、鞏を守る群臣と庶民を全滅させてよいのか、というのが東周の君主の真情であった。

「勝ったあとの呂氏が、捕虜と住民をどうしたか、知っているか」

「存じています」

近臣は一様にうなずいた。呂不韋は捕虜を殺さず、郷里に帰りたい者を釈放し、残った者を奴隷にせず、秦の民に認定した。そればかりか、邑を制圧した秦兵に横奪を禁じて、おどろくべき治安のよさをしめし、あらたに秦の支配にはいった郷里の父老を招待して、意見を聴き、同時に、秦の法を理解してもらい、法の施行に半年の猶予をあたえた。そういうこころづかいをした丞相が、かつていたであろうか。いままで秦を恐れに恐れてきた東周の民は、呂不韋の行政の手つきのやさしさを知り、

——秦の民になってもよい。

という感情をはじめてもった。賦税《ふぜい》に関しては、秦よりも東周のほうがはるかに苛酷であった。小国が軍備を増強すれば、賦課《ふか》が苛烈になるのは当然であった。苦しさに耐えた東周の民が、自国の軍に敗色をみて、無援の状況を知ったとき、声なき怨罵《えんば》を君主にむけるのも、また当然であろう。東周の民の心が離れつつあるのに、輩をたれのために、たれが死守するのか。心の深いところでそうおもった東周の君

主は、

「わしは疲れた。……呂氏は、盟《ちか》いを守るであろう」

と、重くつぶやいた。

ついに鞏は開城となった。呂不韋は誓盟を履行するあいだ、鹿公を人質として鞏の城中にいれた。降人《こうじん》となった東周の君主を鄭重《ていちょう》な礼で迎え、陽人《ようじん》という地（汝《じょ》水《すい》北岸）に移して、東周家の祭祀を継がした。温情である。その一部始終を見守っていた東周の民は、もはや逃散《とうさん》せず、呂不韋の訓喩《くんゆ》に従った。かれらは秦という国を信じたというより呂不韋という個人を信じたのである。

この東周の君臣の降伏と民の順服のありかたが、韓を痛撃した。滎陽の守兵の戦意をも殺《そ》いだ。蒙驁はやはり名将というべきであろう。敵のそういうけはいを察して、使者を韓王と城の守将に発して、開城をうながした。さらに城兵にもよびかけたあと、包囲をいったん解いて一舎《しゃ》しりぞき、

――去りたい兵は去ればよい。

という大度《たいど》をしめした。城内の兵は動揺し、脱走しはじめた。戦意が急速に萎《な》えた兵に号令しても戦えぬとおもった将は、現状を訴えるための使者を立てて、韓王の聴許《ちょうきょ》を待った。

――滎陽の陥落は必至か。

ならば、将士を殺さず、滎陽を秦に献ずるかたちをとったほうがよい、と桓恵王は利害を計量した。韓王の使者は滎陽の地図をたずさえて、蒙驁のもとへ急行した。

蒙驁は引いて、滎陽を取ったのである。

帰途にあった呂不韋は、捷報《しょうほう》を知り、

「蒙将軍を起用してよかった」

と、慶《よろこ》び、蒙驁をひそかに推挙した申欠に重賞をさずけ、爵位を特進させた。呂不韋は咸陽《かんよう》に到着して復命をおえるや、制圧した地に郡を置くことにした。

「三川郡《さんせんぐん》」

が、それである。この三川郡の東端にある大きな邑は陽武《ようぶ》であり、三川郡の設置により、秦の国境は魏の国都である大梁《たいりょう》に迫った。陽武から大梁までは、わずか八十里しかなく、ふつうの行軍でも二日半しか要しない。魏の君臣は戦慄《せんりつ》した。

夢幻泡影《むげんほうえい》

一

秦《しん》にとって魏《ぎ》の首都である大梁《たいりょう》は指呼《しこ》の間にある、ということになった。

だが、呂不韋《りょふい》は将軍の蒙驁《もうごう》に、

「大梁を攻めてはならぬ」

と、命じ、その軍を北に転じさせた。勢いだけの攻略は大失敗を招く。過去の戦役が教えていることはそれである。軍事にも正当さが要《い》る。いま大梁を攻めることに正当さがない、と呂不韋はみた。だが、河水《かすい》の北の上党《じょうとう》はかつて韓《かん》から秦に譲渡された地域であり、そこに趙《ちょう》兵や魏兵が駐屯していることは不当であろう。その不当さを匡《ただ》すための北伐であれば、天下にむかって申しひらきが立つ。

国境（三川《さんせん》郡の東辺）の防備を厚くさせた呂不韋は、魏の反撃がないことをみさだめて、上党の失地を回復することに軍事の主眼をさだめた。

「信陵君《しんりょうくん》が立てば、蒙将軍は上党のどこかで信陵君と激突することになります。蒙将軍に勝算がありましょうか」

呂不韋の謀臣のひとりになった申二《しんじ》が不安げに目をあげた。

「信陵君はすぐには立てない。信陵君の威令に従って水火にも飛びこむ兵は、魏兵であり、趙兵ではない。信陵君が趙王の要請を容《い》れて、趙兵を率いて蒙将軍と対峙すれば、蒙将軍が勝つであろう。信陵君が魏に帰り、魏王と和解して、魏兵を率いてくれば、蒙将軍は敗《やぶ》れるであろう。ただし蒙将軍は引いて勝つ人だ。敗退しても秦には利益があり、進撃した信陵君は魏に利益をもたらさぬであろう。真の勝敗とは個人に帰すべきものではない。ゆえに、蒙将軍はたとえ信陵君に負けても、勝ったということになる。わたしは大王にそう申し上げるつもりだ」

呂不韋は荘襄《そうじょう》王の聴許《ちょうきょ》を得て、あらたな命令を、王齕《おうこつ》にもあたえた。先年、邯鄲《かんたん》を攻めて敗退した王齕の軍がまったく活動することができないままなので、その軍に上党の北部を攻めさせて、王齕に汚名を雪《すす》がせようとしたのである。

命令をうけた王齕は、

——丞相《じょうしょう》の厚意に応《こた》えねばならぬ。

と、発奮した。ここで名誉を回復しておかなければ、家族や子孫が肩身のせまいおもいをする。引退の年齢が遠くない王齕にとって、この戦いが最後で、しかももっとも重要であった。

年があらたまるまえに渡河を終えた蒙驁の軍は、氷雪のすくない河内《かだい》（南陽《なんよう》地方）にとどまって寒さがやわらぐのを待ち、天空の青が明るくなり、春の光が落ちてくるや、丹水《たんすい》にそって進撃を開始した。それはかつて秦軍が長平《ちょうへい》にむかった道である。ほとんど同時に、平陽《へいよう》の近くに逼塞《ひっそく》していた王齕の軍は、汾水《ふんすい》にそって北上しはじめた。

この両軍が順調にすすめば、晋陽《しんよう》のあたりで会うはずである。

「捕虜を虐待してはならぬ。攻略した邑の民を慰恤《いじゅつ》せよ」

呂不韋は王齕にも内旨《ないし》をあたえた。得た、ということを確実にするためには、そこに住む人々の好感を得なければならない。秦の先代の宰相たちは、取った邑の民が秦をきらえば、かれらを他の地に移し、空《から》にした邑に植民するという性急で手荒いことをした。が、呂不韋はちがう。

――民に国境はない。

民は天下の民であり、民を支配していると勘ちがいしている者がかってに地図に線を引いたものが国境になっている。呂不韋はそうおもっているが、じつは呂不韋のような巨視をもった執政者は過去に存在しない。

国がちがえば民族がちがう、というのが通念であり、それゆえ人々は感情のなかに国境を画《か》いてきた。だがその感情を明瞭に色わけする力がある宗教を各国は国体から排除しつくしてしまい、人民に他民族とはちがうと意識させる文化の特異性も希薄になり、文明も共通化しつつあり、法治に関しては秦が先進国であるが、いまや法治国家でない国はひとつもない。にもかかわらず、秦、韓《かん》、魏、楚《そ》、趙、斉《せい》、燕《えん》という七国が国境を明示しつつ攻防をくりかえしているのは、どういうことであるのか。また、武力の優劣に大きな意味があるのか。そもそも民が国の旗をもたされて合戦することに意義があるはずがないではないか。

そういう思想の底辺には、国境を越えて往来していた賈人《こじん》としての開明的な体質がある。呂不韋が学界の諸家に優劣をつけなかったのも、おなじ思想からである。さらに区別や差別をきらうかれの思想が、ある結集を未来に画《か》いているとすれば、七国がひとつになった国家であり、融合した民族のありかたである。結果的に呂不韋の思想は、漢民族の原型にあたる塑像《そぞう》を先駆的に造ったことになる。

民に国境はないと考えている呂不韋にとって、敵国の民はいずれひとりの王、ひ

とつの王朝の民になるのであるから、むごい扱いをしたくない。とにかく、いまは、

――秦は恐ろしい。

という先入観を、天下の民の頭脳と感情から棄てさせる戦いかたをしたい。実際、蒙驁と王齕は、呂不韋の企望《きぼう》にそった戦いかたをし、占領行政をおこなった。両軍の兵は勇敢であったが粗暴ではなく、軍紀を遵守《じゅんしゅ》した。そのため秦軍に占領された邑に住んでいる民は、

「秦兵は道に落ちている物さえ拾わない」

と、感心し、秦は昔の秦ではないということを肌で感じた。上党の民が秦軍を憎悪しなくなったことは、上党に駐留して防禦《ぼうぎょ》の構えにはいった趙と魏の兵に微妙な衝撃をあたえた。かつて秦軍と戦った兵はひとしく、

――降伏すれば坑殺《こうさつ》される。

殺されなければ奴隷にされる、と畏怖《いふ》して、死にものぐるいで抗戦した。ところが今回北上してくる秦軍には寛容があるらしい。

「捕虜になっても、すぐに釈放してくれる」

というわさを耳にしてしまうと、かれらの戦意はめだって低下した。

晩春までに高都《こうと》とその近隣の邑を攻略しおえた蒙驁は、

「徳の力とは、恐ろしいものだ」

と、左右にいった。すでに落とした邑の数は十を越えた。敵を破るたびにかれは捕虜の兵を集めて、

「郷里に帰って親孝行をしたい者は帰らせよう。ふたたび秦軍に立ちむかいたい者は、ほかの邑にゆき兵になればよい」

と、いい、かれらをあっさりと解き放った。こういう寛容のありかたが敵にも染《し》みて、かれらが秦兵を捕らえても斬首することができなくなった。斬首すれば、邑《ゆう》民《みん》がいっせいに非難した。蒙驁が攻めた邑のなかには、邑民が城門をひらいたものもある。

上党の民が離心しはじめたことを知った趙と魏の将士は浮足立った。

「民をいたわれ。敵を逐《お》うのは民であり、われわれはそれに助力すればよい」

と、くりかえし自軍の兵に訓戒をあたえた王齕の進撃も速くなった。

――王者の軍とは、こういうものだ。

激闘をおこなわなくてもつぎつぎに城門がひらかれてゆくような爽快な進撃を経験したのははじめてである。夏のあいだに王齕は梗陽《こうよう》をすぎて狼孟《ろうもう》にむかっていた。すさまじい速さである。しかもこの軍は損傷がすくなく、兵に疲鈍《ひどん》がない。兵站《へいたん》に

ぬかりはなかったが、なんと邑民が争うように食糧を供奉《きょうほう》してくれるではないか。かつての秦軍はかならず掠奪《りゃくだつ》をおこないながら進攻したのである。主力軍の進撃が予想以上に速くなると輜重《しちょう》隊が追いつかず、やむなく主力軍はゆくてにある小さな邑や鄙《むら》を襲って兵糧をおぎなうのが兵略の常法であった。孫子《そんし》（孫武《そんぶ》）の兵法も掠奪を許している。ところが王齕の軍はすさまじい速さを保ちながらも、掠奪行為をまったくおこなわないで汾水東岸を制圧してゆき、ついに晋陽より北に進出したのである。

蒙驁の軍も初秋には楡次《ゆじ》（晋陽の東方五十里にある邑）の攻略にとりかかった。

この二将軍は年内に三十七の城邑《じょうゆう》を取るのである。

――こんどこそ、上党を失う。

と、青ざめたのは趙の孝成王《こうせいおう》である。敗報の内容が悪すぎる。住民が秦軍に心を寄せはじめているとは、どういうことか。悪鬼のごとき秦兵ではないのか。

上党に魏兵を配置している大梁の安釐王《あんきおう》も心がおだやかではなかった。秦軍が上党の攻略を完了すれば、その軍は大梁の攻撃に転ずるであろう。重臣のなかには、いまのうちに遷都すべきである、という者がいる。

――弟を召還するしかない。

安釐王にとって、遷都よりさきになすべきことは、それであった。当然のことながら、安釐王は使者を立てた。一度や二度ではない。が、使者は虚しく復命した。かれらはひとしく信陵君に面会することさえできなかった。趙にとどまっている信陵君は、兄の命令にそむき、魏の将軍を殺害したため、兄に怨まれているにちがいないと信じ、魏からきた使者が問責《もんせき》の使命を負っていると察した。それゆえ、

——会いたくない。

と、おもい、足下にとどまっている食客たちには、

「魏王の使者をとりついだ者は、殺す」

と、厳しく触《ふ》れた。食客たちは口をつぐんだ。平原君《へいげんくん》を喪《うしな》った孝成王は、仲介者をなくしたも同然であり、信陵君を動かせない。したがって趙と魏の王は嘆息をくりかえして頭をかかえるしかなかった。かれらの苦悩のなかを冬という時がながれた。狼孟と楡次はあっけなく陥落した。いま秦軍は雪のなかで休息している。が、春になれば、穴からでる猛獣のように動きまわるにちがいない。

二

敵国に勝つということは、武事においてまさることもさることながら、行政においてまさることである、と呂不韋《りょふい》は信じている。それゆえ、捷報《しょうほう》が連続して到着してもかるがるしく喜ばず、

「郡守の選定をあやまれば、将軍の苦労も水泡に帰すのです」

と、荘襄《そうじょう》王に奏上するたびに、箴誡《しんかい》をそえた。王齕《おうこつ》が攻略した地域に太原《たいげん》郡を、蒙驁《もうごう》が制圧した地域に上党《じょうとう》郡を設置することにした。郡という地方行政区には、

「守《しゅ》、尉《い》、監《かん》」

を配する。守が行政長官であり、尉は軍事をつかさどる武官であり、監は監察官である。呂不韋は守を重視した。すぐれた行政をおこなうことは、きびしい取り締まりをおこなうことにまさる。それゆえ冬のあいだに人選を慎重にすすめ、春になって内定をくだし、荘襄王に郡守を任命してもらった。

直後に中欠《しんけつ》がただならぬ形相で呂不韋に急報をとどけた。

「信陵君《しんりょうくん》が帰国の途についた」

これは事実であった。魏《ぎ》と趙《ちょう》の王が手をだせず、食客たちもどうすることもできなかった信陵君を動かしたのは、市井の底に積もった紅塵《こうじん》を払って立ったふたりの男である。ひとりは毛公《もうこう》という浪人で、身を持ち崩して博徒になっていた。ほかのひとりは売漿《ばいしょう》家で、いわばジュース売りである。ふたりは信陵君の知遇をうけていた。かれらは魏と趙の艱難《かんなん》を遠望し、このまま信陵君が黙座していると、せっかくの名声に傷がつくと考え、そろって信陵君を訪ねた。

「公子が趙で重んぜられ、名が諸侯にきこえているのは、魏があればこそ、ではありませんか。いま秦《しん》が魏を攻め、魏は危急存亡のときにさしかかっています。しかるに公子は愁えておられない。秦が大梁《たいりょう》を破り、先王の宗廟《そうびょう》を毀《こわ》してしまえば、公子はいかなる面目をもって、天下にお立ちになるのか」

ふたりがそういい終わらぬうちに、さっと顔色を変えた信陵君は、すぐさま車駕《しゃが》を用意させ、帰国の途に就いた。大梁に到着して宮中にはいった信陵君は、兄の安《あん》釐《き》王をみて泣き、安釐王は危急を救いにかけつけてくれた弟をみて泣いた。

咸陽《かんよう》にいる呂不韋の目には、そういう光景は映らないが、まもなく信陵君が複数の国の軍を率いて秦軍に戦いを挑んでくることはわかる。それゆえ、

「南下し、信陵君の軍にそなえよ」

と、すばやく蒙驁に命令をあたえた。王齕の軍に太原郡と上党郡の二郡を守らせればよい。蒙驁が負ければその二郡が動揺する。動揺をふせぐほうが肝要なので、王齕を決戦に投入することを避けた。

秦が設置した上党郡は、西に少水《しょうすい》、東に太行《たいこう》山脈をもち、北辺の邑に閼与《あつよ》があり、南辺の邑に高都《こうと》がある。かつて閼与において大戦があり、その邑は趙軍によって死守されたのであるが、その後、白起《はくき》が長平《ちょうへい》で大勝したあと、秦軍は三軍にわかれて趙の地を侵略した。そのとき閼与は陥落したかもしれず、とはいえ、邯鄲《かんたん》攻略に失敗した秦軍は退却したので、閼与は趙軍に奪回されたとも考えられる。その所属は不明であるというのが正しいが、閼与が上党郡の一邑であることはたしかなので、蒙驁と王齕によって落とされた三十七の城邑《じょうゆう》のひとつであることにしておく。上党郡の中心を長子《ちょうし》という邑に置いたので、北にいた蒙驁は長子までさがって占領行政をおこない、郡守が任命されたので、赴任してくる守を迎えようとしていた。ところが郡守よりさきに到着したのは、呂不韋の命令である。

「信陵君が立つ——」

蒙驁は頭上で雷が鳴ったように感じた。いま信陵君は中華で最強最上の武将である。一昨年、ようやく天下に名を馳《は》せた蒙驁とは、格がちがう。

——あたって、くだけるしかあるまい。

ただし蒙驁に畏怖《いふ》はない。韓《かん》と上党でぞんぶんに将器を発揮させてくれた呂不韋に感謝するばかりである。荘襄王の褒詞《ほうし》も陣中にとどけられた。これで自分の氏名は秦の歴史に記されたという満足感が蒙驁にはある。信陵君と戦って死んでも悔いはない。

咸陽からきた呂不韋の使者は、

「おそらく敵は五国の軍です。わが国は将軍の一軍だけです。増援の兵は送らぬ、と丞相《じょうしょう》は仰せになりました。ご健闘をお禱《いの》りします」

と、いって去った。苦笑した蒙驁は近くにいた蒙武《もうぶ》に、

「呂氏に兵法を教えたのは、たれであろうか」

と、いった。蒙武は首をひねった。それをみた蒙驁は、

「なんじはわしより早く、戦陣を往来していたのに、兵略において、わしより劣る。呂氏は一旅《りょ》も指揮したことがないのに、わしにまさる」

と、不機嫌にいった。

「父上——」

蒙武は唇をとがらした。蒙驁は炯々《けいけい》とした目を蒙武にむけた。

「なんじは、わが問いの下にいる。ゆえに、わしを超えられぬ」

「問いの上にでる、とは、どういうことですか」

　蒙驁は人差し指をまっすぐに立てた。

「呂氏に兵法を教えているのは、この指のかなたにいる」

　天、ということであろう。

　天の指図は呂不韋にとどき、信陵君にはとどかなかったのか。天下の形勢を客観的にみれば、信陵君は立つのが遅すぎたといえるであろう。

　一昨年、蒙驁が成皋《せいこう》と滎陽《けいよう》を取ったことで、秦は三川《さんせん》郡を新設し、去年、上党で趙兵と魏兵を駆逐したことで、今年、上党郡と太原郡を置くことができた。わずか二年余で秦は三郡を増設した。それら広大な行政区を信陵君が武力で破壊するのは至難のことである。かつての白起のように、さからう者を皆殺しにしてゆかなければ、失った領土を奪回したとはいえず、それをやれば信陵君の声望は墜《お》ちる。やらなければ、信陵君が名声をひとりじめにして、魏にも趙にも実利はまわらない。まして魏と趙を補翼するかたちで参戦する楚《そ》と韓と燕《えん》に何の得《とく》もない。

　ゆえに、秦は一軍だけで五国の軍と戦えばよいのである。

「渡河する」

蒙驁は信陵君が指揮する魏軍が連合軍の主力となり、大梁から発する、と想定した。その連合軍を河水《かすい》の北に踏みこませたくないので、長子をでた蒙驁は情報を蒐《あつ》めつつ南下して、河水を渡ることにした。それ以前に、魏の安釐王は信陵君に上将軍の印《いん》をさずけ、各国に使者を立て、秦軍と戦うことを通告した。当《とう》の信陵君は連合軍を形成したいとはおもっていない。

——魏軍だけで、秦軍を破ってやる。

そういうつもりであるが、兄によけいなことをするな、とはいえない。兵略の鋭敏さをにぶらせることになる外交上の手続きでも、省略するわけにはいかない。端的にいえば、魏軍が単独に出撃して、秦軍に勝っても、負けても、諸侯はおもしろくない。以後、魏には協力しない、とかれらはいうであろう。したがって信陵君は蒙驁の軍が渡河し終えたあと、なお、いらいらしながら諸侯の軍の到着を待った。その間、蒙驁の軍は東進した。やがて停止して陣を構えた。信陵君は食客をつかって情報を蒐集《しゅうしゅう》したが、蒙驁の軍とはちがう道をすすんでいる秦軍はないという。

「秦軍には舟がある。わが軍がでたあと、河水をつかって大梁を急襲することができる。上流の津《みなと》に舟が集められていないか、しらべよ」

信陵君は正面の敵である蒙驁を歯牙《しが》にもかけていない。みえないところで動いている敵が怖いだけである。が、集まってくる報告に不吉なものはひとつもない。秦の兵略は、魏冄《ぎぜん》や白起が生きていたころとはちがって、幼稚である。

――嘗《な》められたものだ。

と、信陵君は心のなかで苦《にが》く笑い、遅参の軍をふりかえることなく、趙軍と韓軍を両翼にして西進を開始した。そのころようやく燕軍と楚軍が魏国にはいった。

主戦場がどこになったのか、史書は明記していない。

「河外《かがい》」

と、だけある。河内《かだい》に対する河外であろう。河内は南陽《なんよう》地方のことで、河水北岸である。河外は河水南岸にちがいないが、秦軍と連合軍とでは兵力が隔絶《かくぜつ》しているので、蒙驁は決戦場を平原に定めるような不細工をしなかったであろう。起伏のある地形が兵力の不足をおぎなってくれるので、かならず山か川を利用したにちがいない。河水南岸には巑岏《ざんしょく》とした山がすくないので、川をはさんで対峙する布陣を蒙驁は選んだかもしれない。川といえば、成皋の近くを汜水《しすい》がながれている。主戦場はそのあたりであろうとおもわれるが、むろん何の証左もない。

――敵は魏軍のみである。

他の国の軍をみる必要はない。魏軍を突き崩せば、翼進《よくしん》してくる軍の足は停まり、その勢いは熄《や》む。そうおもった蒙驁は兵を密集させて魚鱗《ぎょりん》の陣を布《し》いた。敵の兵力が自軍より劣るとみれば、包囲して殲滅《せんめつ》するために両翼を大きく張った鶴翼《かくよく》の陣を布くのが常法である。蒙驁の布陣をみた信陵君もそうしたのであるが、秦軍の正面に構えた魏軍から精兵をひきぬいて、騎兵も従えて、ひそかに右翼にまわった。蒙驁の視界に連合軍の陣の両翼がはいっていないと観取《かんしゅ》したからである。ここに武将としての信陵君の非凡さがある。さすがの蒙驁も敵陣の中央に信陵君がいないとは見抜けなかった。

天を裂き、水を逆立てるほどの喊声《かんせい》とともに連合軍が寄せてきた。その先陣を充分にひきつけた蒙驁は、尖鋭《せんえい》の陣を前進させ、敵の中軍を抉《えぐ》った。抉りぬけば敵の心腑を刺せる。壮絶な戦いになった。

——秦兵の勁鋭《けいえい》さよ。

先陣をまかされた魏将はまたたくまに自軍の兵が斃《たお》れてゆくのを目撃してたじろいだ。先陣のうしろに弩《ど》をもった兵が陣を形成していたが、その陣も秦軍に貫通された。第三陣は短兵で編成されている。秦軍の先陣は傷つきながらもそこまで達した。

——短兵の陣を破れば、中堅が露出する。

中堅の殻《から》をたたきつぶせばなかから信陵君がでてくる。弩をもった兵を陣の左右に配して側面を防禦《ぼうぎょ》させているので、先陣に後続するのは短兵である。やがて先陣の長兵は疲弊して激闘のなかに沈んだが、ほとんど無傷な短兵が軍頭となって敵陣を崩した。敵の両翼の攻撃は予想通りに弱い。

——車騎（兵車と騎兵）の投入は、いまか。

蒙驁は決断し、陣中に温存していた機動部隊をとりだして放った。これで信陵君の退路を断てる。

「勝った——」

蒙驁は心中で叫んだ。

そのとき視界の左隅に紅《あか》い嵐が起こった。紅色の武装集団が砂塵をあげて秦軍の左側面に迫ってきた。

——魏の遊軍か。

一瞥《いちべつ》した蒙驁はあわてもせず、恐怖もおぼえなかったが、その大集団の中央に牙《が》旗《き》を認めたとき、ぞっとした。

——しまった。信陵君は右翼にいたのか。

敵の機動部隊を迎撃する機動部隊をだしたあとなのである。

「車騎を旋回させよ」

と、軍吏に命令をあたえた直後に、秦軍は側面を衝決《しょうけつ》された。軍全体がかたむくほどの衝撃をうけて、蒙驁は自分の目をうたがった。信陵君の旗下にいる兵の勁《つよ》さは想像を超えたところにあり、自軍の塁《るい》は破壊され、弩をもった兵はなぎ倒された。秦兵は烈風にさらされたようなもので、立っていれば吹き飛ばされた。魏兵が雨のように浴びせる矢が蒙驁の周辺にとどきはじめた。盾《たて》が鳴りつづけた。自軍の車騎がもどってくるまで耐えようとした蒙驁であるが、秦兵の潰走《かいそう》をとめられぬとみて、ついに、

「引け——」

と、叫び、死戦を避けた。

三

蒙驁《もうごう》はひたすら逃げたわけではない。

敗走する秦《しん》兵を拾い収めて、鞏《きょう》のあたりで陣を立て直した。が、蒙驁はここでも敗《やぶ》れた。信陵君《しんりょうくん》の軍の勢いは衝天《しょうてん》といってよく、伏兵を設けて急襲をおこなって

も、その進撃を止められなかった。

——まだ追ってくるのか。

西へ西へと走った蒙驁は、寡兵《かへい》でも大軍を苦しめることのできる殽塞《こうさい》のあたりの狭隘《きょうあい》な地を選んで、最後の一戦をこころみた。だが、信陵君に歯がたたなかった。秦軍はふたたび隊伍を組むことのできぬほど潰乱《かいらん》して、生き残った秦兵はさらに西へ走って函谷関《かんこくかん》に逃げこんだ。蒙驁もかろうじて関内《かんだい》にたどりついたひとりである。かれのまわりには数人しかいなかった。

それにしても、一瀉千里《いっしゃせんり》とはよくいったものである。信陵君は最初に秦軍を大破したのち、追撃をゆるめず、およそ四百五十里もすすみつづけた。さすがに函谷関を攻撃せずに兵馬を返したが、秦の一軍をすりつぶしてしまうほどあざやかな戦勝を実現し、天下の耳目をおどろかした将は、孟嘗君《もうしょうくん》と信陵君しかおらず、このとき信陵君の名声は海内《かいだい》にとどろいて、童子でも知る名となり、後世に伝えられることになる。その童子のひとりが劉邦《りゅうほう》である。のちに劉邦と覇《は》を争う項羽《こうう》はまだ生まれていない。

——負けた。

蒙驁には痛烈な敗北感がある。が、蒙驁の心のなかに後悔はなく、奇妙な澄明《ちょうめい》があった。力のかぎり知恵のかぎり戦ったのである。信陵君がもっている威力とは超人的なもので、むしろそれは時代が変わろうとするこのとき、去りゆく時代の最後のあがきではなかったのか。信陵君は古い時代を代表する英傑であり、新時代への企画をそなえていない人である。蒙驁は河外《かがい》で敗れ去ったが、上党《じょうとう》にいる王齕《おうこつ》は着々と軍事的な整備をおこなっている。秦は河外での大敗で、じつは何も後退しなかった。とはいえ、

「わしは罰を受けねばならぬ」

と、蒙驁は厳粛《げんしゅく》にいった。敗軍の将は荘襄《そうじょう》王に復命して処罰を待つのが当然である。死刑になってもかまわぬ、とさえおもっている蒙驁は、子に訓誡《くんかい》をさずけてから咸陽《かんよう》にはいった。

——ずいぶん静かだな。

宮中に足を踏みいれた蒙驁は異状に気づいたものの、無関心を装って呂不韋《りょふい》を捜した。自分を抜擢してくれた丞相《じょうしょう》に礼をいってから、荘襄王に謁見するつもりである。だが官人は呂不韋のいどころをいわない。伝奏の官に待つようにいわれた蒙驁は、ようやく烈《はげ》しい胸騒ぎをおぼえた。

——政変があったのか。

呂不韋が貶竄《へんざん》されるようなことがあったとすれば、いよいよ自分の罪は重くなる。どうせ死ぬつもりできたのだ、じたばたしたくない。蒙驁は目をすえ、肚《はら》をすえた。五月の日没はおそい。まもなく夕《よる》になるというのに、伝奏の官はふたたびあらわれない。

――日は没したか。

待たされつづけた蒙驁はうす暗さのなかで不動であった。ただし頭のなかは動いていた。呂不韋の権勢は絶大になりつつあるが、それをそねむ者は、官人ではなく王族であろう。しかしそれら王族の言に荘襄王がまどわされて呂不韋をしりぞけたとすれば、荘襄王は自分の首を自分で絞めたことになろう。往時をふりかえってみればわかる。王室のために粉骨砕身の献身ぶりをみせた王族などいないにひとしい。王族は王室の財をむさぼるだけで、いわば王朝の健康さをそこなう附贅《ふぜい》である。かれらは汗馬《かんば》の労《ろう》を知らぬのに、甘言を弄することにたけている。だが、その言の甘さは、大王にとっても王朝にとっても、たちまち毒となる。

――あるいは……。

河外で蒙驁が大敗した責任をとって呂不韋は辞任したのか。

どのような想像も明るさをもたない。宮中のふんいきがはずみを失っている。官人は燭火《しょっか》を灯すことを忘れている。遠い燎《にわび》の光が柱にとどき妖しく揺らめいている。

「しょせん、夢幻泡影《むげんほうえい》よ」

蒙驁がそうつぶやいたとき、憔悴《しょうすい》しきった呂不韋の貌《かお》が暗さを破ってあらわれたので、さすがにぞっとした。

「丞相……」

「お待たせした。将軍の功は嵬々《かいかい》たるものです」

「さきの功も山から転《ころ》がり落ちるほどの大敗を喫しました。丞相の尊顔に泥を塗り、大王の懿徳《いとく》をそこなった。罰を受けるために還《かえ》ってきたのです」

するとと呂不韋の両眼から涙があふれでた。

「将軍……、あなたが復命する大王は、この世におられない。さきほど崩御なさった」

「なんと――」

蒙驁はことばを失った。まさかあの壮《わか》さで死去するはずがないではないか。荘襄王は三十五歳である。蒙驁の困惑をみた呂不韋は、

「ここで嘆慨《たんがい》していては、王朝は滞固《たいこ》してしまう。喪を発した直後に、太子に即位してもらう。将軍もいちど帰宅し、着替えてふたたび参内なされよ」

と、声のやつれをつくろって、立った。

じつのところ、呂不韋は血の気を失うほど烈しく落胆したので、からだを動かすのがつらかった。荘襄王とともに理想の王朝にむかって歩きはじめたところに、この凶事である。荘襄王は呂不韋の思想と為政の全容を理解したわけではないが、最大の理解者であったことはたしかである。たがいに信じあったという事実は動かしがたい。主従というより真友であった。呂不韋が執政として成長すれば、荘襄王は君主として成長した。

——十数年後には、民が王を支え、民が政治に参加する政体をつくることができる。

法が民を守るという思想をおしすすめてゆけばそうなる。その永図《えいと》を実現する過程にそうとうな困難があると予想されるが、荘襄王の意志と賢明ささえあれば、呂不韋は改正を完遂《かんすい》することができるとおもっていた。

——やりとげれば、その政体は千年つづく。

と、誇りをもって断言できる。

だが、困難は、おもいがけず荘襄王の死というかたちとなってあらわれた。荘襄王には病んだ形跡がないので、急死である。

昨日、たまたま華陽太后《かようたいこう》は荘襄王とことばをかわした。そのとき、

「嫡子はほんとうに政《せい》でよいのでしょうか。あの子には仁義がみえぬ。政が秦王になれば、群臣はおびえ、庶民は苦労するのではあるまいか。太子の廃替《はいたい》は、国が乱れるもとですが、王朝と天下のために、敢行しなければならぬときもありましょう」

と、荘襄王にいわれた。華陽太后は笑《え》みによってそのきわどい問答からのがれたが、けっきょくそれが荘襄王の遺言となった。華陽太后は荘襄王が息をひきとったあと、そのことばをひそかに呂不韋につたえた。遺骸の近くには趙姫《ちょうき》と太子政もいたので、室外にでて、立ち聞きされない房室にはいっての話である。

「大王がそう仰せになったのですか……」

呂不韋のどこかがひやりとした。政務に忙殺されて、太子政を観察することをおこたっていた自分に気づいた。子の性質と器量をみぬく目をもっているのは、父にまさる人はいない。荘襄王は淫遊《いんゆう》を喜ぶようなすごしかたをしていないので、寵《ちょう》妾《しょう》の言にまどわされてそういったのではあるまい。

だが、太子政が次代の王にふさわしくないので、ほかの公子を嗣子《しし》とする、という決定は荘襄王しかなさず、もしも呂不韋がそれをおこなえば、有司百官および群

臣の非難にさらされる。そればかりか、太子の席からおろした政に、生涯、怨まれることになる。

——以前にも、大王は公子政を太子にすることに難色をしめされた。

おもいあたることはほかにもあったが、

「太后さま、大王のおことばを地上に遺《のこ》しておきますと、亡霊となって祟《たた》りをなします。すみやかにそれを棺《ひつぎ》に斂《おさ》めて、埋葬なさるべきです」

と、雑念をふりはらうようにいった呂不韋は、夜中でも、太子政を即位させることにした。秦王となる政は、十三歳である。

鄭国渠《ていこくきょ》

一

秦《しん》王政《せい》が立ったのは、西暦でいえば、紀元前二四七年である。
が、歴史の形式としては翌年（紀元前二四六年）が秦王政の元年となる。
それはそれとして、荘襄《そうじょう》王が亡くなって秦王政が立ったころ、ひとりの論客《ろんかく》が咸陽《かんよう》にはいり、呂不韋《りょふい》を訪ねた。

「李斯《りし》」

と、いう。楚《そ》の上蔡《じょうさい》の出身で、若いころに郡の小吏《しょうり》となっていたが、ふとしたことで悟得《ごとく》して、役人を辞め、楚をでて、荀子《じゅんし》（孫卿《そんけい》）に師事した。それから荀子のもとで修学につとめ、高弟となり、ついに、

――学已《すで》に成る。

と、して、師に別れを告げた。そのとき荀子は、

「秦へゆくのなら、呂不韋を訪ねるがよい」

と、いい、出発まぎわには、

物は太《はなは》だ盛んなるを禁ず。


という訓誡《くんかい》をあたえた。この四字から成る「物禁太盛《ぶっきんたいせい》」という語を李斯は胸に刻みこんで、生涯忘れなかったが、進退行蔵《こうぞう》にそれを活《い》かせなかった。さらに荀子は、

「呂不韋に会ったら、いまの語をつたえよ」

と、いった。師にそういわれたかぎり弟子としては迷わず秦の相国《しょうこく》の門をたたくしかない。呂不韋は即位した秦王政から、丞相《じょうしょう》より上の相国の位をあたえられ、文信侯《ぶんしんこう》と号し、

「仲父《ちゅうほ》」

と、よばれるようになっていた。

ところで、李斯はふとしたことで悟得した、と書いたが、その悟得の内容は奇妙なものであった。鼠《ねずみ》の生態をみて、かれなりに悟ったということである。

李斯が小吏であったころ、吏舎《りしゃ》の廁中《しちゅう》にいる鼠に気づいた。その鼠はつねに汚物をくらい、人や犬が近づいてくると、驚きおびえている。ところが、倉のなかの鼠はちがう。そこにいる鼠は山積みになった粟《ぞく》をゆうゆうとくらい、大きな屋根の下に住んでいるから、人や犬に出会う恐れもない。廁中の鼠と倉中《そうちゅう》の鼠をみくらべた李斯は嘆息して、

——人の賢不肖《けんふしょう》は、たとえば鼠のごとし。みずから処《お》る所に在《あ》るのみ。

と、つぶやいた。鼠の能力にどれほどの差があるのか。たぶん、ないであろう。人はどうか。矮屋《わいおく》の貧家に生まれて、一生、菜羹《さいこう》しか口にしない者と、大廡《たいぶ》の富家《ふか》に生まれて、一生、膳羞《ぜんしゅう》しか知らない者とをくらべて、両者の才能に優劣をみいだすことができるのか。人に優劣や格差があるとすれば、それは境遇の差にすぎない。李斯が悟得した内容とは、そういうものであった。

したがって、学業を修了した李斯は、秦を大廡富家とみて、秦をのぞく諸国を矮屋貧家とみなしたので、秦の粟をくらいにきたのである。恐ろしいもので、鼠に生きかたを教えられた李斯は、のちに秦王朝のなかで肥え太って、巨大な鼠と化すのである。しかし呂不韋に面会した李斯は、鼠をおもわせる容貌からは遠く、才覚のきらめきをもった儒者《じゅしゃ》であった。呂不韋は短時間で、

――この男は、使える。

と、感じた。それゆえしばらく李斯を舎人《しゃじん》として足下におき、その勤めぶりをみさだめて、年が明けると、秦王政の郎《ろう》に任用した。郎は郎中《ろうちゅう》とも書かれる。秦よりまえの時代には郎中とは近侍の臣を指していたが、秦王朝では郎中令に属して、宮中の各門の取り締まりにあたった。尚書《しょうしょ》に属して政務にあずかるのは漢《かん》代からであろう。ただしこのとき官制は可動的であり、郎はまだ近侍の仮称にすぎなかったかもしれない。

李斯の思想は呂不韋とはちがい、むろん師の荀子ともちがう。人への愛、すなわち仁義のかけらももちあわせぬこの男が、仁義を基本にすえている儒教をくぐってきたとは信じがたいが、呂不韋から離れて、秦王政に近づいたとたん、ことなったふんいきとにおいを感じて、心中で喜笑した。王朝は、地方の行政府をふくめて、呂不韋の思想と感情に染められつつあるが、玉座の周辺だけは、そうした涵浸《かんしん》をこばんでいる。

――大王は相国を懐疑している。

呂不韋によって公子政は太子となり、秦王となったのに、呂不韋を心から尊んでいるとはおもわれない。それなら李斯は呂不韋をはばからず、献策することができる。この男は苟容《こうよう》に長《た》けている。

「天下一統《いっとう》」

を、秦王政のまえで明言した。大王の賢明さをもってすれば、諸侯を滅ぼして帝業を成すのは、竈《かまど》の上のほこりを払うほどたやすい、と諛言《ゆげん》を呈し、大言壮語を好む秦王政を喜ばして、またたくまに長史《ちょうし》（五大夫《ごたいふ》に相当する官）を拝命した。さらに呂不韋の目のとどかないところで、秦王政に謀略を献じ、聴許《ちょうきょ》を得るやただちにそれを実行にうつすべく配下を各国に放った。その謀計とは、諸国の名士を懐柔するために贈賄をおこない、受けぬ者を暗殺するという陰険なもので、とても称《ほ》められたものではないが、そういう悪計と卑劣さを善《よ》しとする秦王政の感覚には異常さがあるといわざるをえない。

秦王政と李斯の毒牙は、魏《ぎ》の信陵君《しんりょうくん》を嚙《か》んだ。

この陰謀家である主従は、呂不韋が魏を攻めないのは、信陵君が魏の軍事を掌管しているからであろうと臆断《おくだん》し、信陵君をいかに捐廃《えんぱい》させるか、策を練った。

昨年、荘襄王が逝去したことを知った晋陽《しんよう》の民は叛乱を起こした。晋陽は趙《ちょう》の旧都のひとつであり、住民がもつ趙への愛着は他の邑民《ゆうみん》とはくらべものにならない。それを知った呂不韋は、蒙驁《もうごう》に兵をあたえて、晋陽にむかわせた。今年の軍事はそれだけである。喪中に軍を動かすものではないとおもっている呂不韋は、他国を侵略する計画をもたず、叛乱を鎮圧するについても、

「民に罪はない。首謀者を斬ったら、いたずらに罪人をふやさないでもらいたい」

と、蒙驁に念を押した。相国がそういう慎重さをもって事にあたっているというのに、喪中にある秦王政は父を敬慕することを忘れて、陰謀に熱中した。密命をうけた者たちはすばやく魏に潜入した。この暗躍者たちは一万斤《きん》の黄金をばらまく用意がある。かれらが最初におこなったことは、晋鄙《しんぴ》の食客をさがすことであった。晋鄙は信陵君に殺された魏の将軍である。

――旧主の怨みを晴らしたくないか。

と、食客にもちかけ、黄金をあたえ、信陵君を中傷させるのが、任務の内容である。その中傷とは、

「諸侯は魏に信陵君のいることを知っているが、魏王のいることを聞かない。公子（信陵君）はこのときをのがさず、諸侯に号令すべく魏王になろうとしている。諸侯は公子の威を畏《おそ》れているので共同して公子を立てようとしている」

というものであった。

この陰謀の精密さは、うわさが魏の安釐《あんき》王の耳にとどいたとおもわれると、秦か

ら発した使者が魏の王族、大臣、高官などに会って、

「きくところによりますと、公子がまもなく即位なさるとのことですが、それはまだですか」

と、問い、信陵君の即位を祝う物をみせたことである。これはくりかえしおこなわれた。

安釐王はうわさの発生源を冷静に調査させるべきであった。が、王の耳目となるべき側近たちがもってくるのも、うわさであった。疑心暗鬼となった安釐王は、ついに、

「将軍の印《いん》を返すように」

と、信陵君に命じた。十四歳の秦王政の謀略に、在位三十一年にもなる安釐王がふりまわされて、悖謬《はいびゅう》をおかしてしまったのである。

「王はわたしを信じられぬのか」

底知れぬ虚しさを感じた信陵君は、将軍の印を返上するや、病《やまい》と称して参内しなくなり、賓客《ひんかく》たちと長夜の宴で憂《う》さ晴らしをし、強い酒を飲み、多数の婦女を近づけて淫遊《いんゆう》のなかでわれを忘れようとしたが、悲憤《ひふん》は去らず、日夜酒を飲みつづけて、四年目に酒のために亡くなるのである。

ちなみに、おなじ年に兄の安釐王も薨《こう》ずる。秦王政と李斯が調合した毒は、魏の深奥にはいりこみ、中枢を爛死《らんし》させたといってよい。

だが、陰謀を嗜《この》むのは、秦王政ばかりではない。韓《かん》の桓恵《かんけい》王もそうであり、ひとりの男に密命をあたえて、秦へ送りだした。

配下をつれて韓から秦へいそぐ男こそ、水工《すいこう》である鄭国《ていこく》、であった。

二

韓《かん》の桓恵《かんけい》王が陰謀家の体質をもっているとはいえ、ここでの陰謀は、むしろ秦《しん》王政《せい》が示唆したといってよい。つまり秦王政が起こした大事業が、桓恵王にむりのない発想をうながしたのである。その大事業とは、

――酈《り》山を穿《うが》ち治む。（『史記』）

ということである。いうまでもなく陵墓《りょうぼ》の造営である。秦王政は即位するとすぐに自身の死後の宮殿を酈山に造らせようとした。酈山は咸陽《かんよう》の東方に位置する山である。のちに項羽《こうう》と劉邦《りゅうほう》が会見することで有名になる鴻門《こうもん》に近い。

呂不韋《りょふい》は秦王政の壮大な計画を知って唖然《あぜん》とした。
——無益なことをする。
愚行といってもよい。この呂不韋の真意は『呂氏春秋《りょししゅんじゅう》』に露骨に記されている。

世の丘壟《きゅうろう》を為《つく》るや、その高大なること山の如《ごと》く、その之《これ》に樹《う》うること林の若《ごと》く、その闕庭《けってい》を設け、宮室を為り、賓阼《ひんそ》を造ること都邑《とゆう》の若《ごと》し。これをもって世に観《しめ》し、富を示すはすなわち可なり。これをもって死のためにするはすなわち不可なり。

明快な文であるが、少々わかりにくい語がふくまれている。丘壟は岡と書きかえてもよく、壟は盛りあがった土のことで、田畑の畝《うね》をいうことのほかに、塚《つか》と同義でもある。闕は門である。建造の際におこなう縄張りで、縄の欠けたところが門となるので、欠《けつ》という字と音がそこに残っている。賓はたいせつな客のことで、阼は字の象《かたち》がそうであるように階段である。こまかなことをいえば、阼は主人が堂に登るための階段で、堂の東寄りに設けられている。したがって賓は西寄りの階段を登る。そうなると、賓阼は、東西（左右）の階段と想えばよいであろう。

都邑の邸宅とかわらぬ宮室や庭を造って、それを人にみせびらかして富を誇示するのはよいが、死者のために土中に造るのはよくない。

呂不韋の批判はつづく。

人は長寿であっても百歳を越えず、中寿《ちゅうじゅ》は六十歳を越えない。百歳や六十歳の寿命しかないのに、無窮《むきゅう》ということを考えるのは、実情に適《あ》わない。

たとえばある人が石銘《せきめい》を作って、それを丘壟の上に置いたとする。石銘に、

「このなかには、珠玉や財宝がぎっしりとつめられている。ここを掘るべきである。掘れば、かならず大いに富み、代々車に乗って肉を食べるようなぜいたくな暮らしを得られよう」

と、書けば、それを読んだ人々は笑いあい、気が変になったのではないか、というであろう。いわゆる厚葬《こうそう》とは、それに似ている。古代から今にいたるまで、滅亡しない国はなかった。滅亡しない国がないのなら、盗掘されない墓はなかったといえる。にもかかわらず、世の人はきそって厚葬をおこなう。なんと悲しいことではないか。

文尾ではあえて批判の焦点をぼかしているが、むろん全体は、秦王政の、気が変になったのではないか、とおもわれる空前の規模をもつ陵墓の造営を痛罵《つうば》している。

ちなみに盗掘のすさまじさをいえば、各国の王侯が陵墓をつくりはじめると、盗掘団ははるかかなたから陵墓にむかって穴を掘りはじめるというもので、工事の竣《おわ》りは盗窃《とうせつ》の開始となる。

とにかく、陵墓造営の計画を知った呂不韋は、その全象《ぜんしょう》が常軌《じょうき》を逸していたので、

——数万の人を数十年間労働させても、完成するかどうか……。

と、首をかしげ、難色をしめした。

秦王政ひとりのために多大の労働力を固着《こちゃく》させるのは国の損失であり、しかも地中の宮殿はいま生きている人々にとって活用をゆるされない無益な建造物となるので、その工事は最初から最後まで、浪費を産むだけである。

故事を想えばよい。

殷《いん》（商《しょう》）の紂《ちゅう》王は、雲をもつきぬける鹿台《ろくだい》という高層建築を完成するために東方の民を酷使しつづけ、その東方の民が怨嗟《えんさ》の声を発して動揺したがゆえに、殷王朝は支配の均衡《きんこう》を失い、西方にいた周《しゅう》に急襲されて滅んだ。鹿台は滅亡の象徴となったとはいえ、紂王ひとりの住居ではなかった。ところが秦王政の地中の宮殿は、唯一人《ゆいいつにん》のためにある。鹿台より凶悪な住居といえるのではないか。古代の民は天地

山川《さんせん》に神を感じており、殷王は帝《てい》とよばれ、天帝につぐ尊貴な存在であったにもかかわらず、王室と王朝はうちこわされた。秦王政はその殷王に神聖さにおいておよばず、いまの民は古代人にくらべて神を畏敬《いけい》することがすくないとなれば、くらべるまでもなく、秦の王室と王朝は脆弱《ぜいじゃく》であり、それなのに鹿台にまさる規模の建物をつくろうとする秦王政の正気を疑わざるをえない。

——殷の滅亡とおなじことが、秦にも充分に起こりうる。

呂不韋の危惧《きぐ》ははなはだしい。だが、ほんとうに王をさとすことのできる臣下はいない。一国の命運をにぎっている王の師になれるのは、人ではなく、人のあとかたというべき歴史である。歴史を軽視する者は、天地人をないがしろにする愚人であり、立つところを失い、滅ぶ。人を尊敬することを知らない秦王政を教育しなおすことはむずかしい。

——しかし、べつの教育方法はある。

秦王政に危うさをみた呂不韋が、『呂氏春秋』の編纂をおもいたったのは、このときであり、そういう理由である。

秦王政は目つきが悪い。その底光りする目を、陵墓造営に難色をしめした呂不韋にむけて、

「なんじの家僮《かどう》（召使い）は万人もいるときく。わしはそれをとがめぬのに、なんじはわが陵墓で万人が働くことをとがめるのか」

と、吠えるようにいった。音吐《おんと》に憎悪がある。それを感じた呂不韋は、

——嘉禎《かてい》の時代は去ったのか。

と、ふと荘襄《そうじょう》王をなつかしく回顧した。相国《しょうこく》という位は人臣としての最上位であるが、名誉職になりかねぬもので、秦王政の意図は、呂不韋から実権をはぎとろうとすることにある。それがわからぬ呂不韋ではないので、

——身を引こうか。

と、考えた。とたんに自分をさびしく感じた。志《こころざし》をはたして引退するのであれば、自分をなぐさめようもあるが、まだ何もしていないにひとしい。秦の宰相になることが望みではなく、闘争場裡《じょうり》と化した天下に平和と安寧《あんねい》をもたらし、民を活《い》かし富ますのが望みである。おのれの生と死に最大の関心をむけ、人臣への恵恤《けいじゅつ》に無関心である秦王政は、天下の民を奴隷化しそうであり、超絶した王権が王室を永続させるという誤見でみずからを縛っている。夏の桀《けつ》王、殷の紂王、周の厲《れい》王などは人民を隷属させたとたん、破滅したではないか。秦王朝の運営をまかされている呂不韋は、秦王政の呪縛《じゅばく》を解き、民力を王朝の力にかえるしくみをつくってから、

引退すべきであろう。

——大王をはばかっていては、民のためにならぬ。

呂不韋は意をあらたにした。まず食客のなかから学者を選抜して、かれらをまえにして、

「天地、万物、古今の事をもらさず記述してもらいたい」

と、百科の集成という構想をあきらかにした。百科事典に近い、そういう書物がかつて中国に出現したことはない。しかも官撰《かんせん》ではなく、執筆者は民間の学者である。その事実からも、けっきょく秦王政と対決しなければならぬ呂不韋の精神の所在は明確である。

その稀有《けう》な事業は、在野の碩学《せきがく》に感奮をあたえ、かれらは世を静観していた居《きょ》を払って、われもわれもと呂不韋のもとに集まった。編纂の主幹はいうまでもなく呂不韋であるが、記述と編纂にたずさわる人の息は熱く、編纂室は坩堝《るつぼ》のようであった。ちなみに、秦王政の元年からたちあげたこの文化事業の完成は八年目にみることになる。

——秦は大事業が好きであるようだ。

韓の桓恵王は秦の首脳の嗜好を逆用することをおもいついた。つまり、永久に終

わりそうもない事業を秦に起こさせ、国力を疲弊させれば、軍資もついえて、秦軍は東進する力を失う。とはいえ、秦王と大臣を乗り気にさせる企画とは何であるのか。しかもその企画とは、完成しそうで完成しないものでなくてはならない。

「鴻溝《こうこう》（大きな水路）を作らせる、というのは、どうでしょうか」

と、大臣のひとりにいわれた桓恵王は、目を輝かして烈しくうなずいた。韓には水工《すいこう》の第一人者がいる。鄭国《ていこく》である。桓恵王はひそかに鄭国を招き、

「このまま秦が強大さを増しつづければ、秦に近いわが国はまっさきに滅亡する。それを阻止《そし》できるのは、なんじしかおらぬ。わが苦衷《くちゅう》を察してほしい」

と、辞を低くして、鄭国の愛国心に訴えた。

「わかりました。いのちがけでやります」

王に頭をさげられた鄭国は、気概のある男だけに、一も二もなく承知した。が、秦を利で釣って害するというきわどい仕事である。間人《かんじん》であることが露見すれば、ただちに殺されるであろう。

——呂氏にとりいるしかない。

呂不韋とは旧知のあいだがらである。まだ鄭国が名声を得ていないころに篤《あつ》く信用して、陶《とう》邑の渠《きょ》をつくらせてくれた。その恩人を騙《だま》さなければならないのは気が

重いが、韓という父祖の国のために心を鬼にしなければならぬ。自宅にもどった鄭国は部屋にこもって渠堰《きょえん》の計画表と設計図をできるかぎり精詳《せいしょう》に画《か》いてから、配下をともなって出国し、咸陽《かんよう》の呂不韋を訪ねた。むろん桓恵王の密命を帯びていることをたれにもさとられないようにするため、妻子や股肱《ここう》の配下にも、出国のわけと入秦《にゅうしん》の目的をうちあけていない。すべては鄭国の胸裡《きょうり》にしずかに妖しく斂《おさ》められている。

三

「やあ、久しい――」

呂不韋《りょふい》は鄭国《ていこく》を歓迎した。かつて呂不韋は土のことを田焦《でんしょう》に教えられ、水のことを鄭国に教えられた。呂不韋は、賈人《こじん》として立ってから、鄭国とは交誼《こうぎ》をもたなくなったが、いまもかれは尊敬すべき友人のひとりであるとおもっている。

「なにゆえ、鄭氏が咸陽《かんよう》にきたか、あててみようか」

と、呂不韋にいわれた鄭国は、さすがに動悸をおぼえた。が、笑みをこわばらせることなく、

「おわかりになりますか」

と、肚《はら》のすわった声をだした。

「わからぬはずはない。蜀《しょく》の李冰《りひょう》の成功をきき、天下第一の水工《すいこう》として、それをうわまわる溝渠《こうきょ》を造りたいがためであろう」

「恐れいりました」

鄭国は素直に頭をさげた。じつのところ、鄭国の胸裡《きょうり》には、陰険な密命と同居している純粋な顕揚欲がある。その顕揚欲を刺戟したのが、蜀という辺陬《へんすう》の郡で成された水利のための大工事である。とくにその工事では大規模な水塘《すいとう》が造られたらしい、ということが鄭国をくやしがらせた。水塘は貯水池といいかえてもよい。小さな水塘を多数造っても、すさまじい旱魃《かんばつ》をしのげないときがある。だから巨大な水塘を造ればよい。それを造れば、水位さえ調整することができる。すなわち、水を治めるというより水を制御することができるのである。ただし、たれにもわかることが、たれにもできなかった。

ところが、蜀の太守に任命された李冰は、天文地理に精通していて、赴任するや、江水《こうすい》（長江）の水源に近い湔氐《せんてい》県までゆき、巍峨《ぎが》たるふたつの山が門のようにみえたので、天彭闕《てんほうけつ》となづけたあと、江水にそってくだってゆくうちに、

——江水を壅《ふさ》ぎ、堋《ほう》を作れないか。

と、発想し、ほどなく着工した。堋とは盛り土のことであるが、江水という河水《かすい》にならぶ大川《たいせん》を塞《せ》き止める工事が至難であることは言を俟《ま》たない。が、李冰はその難工事をみごとに竣《おわ》らせてしまった。四年ほどまえのことである。むろん李冰はダムを建設したのであり、上古、巨大な水塘を造ったのは夏の禹《う》王であるが、ダムとはっきりよぶことのできる建造物を中国に現出させたのは、李冰が最初の人であろう。李冰は蜀郡ばかりでなくほかの二郡にも水路を延ばして灌漑《かんがい》をおこない、稲田を開いた。それにより蜀の地方は沃野《よくや》千里となり、

「陸海《りくかい》」

とよばれるようになった。旱乾《かんかん》がつづけば水門をあけて田圃《でんぽ》を浸潤《しんじゅん》し、雨がふれば水門を閉じて水をたくわえた。李冰がおこなった灌漑事業は烈しく称賛され、

「もはや水害や旱害は天災ではなくなり、人にもとづくものとなり、饑饉《ききん》を知らなくなった。荒歳《こうさい》はなくなり、天下の人々は蜀を天府と謂《い》う」

と、書物に記された。

李冰がおこなった事業はほかにもあり、それらすべてが蜀を富ませたことで、蜀の住民にとって李冰は神にひとしい。ただし蜀が中華の辺地にあったことで、李冰

の偉業は喧伝《けんでん》されたものの、聞く者の実感に限界があった。しかし水工のなかの天才といってよい鄭国は、見聞のうち見が欠けていても、想像の目にその工事の全容がありありと映り、賛嘆し驚嘆した。そのあと長大息《ちょうたいそく》して、

「人々に語りつがれるような仕事がしたいものだ」

と、家人にいった。

李冰は多数の人民を掌統している郡守であるが、鄭国はわずかな配下しかもたぬ一水工にすぎない。一水工の発想は実現に直結しない。莫大な人と金とを動かせる人を動かさないかぎり、天下を驚倒させ喜悦させる大事業に着手することはできない。七雄《ゆう》とよばれる国々のなかで、韓《かん》は小国になりさがり、魏《ぎ》と楚《そ》は国力を半減し、燕《えん》と斉《せい》はどこか退嬰《たいえい》的である。新興の大事業に堪えられる国威をそなえているのは、秦《しん》と趙《ちょう》だけである。秦に国土を削損《さくそん》されつづけた韓の民としては、秦に反感をいだいているので、

——趙で企望《きぼう》を実現したい。

というのが正直な心であった。ところが重大な使命を負わされて、秦へくることになった。こうなったら、秦の国庫を空竭《くうけつ》させるような計画を立ててやる、とひらきなおっている鄭国は、眼前の呂不韋に、空前絶後の規模をもった工事の巨細《きょさい》を、

図をそえながら説明しはじめた。

さすがの呂不韋もうなった。

「涇水《けいすい》と洛水《らくすい》を渠《きょ》で結ぶのか……」

「さようです」

「その距離は――」

「三百余里です」

計画のなかにはダムの建設もふくまれている。三百余里といえば、咸陽から渭水《いすい》にそって河水の屈曲部にでる距離にひとしい。韓の国を東西に横断しても、いまや三百余里もない。

秦王の陵墓《りょうぼ》の起工、『呂氏春秋《りょししゅんじゅう》』の編纂開始、それにこの長大な渠を着工するとなると、黄金を泰《たい》山の高さに積みあげても足りぬであろう。

「しばらく待ってもらいたい」

呂不韋はいそぎ田焦だけを招いた。多数の意見を聴くと、かえって可否を明確にすることがさまたげられて、いつまでも決断することができなくなる。鄭国が呈示した計画の本質をつかむためには、すぐれた農学者である田焦の奨訓《しょうくん》の有無を知ればよい。

資料にするどく目をむけた田焦は、ながいあいだ黙考していた。やがて、

「すくなくとも、十年かかります。すくなくとも、とは、秦に天災がなく、国力を損耗《そんもう》する大事件がなければ、ということです」

と、いい、呂不韋に顔をむけた。

「わかった。十年余の工事が、十年の計にすぎないのなら、やめよう。それについては――」

そう問われて田焦ははじめて微笑した。

「これは百年の計といってよいでしょう。渠が完成すれば、塩鹵《えんろ》の地に水が漑《そそ》がれて、四万余頃《けい》の田が開かれ、一畝《ぽ》につき一鍾《しょう》を収穫することができます。すなわち、頃は畝の百倍ですから、新田だけで、四百万鍾を収めることができます」

「四百万鍾……」

一鍾はおよそ五十リットルである。その数量は秦から凄惨《せいさん》な飢饉を去らせるものである。呂不韋は瞠目《どうもく》した。

「だが、相国《しょうこく》どの、へたに虎を画《か》くと犬に似て、天下の笑い物となる。この工事は、そうなりうる」

工事を中止したり未完成のままやめたりすれば、何の益にもならぬ溝をながなが

と掘っただけになる。工事の期間が長く、ついやす労働力が巨大なので、失敗しやすく、失敗すれば損害の大きさははかりしれない。田焦はそういったつもりである。

呂不韋の眉宇《びう》に微妙な笑いがただよった。

「虎を画こうとして、たれの目にも虎にみえるようにするのも至難であるのに、その虎を本物の虎に化すのだから、不可能かな」

「よくわかっておられる。図画は図画です。天祐《てんゆう》や奇蹟を求めてはなりますまい」

「うけたまわった。では、計画の実行はあきらめよう、というのは、秦の相国としての決断であり、一個の呂不韋は、天祐を求めたい。田先生の真情も、そこにあるとみた。わたしが相国や丞相《じょうしょう》でなければ、先生は鄭国の計画に賛同なさるはずだ。千年ものあいだ民を苦しめてきた飢饉と戦って勝つには、小細工などは通用せぬ。国家の滅亡を覚悟で、一大決戦を挑まねばならぬ。そうではありませんか」

「相国どの――」

こんどは田焦が瞠目した。胸裡で色あいのちがう意《おも》いがいり乱れた。

土壌と作物の改良に取り組んできた田焦にとって、どうにもならぬことがある。旱魃と洪水である。鄭国の計画書を読み、添付された図と画をみて、一驚した。漠然と田焦が夢想してきた灌漑が、明確に示されているではないか。秦人《しんひと》ではない鄭国が、涇水と洛水の領域について詳説していることもふしぎであったが、たぶん水工とは、諸国を歩いて、山川と野坰《やけい》を自分の目でみているのであろう。だが、鄭国の目は尋常ではなく、かれの計画は農学者である田焦を駭惶《がいこう》させるほど壮大でみごとなものである。

——この男は、天才だな。

と、田焦は心の深いところで感心した。しかしながら、涇水から洛水までのあいだの地形、地盤、地質などを悉知《しっち》している田焦は、工事のむずかしさを想い、さらに、工事を推進し持続させる力を保護する環境の変化をあやぶんだ。端的にいえば、渠の完成が遅れると、秦王が苛立って、

——やめよ。

と、いうかもしれない。その一言で、事業は無に帰すのである。それが怖い。最初から工事の規模を縮小して、涇水をせきとめるという計画にすれば、灌漑事業は五年以内で完成するであろう。田焦は呂不韋にそう提言するつもりであった。ところが呂不韋は、計画を修正せずに奏上するという。

「わたしは、同意書を添えませんよ」

と、田焦はことわった。

「けっこうです。天の祐《たす》けがなければ失敗する事業です。罪はわたしにあり、先生に処罰がおよんでは、秦の損失になります」

呂不韋はおだやかに笑い、すぐさま鄭国を従えて秦王政《せい》に聴許《ちょうきょ》を請うた。

「これが、百年の計であるのか」

と、秦王政は皮肉な笑いをちらつかせた。この王には多言を弄したくない呂不韋は寡黙であった。国民を救う大謨《たいぼ》とはこういうものであり、これこそ王業とよぶにふさわしく、いつ終わるともしれぬ無益な陵墓の造営とは雲泥の差がある、と呂不韋は強くおもっている。

即答をしぶった秦王政は、おなじ日に李斯《りし》に問い、べつな日に田焦の意見を求めた。呂不韋には難色をしめした田焦であったのに、秦王政のまえでは、一転して賛同の熱弁をふるった。呂不韋に恩を感じるような男ではない李斯も、反対意見を述べなかったので、ついに聴許がくだった。

後世に語りつがれる、

「鄭国渠」

が、着工されることになったのである。その起工式に出席した呂不韋は、田焦に近づき、黙って一礼した。答礼した田焦は、

「あなたが一個の呂不韋にもどったのに、わたしは一個の田焦にもどりきれなかったことを恥じたのです。楚で死んでいたはずのわたしです。呂氏を死罰にさせて、わたしが生きのびては、天罰がくだります。毎日、天を仰いで生きているのに、天の恐ろしさを忘れていた。民のためにご自身の生命を賭《と》したあなたの尚志《しょうし》が、天を撼《うご》かさぬはずはない。天祐はくだりますよ」

と、すっきりした声でいった。

善戦の人

一

呂不韋《りょふい》が選任した三将軍の兵略は着実であった。

河南《かなん》にとどまっていた麃公《ひょうこう》は、秦《しん》王政《せい》の二年（紀元前二四五年）に、河水《かすい》南岸の巻《けん》を攻めて、斬首三万という大功を樹《た》てた。それは、敵兵でも活《い》かしたいという呂不韋のおもわくとはちがう方向に王朝がすすみはじめていることを暗示しているかもしれない。麃公は秦王政に気をつかったのであろう。

ちなみにこの年に、趙《ちょう》の名将である廉頗《れんぱ》が魏《ぎ》へ亡命した。趙の孝成《こうせい》王が亡くなり、悼襄《とうじょう》王（孝成王の子の偃《えん》）が立ち、廉頗という老将に親炙《しんしゃ》をもったことのない悼襄王は、魏の繁陽《はんよう》を攻めていた廉頗を楽乗《がくじょう》に交代させた。突然罷免《ひめん》された廉頗は激怒し、新任の将軍である楽乗を攻めて敗走させるや、大梁《たいりょう》にむかって奔《はし》り、魏王

に臣従した。これは趙にとっても廉頗にとっても不幸な事件であり、それを知った呂不韋は、

「楽毅《がっき》を逃がした燕《えん》が、趙王にとって、他山の石にはならなかったらしい。これより趙は衰えるであろう」

と、申二《しんじ》にいった。昨年まで申欠《しんけつ》がおこなっていた情報蒐集を申二が主管《しゅかん》するようになり、いまや申欠は気ままな客になっている。申欠の妻の飛柳《ひりゅう》は奥向きの勤めをやめて、夫とともに閑暇《かんか》を楽しんでいる。ときどきふたりが姿を消すのは、諸国を漫遊するためであろう。ふたりの旅行先は申二しか知らない。

「ところで、畛《しん》どののことですが……」

と、申二はいいにくそうにいった。

秦王政が幼少のころから近侍し、艱難《かんなん》をしのぎきった畛は、いまや側近中の側近といってよい。人をたやすく信用しない秦王政に例外的に信頼されている。

「畛か……。そういわれれば、ずいぶん会っていない。宮中でも姿をみかけぬが、罹病《りびょう》したのか」

「いえ、ご健勝ですが、秦にはいらっしゃいません」

「どこにいる」

「昨年は魏に、今年は趙に——」

「王のお使いか」

「ただのお使いではありません。ときには賊を動かすというような……」

「そうか、わかった」

呂不韋は小さなため息をついた。いまの畛はかつての陀方《たほう》を想えばよいであろう。敵対する者を容赦なく斃《たお》してゆく謀略の主宰者に畛はなっている。すくなからず暗殺をおこなった陀方に悔恥《かいち》がなかったように、畛も秦王政への忠肝《ちゅうかん》において賊殺《ぞくさつ》をおこなっているにちがいない。

——物は太《はなは》だ盛んなるを禁ず。

師の荀子《じゅんし》（孫卿《そんけい》）の訓言《くんげん》は、李斯《りし》を介して、呂不韋にとどいた。盛大であることは禍事《かじ》を招く。それがわからぬ呂不韋ではないが、

——管仲《かんちゅう》のようにありたい。

と、願い、天下の宰相の理想像をそこに置いたかぎり、急に家事を縮小したくない。管仲は君主の桓《かん》公を至貴《しき》の高みにおしあげ、公室を富ませ、国民を富ませ、自身をも富ませた。管仲の盛栄は自国では非難されず、他国から非難されたが、それによって桓公が非難されることを禦《ふせ》いだ。おのれの清廉《せいれん》さを誇り、それによって君

主の侈傲《しごう》をあきらかにしてしまうような大臣とはくらべものにならぬ器量の大きさを管仲はもっていた。呂不韋は管仲におよばぬかもしれないが、一歩でも管仲に近づきたい。

――呂氏が盛んであることは、秦王の徳が盛んである証拠である。

と、天下はみている。呂不韋は武力の人ではなく、文化の人である。呂不韋が衰《すい》困《こん》すれば、秦は往時の険悪さにもどる。呂不韋としては、眇に陰黠《いんかつ》な密命をあたえつづけている秦王政に気づいてもらいたいことは山ほどある。

「懸念は、まだあります。眇どのと行動をともにしている論客のひとりを、茅焦《ぼうしょう》といいます。この男の出身は斉《せい》ですが、奸佞《かんねい》の人といってよく、どの国でも評判が悪かったのですが、眇どのにとりいったらしく、こまかな謀画《ぼうかく》は、この男からでているようです」

「眇の知恵袋か」

「悪知恵の盛んな男です。確証をつかんだわけではありませんが、廉頗将軍の黜《ちゅつ》免《めん》を現出させたのも、この男かもしれません。眇どのが復命なさるときに、茅焦は随従して秦に入国するでしょうから、毒をもった蛇のごときこの男に、ご用心なさるべきです」

「はは、わたしの客にはしたくない」

と、呂不韋は笑ったが、この笑いにはにがさがある。秦王政に聖徳があれば、おのずと賢人が集まってくるのに、現実はそうではない。

——大王を悪くしているのは、わたしか。

呂不韋はやるせない。王の良否によって王朝の盛衰が左右されるようでは、組織に不備があるということである。そうおもいなおした呂不韋は、ふたたび民主政治を模索しはじめた。

呂不韋の意を体《たい》して軍事をおこなったのは、蒙驁《もうごう》である。

かれは秦王政の元年に晋陽《しんよう》の叛乱を鎮圧し、そのあと体調がすぐれなくなった王齕《おうこつ》にかわって、上党《じょうとう》にとどまっていた。太原《たいげん》郡の設置に尽力して功のあった王齕は、咸陽《かんよう》に帰還して、秦王政の三年（紀元前二四四年）に死去した。おなじ年に、蒙驁は韓《かん》を攻め、十三城を取るというめざましい働きをした。

「蒙将軍は老いてますます盛んだな」

と、呂不韋は称嘆した。蒙驁の戦いかたには無理がなく、勝っても敵地を荒敗《こうはい》させず、戦後処理と占領行政がうまい。かれは呂不韋の活人の思想を戦場で具現化した。ついでながら、活人、という語は『呂氏春秋《りょししゅんじゅう》』にあらわれている。

——畜を殺して以て人を活かすは、また仁ならずや。

と、ある。晋の大臣であった趙簡子（鞅）が愛していた騾馬の肝を食えば病が治り、食わねば死ぬ、という臣下の直訴を容れて、趙簡子が騾馬を殺して臣下を活かす話である。

——人を活かさないで、どうして人の上に立てようか。

自明のことであるのに、累世の権力者は、

——人を殺して、畜を活かす。

という愚行をくりかえした。過去ばかりではなく現在はどうか、と呂不韋はいいたいのであろう。この場合の畜とは、むろん家畜を指すだけではなく、君主に愛好されている低劣なもの、と想ったほうがよい。

翌年（秦王政の四年）、魏へ進出した蒙驁が、暘《ちょう》と有詭《ゆうき》の二邑を陥落させた時点で、

「将軍を賞したい。それに、諮《はか》りたいことがある」

と、呂不韋は使いをだして、この懿徳《いとく》をもった老将を帰還させた。三月のことである。

廉頗という名将が去った趙に、ひとりの良将が出現した。

「李牧《りぼく》」

と、いう。北辺を守っていた将で、代《だい》の雁門《がんもん》に常駐して匈奴《きょうど》に備えていた。かれは臆病《おくびょう》をよそおって匈奴のあなどりを増大させ、少数の敵兵との戦いでも伴走《ようそう》して、匈奴王の主力軍を誘引し、ついに偽態《ぎたい》をぬぎすてて決戦におよび、十万余騎を撃殺するという大功を樹てた。それによって、

——その後《のち》十余歳、匈奴、あえて趙の辺城に近づかず。(『史記』)

という北方の寧定《ねいてい》を趙は確保する。

が、趙の南方は寧定を得られない。趙と魏の友誼《ゆうぎ》は、安釐《あんき》王が信陵君《しんりょうくん》を黜免してからそこなわれるようになり、ついに修繕しがたいところまできて、両国は国交を断絶して開戦した。そのころ趙では孝成王が亡くなり、悼襄王が立ち、悼襄王と大臣は軍事の主眼を燕にむけた。すなわち魏を攻略するには困難が大きく益が小《か》さいので、南にむけていた主力軍を北にまわし、燕の国土を削奪《さくだつ》するという兵略を画き、用兵に非凡なものをみせた李牧にその主力軍を率いさせて、燕の武遂《ぶすい》と方城《ほうじょう》を攻撃させたのが今年である。

称賛の辞をそろえて蒙驁を迎えた呂不韋は、日をおいて、趙と魏の外交のながれと軍事の展開を説き、地図をひろげて、河水と済水《せいすい》のあいだに指をおいてゆっくりと楕円《だえん》を画いた。

「ここはいま、魏の地であるが、北は趙と斉《せい》に接し、東には斉の甄《けん》があり、南には魏毋《ぎぜん》の封国《ほうこく》であった陶《とう》があり、中心に衛《えい》の濮陽《ぼくよう》があるように、魏の支配力が弱い。ここを取りたい。取れば、魏と趙をはっきりと引き離せる」

呂不韋に指された地は、かつて魏と趙と斉の勢力がいりみだれ、しばしばそこで会戦がおこなわれた。つまり、取っても失いやすい地である。

「地図では、たやすく取れましょう。が、そこに軍を進入させれば、魏は驚愕し、あわてて趙と結び、両国はわが軍を挟撃するでしょう」

趙も秦軍が肉迫してくることを恐れ、魏との関係をいそいで修復し、同盟するであろう。そうなれば、秦軍は死地にはいることになる、と蒙驁はいったつもりである。

「趙軍を動けないようにしたら、どうであろうか」

「ほう――」

呂不韋の意中にある謀画《ぼうかく》を遹追《いっつい》しそこなった蒙驁はあえておどろいてみせた。

「趙に攻められている燕は困窮しはじめており、わが国が同盟をもちかければ、乗るであろう。燕がわが国と結び、わが軍が趙の南辺に接近すれば、趙という国を燕と秦が挟撃するかたちになる。すると趙はかるがるしく軍を動かせない」

「なるほど、燕軍に趙軍の足留《あしど》めをさせるとは、考えましたな」

この時点で呂不韋がそういったということは、すでに外交上の手を打ったにちがいない、と蒙驁は感じた。実際、呂不韋は半月まえに蔡沢《さいたく》のもとにゆき、

「燕へ往《ゆ》き、燕王に仕えてくれませんか」

と、頼んだ。蔡沢は燕の出身である。使者としてはうってつけであろう。

「遠交近攻《えんこうきんこう》か。范睢《はんしょ》の知恵の受け売りをするとは、いかにも賈人《こじん》だな」

呂不韋の外交に独創性がない、ともとの丞相《じょうしょう》である蔡沢は嗤《わら》った。が、その嗤《し》笑《しょう》には悪意がない。かねがね呂不韋には好意をもっており、宰相となった呂不韋からつねに鄭重《ていちょう》に会釈されていることも、かれを嗛然《きょうぜん》とさせている。

「賈人の使いでは、いけませんか」

「ふふ、たまには行商をやってみるか。燕王が買ってくれたら、燕で店をもち、売ったもののめんどうをみる」

「かたじけない」

呂不韋は蔡沢にむかって深々と頭をさげた。

のちのことをいえば、出発した蔡沢は燕の王喜《おうき》をたくみに説き、信頼を得て、三年後には、王喜の子である太子丹《たん》を人質として秦へ送った。諸侯の太子は他国です

ごす歳月が長い。国と国との重要な盟約が成ったとき、保証として太子は相手国へ往く。太子丹も例外ではなく、かつて趙へ送られた。邯鄲《かんたん》ではおなじ境遇の公子政と親しく交わった。太子丹がいつ燕に帰ったのか、明記しているものがないのでわからないが、推量することはできる。秦の昭襄《しょうじょう》王が崩御して孝文《こうぶん》王が立った年に、趙の平原君《へいげんくん》も亡くなっており、そのことが燕と趙の国交に齟齬《そご》を生じさせたのか、あるいは平原君のいない趙を王喜はあなどったのか、突如六十万という大軍を催し、栗腹《りっぷく》と慶秦《けいしん》というふたりの将軍に趙を攻めさせて、かえって大敗しているので、両国の友交のあかしではなくなった太子丹が、逃げるように帰国したのは、その年か翌年ではあるまいか。翌年、燕都は廉頗将軍に率いられた趙軍に包囲されている。両国の関係がそこまで険悪になったのに、なおも太子丹が趙都にとどまっている理由があろうとはおもわれないからである。父である王喜のもとに帰った太子丹が王宮で十年をすごし、ふたたび国をでて秦へ往くことになったと想えばよいであろう。

太子丹には、

——秦王はわが友人である。

というひそかな意《おも》いがあり、まさか冷遇されるとはおもっていなかった。が、秦王政は太子丹を友人とはみずに人質とみた。この認識のちがいが、太子丹に怨毒《えんどく》を産ませ、のちの荊軻《けいか》という太子丹の刺客による始皇帝暗殺未遂事件につながってゆくのである。ただしそれはこの物語にかかわりがない。

さらに呂不韋はいった。

「魏軍に、もはや信陵君はいない」

「そう断言できますまい。危急に瀕《ひん》すれば、魏はふたたび信陵君を起《た》たせるかもしれません」

蒙驁は楽観をつつしんでいる。

「いや、ここだけの話だが、信陵君は過度な酒色によって廃人同然である。二度と麾鉞《きえつ》を揮《ふる》えない」

事実であった。信陵君は、この年、失意のなかで歿する。

二

咸陽《かんよう》から軍営にもどった蒙驁《もうごう》は、すぐには軍を動かさず、兵に休息をあたえたまま、攻略図を何度も脳裡《のうり》に画《か》いた。慎重な男である。魏都に近《ぎ》いところで軍を展開するのであるから、危険は大きく、慎重にならざるをえない。軍を東進させる時宜《じぎ》を待っていたともいえる。

その時宜は年末にきた。

信陵君《しんりょうくん》が亡くなったというのが、蒙驁の考える時宜ではない。ほどなく信陵君の兄の安釐王《あんき》も薨《こう》じた。それが時宜であった。魏の新しい王は、

「景湣王《けいびん》」

という。敵国の喪中につけこむのは好まないが、

――いましかない。

と、蒙驁は決意し、すばやく属将を集めて、河水《かすい》と済水《せいすい》のあいだの広域を攻略する意義と進路を告げた。実際、この攻略の意義は大きく、この進攻が成功すれば、魏、趙《ちょう》、斉《せい》をはっきりと分離させ、三国がたがいに恃憑《じひょう》しようとしても、秦《しん》の地をまたいで連合することになり、ほとんど不可能といってよい。したがってこの攻略が戦国時代を竟《お》わらせる導入部になったといっても過言ではない。

「酸棗《さんそう》、虚《きょ》、燕《えん》（南燕）の三邑を取れば、嚢《ふくろ》の口を締めたも同然となり、魏軍の出撃を遏防《あつぼう》することができる。くどいようだが、捕虜を虐待してはならぬ。邑民《ゆうみん》に乱暴してはならぬ」

蒙驁の成功は、呂不韋《りょふい》の思想を具現化したところにあり、蒙驁自身の徳と威はま

ずしくなく、恤敗《じゅっぱい》の情も篤《あつ》かったといえる。秦の名将のひとりであるといってよいであろう。

年があらたまるや、蒙驁の軍は動いた。

けっきょく蒙驁は一年間で二十の城邑を取るという驚異的な大功を樹《た》てることになる。それに関して『史記』に明記されている城邑名は、酸棗、燕、虚、長平《ちょうへい》、雍丘《ようきゅう》、山陽城《さんようじょう》である。それがそのまま秦軍の進路を明示しているとはおもわれず、長平が上党《じょうとう》の長平であると、理解に苦しむ。長平のかわりに、済水ぞいの平丘《へいきゅう》か長垣《ちょうえん》の名があれば、秦軍の進撃を想像のなかに画《か》くのにすっきりとするのであるが、そうさせてくれないのが逆に『史記』のおもしろさであるといえよう。とにかくそれらの城邑名から考えられることは、蒙驁の軍は上党郡にいて鋭気を砥《と》ぎ、手はじめに山陽の城を落とし、それから東進して河水を渡り、酸棗を攻略し、東北に漸進《ぜんしん》したのではないか。一年間で二十の城邑《じょうゆう》を取るということは、一か月でひとつかふたつの城を取るということで、このすさまじい勢いを産んだものの底部に、中原《ちゅうげん》に住む人々が秦への認識をあらためはじめたことと、厭戦《えんせん》思想の萌芽《ほうが》があろう。

「支配者が魏王であっても秦王であっても、われわれの暮らしはさほど変わらない。

それより、戦争にはうんざりした。はやく戦乱の世が終わってもらいたい」

あれほど秦を嫌い、秦に屈しなかった中原諸国の民がそうおもったとしたら、それは呂不韋という文化人が秦王朝の顔になっているからであり、軍事と行政の質が、涵煦《かんく》をおろそかにしない呂不韋によって変化した証左であろう。呂不韋の温顔《おんがん》によって秦王政《せい》の虎狼《ころう》のような顔がかくされている。それがこの時期であった。

蒙驁の軍が酸棗、虚、燕の三邑を取った時点で、この戦略は成功したといえる。魏軍が大梁《たいりょう》をでて北上しても、秦の守備兵が籠められたその三邑に進路をはばまれ、そこを突破するためにてまどっていると、大梁の西隣にある秦の三川《さんせん》郡から噴出する秦軍によって、防備の薄い大梁は急襲されるであろう。それを恐れた魏の首脳は、魏軍を出撃させず、諸侯のもとに急使を発して、合従《がっしょう》の軍を編成することをよびかけた。その間にも、蒙驁の軍は大小の城邑を落としつつ、じりじりと東北にすすみ、夏には、濮陽《ぼくよう》に達した。が、秦軍は濮陽を攻めず、迂回してさらに東北にすすんだ。濮陽に関して、呂不韋から、

「攻め落とすのに、半年はかかる。わたしに考えがある。そこを避けて進軍してもらいたい」

と、蒙驁はいわれた。

秋には、破竹の勢いの秦軍は聊城《りょうじょう》に達した。この軍が邑を取るたびに、呂不韋は県令に武官を付けて送りこみ、邑民に行政を涵浸《かんしん》させ、盗賊の横行をおさえ、治安の維持をはからせた。この処事のはやさによって、あらたな郡が設置された。

「東《とう》郡」

と、いう。河水東岸域の郡である。この郡は三川郡に隣接して、河北と河南を分断した。もともとこういう戦略構想は范雎《はんしょ》が立てたものであろうが、范雎と昭襄《しょうじょう》王が魏と韓《かん》への報復にこだわったため、ゆがんだ形になって趙との会戦に発展した。が、呂不韋は怨悪《えんお》をおもてにださず、合理に徹した戦略を遂行した。蒙驁は白起《はくき》のように武人の美学に耽溺《たんでき》する性質をもっておらず、その点、戦略は精正《せいせい》に終始した。

東郡の出現は諸侯を恐懼《きょうく》させた。

往時の秦軍も勝ちつづけたが、郡の新設を未完のまま放置した。戦略に王朝の意志がなかったといえる。そのため隙《すき》があちこちに生じ、それにつけこんで諸侯は故地を奪回することができた。ところが呂不韋が宰相になるや、三川郡を置き、つづいて太原《たいげん》郡と上党郡を置き、いままた東郡を置いた。この四郡には隙がない。

諸侯からすれば、魔術をみるようであった。

「合従の軍を起こすしかない」

自然な発想であり、提唱者は魏の景湣王の左右にいる者か大臣であろう。それに応《こた》えたのが趙の建信君《けんしんくん》であり、かれは合従を推進するために楚《そ》の春申君《しゅんしんくん》を誘引した。このとき趙の相国《しょうこく》は皮《ひ》とよばれる人物であったが、政柄《せいへい》をにぎっていたのは建信君であり、かれは先王の孝成王《こうせい》に容色を愛されてのしあがった男である。斉の威《い》王のころの鄒忌《すうき》（騶忌《すうき》）を想えばよいであろう。かつて見識の高さを諸侯に知られた魏の公子牟《ぼう》が趙に立ち寄った際に、政務を建信君にまかせている孝成王にたいして、

「幼艾《ようがい》と与《とも》にす」

と、表現して、趙の国歩《こくほ》の危うさを直言した。幼艾とは、若くて美しい少年をいい、すなわち政治と外交のわからぬ建信君という輦《れん》に乗って、秦と争っていると、やがて秦に輢《わきいた》を割られます、と危懼《きく》を述べたのである。

建信君は若年のころから秦を嫌悪し、呂不韋が宰相になれば、呂不韋を憎んだ。そういう情念のありかたが、外交に柔軟さを失わせたといえる。それに関する逸話は、『戦国策《せんごくさく》』に散見するが、たとえば、呂不韋の息のかかった者が趙にきたとき、建信君がその者に爵をあたえ高位につけたのに、呂不韋の返礼がなかったので、

「文信侯《ぶんしん》（呂不韋）は無礼である」

と、あからさまに憤慨した。それをみた希写《きしゃ》という趙臣が、

「当世の為政者は、商賈《しょうこ》におよびません」

と、さりげなくいった。その為政者とは自分のことであるとさとった建信君は憮《むっ》とした。

「足下《そっか》は、為政者を卑しんで、商賈を高しとするのか」

「そうではありません」

希写はものわかりのわるい執政にむかって釈《と》いた。すなわち、すぐれた商人は、人と売買の値段を争わないで、慎重に時機をうかがうものである。相場が安いときに買えば、高値で買ってもはなはだ安く、相場が高くなったときに売れば、安値で売ってもはなはだ高いわけである。今、建信君は臨機応変の策もなく文信侯と張りあって、文信侯の無礼ばかりを責めている。それは建信君のためにならない。

——相手の無礼を黙って耐えて、報復すべき時機を待て。

というのが、微旨《びし》であろう。が、建信君には希写の忠告を容《い》れる度量がなく、かれの執政によって内政は硬直化し、人事も円滑さを欠き、この年から二十年後に趙が滅亡することをおもえば、滅亡の遠因はこの男にあるのかもしれない。

建信君が五国の連合軍を結成したのは、翌年（秦王政の六年）である。その軍が

戦国時代にあっては最後の合従の軍である。趙、韓、魏、衛《えい》、楚という合従で、この合従の不備は、斉と燕を組みこめなかったことである。

元帥《げんすい》は趙の龐煖《ほうけん》であった。

三

この五国の軍は、どこを攻めたのか。

——ともに秦《しん》を撃ち、寿陵《じゅりょう》を取る。

と、『史記』の「本紀」にはある。あきらかすぎるほどの記述であるが、じつは寿陵がはっきりしない。常《じょう》山（恒《こう》山）にあった趙《ちょう》の旧邑《きゅうゆう》であるという説もあるが、いまの地図でそれがこれであると指せない。趙軍が主力の連合軍であるから、秦に奪われた趙の邑を奪回する策戦に従って進路と目標がさだめられたと考えるべきであり、その目標になった邑が秦の太原《たいげん》郡、上党《じょうとう》郡、東《とう》郡のどこかにあったとすれば、いちおううなずける。ところが、うなずけない記述が『史記』の「趙世家《ちょうせいか》」にあるのである。ふしぎでもあり重要でもあるので、その全文を引用してみる。

四年、龐煖《ほうけん》、趙、楚《そ》、魏《ぎ》、燕《えん》の鋭師《えいし》を将《ひき》いて秦の蕞《さい》を攻む。抜けず。移《うつ》して斉《せい》を攻め、饒安《じょうあん》を取る。

四年というのは趙の悼襄《とうじょう》王の四年であり、秦王政《せい》の六年にあたり、西暦では紀元前二四一年である。龐煖は趙の武将であり、去年（悼襄王の三年）、燕軍と戦い、燕将で友人の劇辛《げきしん》を擒斬《きんざん》した。そこまではよいとして、連合軍の内容が解《げ》せない。趙、楚、魏の三国の軍に、趙の敵対国である燕の軍がくわわっている。むろん、去年の敗北により燕が趙に服従したかもしれず、両国の外交に急転回があったかもしれないので、うかつなことはいえないが、その連合の内容には不審が残る。さて、もっともいぶかしいのは、龐煖が四国の精鋭部隊を率いて秦の蕞という邑を攻めた、というところである。蕞という邑は、おどろくべきことに、秦王政の陵墓《りょうぼ》造営の地である酈《り》山の北に位置し、首都の咸陽《かんよう》との距離はおよそ九十里にすぎない。秦の心門にあたるそのような地に、連合軍はどのように到達することができたのか。

東から秦を攻めて咸陽に到るためには、殽塞《こうさい》を越え、函谷関《かんこくかん》を破り、湖関《こかん》を抜かなければならない。南から咸陽に迫るためには、のちに劉邦《りゅうほう》（漢《かん》の高祖《こうそ》）が進撃したように、武関《ぶかん》、商《しょう》、藍田《らんでん》などを突破しなければならない。ひとたび鏖鉞《きえつ》を把《と》れば敗れることを知らない信陵君《しんりょうくん》でも、秦軍をけちらしたあと、函谷関を目前にして兵を返したのである。信陵君より将器の劣る龐煖がつぎつぎに難関を突破して咸陽に近づいたとは、どうしても信じがたい。また、それほどの偉業であるのに、『史記』についやされた文字の寡《すく》なさはどうしたことか。謎である。ただし、こういう謎こそ、歴史へのいざないであり、物語の世界からでて物語の世界へ還《かえ》るための換気孔であるともいえる。

さて、龐煖は蕞を攻めたが、攻めきれず、軍を返して斉に侵入し、饒安を取ったというのである。饒安は、斉と趙の国境近くに位置し、渤海《ぼっかい》までおよそ百五十里であり、河水《かすい》までおよそ百二十里である。そういう位置にある饒安は蕞から二千里も離れている。ふつうの軍行では二か月もかかる。蕞を攻めきれなかったから、軍頭を移して饒安を攻略した、という記述からは、二千里という距離は感じられない。そこで「本紀」と「趙世家」をくらべてみると、「本紀」のほうが信憑《しんぴょう》性が高く、斉と燕の軍が参加していない五国の軍は、趙の旧邑である秦の邑を攻め、一邑を奪回したがそれ以上の進展をみこめず、大きな成果を得られずに解散しては、龐煖ばかりではなく建信君《けんしんくん》も面目を失するから、合従《がっしょう》にくわわらなかった斉をとがめるために、斉の一邑を攻め取った、というのが実情に近いであろう。

よけいなことであるが、『史記』にある殽雑《こうざつ》がなまやさしいものでないことは、つぎの文を読んでもらえばわかる。

春申君《しゅんしんくん》、相《しょう》たること二十二年、諸侯、秦の攻伐《こうばつ》已《や》む時無きを患《うれ》え、すなわちあいともに合従し、西のかた秦を伐《う》つ。楚王、従《しょう》の長と為《な》り、春申君、事《こと》を用う。函谷関に至る。秦、兵を出だして諸侯の兵を攻む。皆、敗走す。楚の考《こう》烈《れつ》王、もって春申君を咎《とが》む。春申君、これをもってますます疏《うと》んぜらる。（「春申君列伝」）

春申君が宰相になって二十二年目は、秦王政の六年にあたる。その合従は、まぎれもなく最後の合従である。が、ここでは、合従の盟主は楚の考烈《こうれつ》王であり、諸侯の軍を総攬《そうらん》したのは春申君であるという。春申君の指揮下にある諸侯の軍は西行して、函谷関に至ったが、そこで秦軍に惨敗した。敗報をきいた考烈王は春申君の失敗をとがめ、以後、春申君を信用しなくなった。そうなると、この年の出師《すいし》と合戦の実相を確定するのはほとんど不可能であるが、楚の歴史ではそうであった、ともうしかない。

呂不韋《りょふい》は諸侯の反撃を予想していたのであわてず、しかもその連合軍が烏合《うごう》の衆《しゅう》にひとしいことを知り、

「まとまりの悪い軍です。将軍がひとにらみすれば、その軍は振驚《しんけい》して分裂してしまうでしょう」

と、蒙驁《もうごう》に出動を要請した。当下、蒙驁についですぐれている将は趙の李牧《りぼく》である。この良将を燕がひきつけている。となれば、勝敗は、戦うまえから瞭然である。昨年奮闘した秦兵を撫安《ぶあん》するために休息していた蒙驁は、おもむろに起《た》ち、軍を北上させた。

——秦軍がきた。

と、きいただけで龐煖は攻略を中止して、軍を返し、秦軍とはぶつからないように軍を移動して、連合を解《と》くまえに斉の饒安を攻めた。

——諸侯の軍は、わが軍と戦う気がなく、わざわざ斉に怨みの種を播《ま》きに行ったか。

一笑した蒙驁は、連合軍を追うことをやめて、衛都《えい》である濮陽《ぼくよう》の包囲にとりかかった。衛が合従にくわわって秦に敵対したことはあきらかである。秦を攻めた衛を、こんどは秦が攻める。秦に非はない。

秦軍にとりかこまれた衛君角《かく》はふるえあがった。ここでも『史記』の「本紀」と「衛世家《えいせいか》」は齟齬《そご》をきたし、「本紀」では衛の君主が角であるのに、「衛世家」では元君《げんくん》（角の父）になっている。ここでの拾捨もむずかしいが、さしあたり「本紀」に憑《よ》るしかない。

——ここは呂氏が賈人《こじん》として振張《しんちょう》した地だ。

蒙驁は濮陽を包囲しただけで攻めなかった。せっかくの大都を破壊したくないし、衛君を殺すことに意義があるわけではない、と呂不韋にいわれていたからである。したがって蒙驁は包囲を完了した時点で、咸陽に使いをだして、呂不韋の指示を仰いだ。この誠実な配慮に感心した呂不韋は、

——蒙将軍はまことに善戦の人である。

と、心中で称賛した。

実際、蒙驁のように陰徳をもった武将が、ひとつの時代において光華《こうか》を放ったのは、押して勝つことだけが勝ちではなく、むしろ引いて勝つことが押して勝つことよりもまさるといった呂不韋の玄識《げんしき》をふくんだ思想の世界が威力をもっていたからであり、呂不韋が宰相になるまで、きらびやかさをもたぬその異才が、王や為政者に気づかれなかったこともうなずけるであろう。人の邂逅《かいこう》が歴史を創《つく》るという例が

ここにもある。

すぐさま呂不韋は使者を遣《や》って、衛君に勧告した。

「濮《しゅう》陽を秦に譲渡し、野王《やおう》に徙居《しきょ》されよ」

周の武《ぶ》王の弟である康叔封《こうしゅくほう》を始祖とする衛は、およそ七百八十年つづいた名家であり、その祭祀《さいし》を絶やしたくないので、そう説伏《せっぷく》することにした。野王は辺境の邑ではない。のちに河内《かだい》郡に属することになる県であり、濮陽からの距離は西南方、約四百五十里である。少水《しょうすい》ぞいで河水北岸域にあるその県をさしあげるから、濮陽をすみやかに立ち退《の》かれよ、ということである。むろん邑の規模は濮陽のほうがはるかに大きい。が、衛君の関心はそこにはなく、

「君《くん》のまま従《うつ》れるのか」

と、念をおした。かつて衛の君主は侯《こう》という称号を用いていたが、孟嘗君《もうしょうくん》と同時代の君主であった嗣君《しくん》のときに、侯より下位の君と称するようになった。この称号をもぎとられると、秦王に臣伏するだけの貴族に落ちてしまう。東周君《とうしゅうくん》がそうであった。

――呂不韋は人をむやみに殺さない。

その安心感のうえでの問いである。君主になるべく生まれた人の虫のよさという

べきであろう。まず殺されなかったことを感謝すべきではないのか。使者はそうおもったにちがいないが、よけいなことをいわず、

「もちろん、君のままお徙りになれます」

と、明言した。これで気分のほぐれた衛君は、

――わしは東周君にまさり、秦に尊重された。

と、自尊心をとりもどし、勧告を容《い》れた。ちなみに秦が覆滅《ふくめつ》寸前の名家の当主にこういう気づかいをみせたのは、呂不韋が国権を掌握していたあいだだけである。

とにかく、その決定によって、衛は魏の羈絆《きはん》をはなれて、秦に属《つ》くことになった。

衛君がしりぞいたあとに、呂不韋は郡府を置き、東郡の中心とした。じつは呂不韋はひそかに雉《ち》を濮陽につかわして鮮乙《せんいつ》の安否を問い、鮮乙が衛君に従って野王に本拠を移したことを知った。帰ってきた雉は、陶《とう》にも立ち寄ってきたといった。

「茜《せん》どのの家は、ますます繁昌しています。おどろいたことに、茜どのに養われている客のひとりが竿《かん》でした。竿は、楚で危難に遭《あ》われた主を救った人物でしょう」

「茜と竿は、陶侯から下賜《かし》された隷人《れいじん》であったが、ふたりは旧知ではあるまい。たまたま遇《あ》ったのだ。才美《さいび》のある竿の助力があれば、茜は心強かろう」

「主は茜どのに、何をおさずけになったのです」

雉の目が咲《わら》った。

「さずけた……、何を——」

「おとぼけになるのが怪しい。茜どのは、主からいただいた物を死ぬまで大切にする、と申していました」

「はて、さて、わたしにはわからぬ。楚から帰る途中で、茜の家に忘れ物をしたのかもしれぬ」

「茜どのは、あいかわらずの美貌ですからな。もしや、その忘れ物とは、日に日に成長するものではありますまいか」

「冗談を申すな」

苦笑した呂不韋は軽く首をひねった。このとき胸裡《きょうり》に浮かんだのは茜の姣好《こうこう》たる姿ではなく、僖福《きふく》と僖碧《きへき》のさびしい容貌である。呂不韋にとって、取りにゆけない忘れ物とは、そのふたりであった。

無声《むせい》の声

一

楚《そ》はまた遷都した。

諸侯の軍が秦《しん》を攻めて、けっきょくぶざまに敗退したという事実のなかに、合《がっ》従《しょう》を成すために楚がはたした役割の大きさをかいまみることができよう。つまり、合従の盟主はやはり楚の考烈《こうれつ》王であり、首謀者が春申君《しゅんしんくん》であると秦はみたにちがいないから、今後、秦の報復の主眼は楚にむけられる。それゆえ楚は首都を南にさげて、鉅陽《きょよう》から寿春《じゅしゅん》に遷《うつ》した。なるべく秦から遠ざかろうとしたのである。それを知った呂不韋《りょふい》は、楚に退嬰《たいえい》を感じ、春申君の知謀の衰えを惜しんで、

「寿春は、春風《しゅんぷう》の邑よ。が、いまの寿春には、冬の風が吹いている。ふむ……、楚は冬栄《とうえい》の季《とき》を寿春に求めたか」

と、他人《ひと》にはわからぬ感慨をこめていった。

寿春は遠い。淡いはかなさにある。春の陽に光る髪をもった小環《しょうかん》の手を曳《ひ》いて、たどりついた邑でもある。小環の手のぬくもりだけが哀しくあざやかになった。が、寿春は感傷の邑ではない。そこで唐挙《とうきょ》に遭《あ》った。いわば開運の邑である。ただし楚という国が諸侯の手をふりはらって寿春で運を開こうとしても、遅すぎたようであり、かなわぬことであろう。

ところで、楚の命運についていえば、考烈王はこの年から三年後に逝去し、あとを継いだ幽《ゆう》王の在位は十年であり、幽王の死後五年で楚は滅亡する。その年は、秦王政《せい》の二十四年（紀元前二二三年）にあたる。

楚が寿春に遷都した翌年が、秦王政の七年（紀元前二四〇年）である。秦王政が二十歳になったこの年における呂不韋の戦略は、趙《ちょう》と燕《えん》のあいだに秦の勢力を斗入《とにゅう》させることであり、それはとりもなおさず旧中山《ちゅうざん》国の攻略である。呂不韋の指図をうけた蒙驁《もうごう》は、秦軍を北上させ、河水《かすい》を渡り、昔陽《せきよう》のあたりから滋水《じすい》にそって西北に軍をすすめ、龍《りゅう》を攻め取り、ついで軍頭を北にむけて、孤《こ》を攻め落とし、慶《けい》都《と》を攻撃しはじめた。呂不韋の狙いは瞭然たるものである。旧中山国の北部を征服すれば、趙は燕都にむかって直進する道を失う。

趙の諸将がどこにいるかは、申二《しんじ》の報告によって、呂不韋にはわかっている。傅《ふ》抵《てい》は平邑《へいゆう》にいて、慶舎《けいしゃ》は東陽《とうよう》にいる。呂不韋はそれらの将に関心はない。

「李牧《りぼく》はどこにいる」

「三年前に燕の武遂《ぶすい》と方城《ほうじょう》を奪ったあと、邯鄲《かんたん》にもどったようすはないので、北辺の邑にいるとおもわれます」

「匈奴《きょうど》の大軍を敗走させたのに、趙での評価は低いな。わたしは李牧を招きたい」

微笑した呂不韋は、蒙驁の軍が慶都の攻略を終えると、李牧の軍と衝突するであろうと予測した。名将どうしの合戦である。李牧は戦術において蒙驁にまさるかもしれないが、武徳においては劣る。ゆえに蒙驁が勝つ、と呂不韋は信じている。

ところが、残念ながら名将どうしの合戦は実現しなかった。慶都を攻撃中に、蒙驁が陣中で歿したからである。訃報《ふほう》が呂不韋のもとにとどいたとき、

「みごとなものよ」

と、みじかくいった呂不韋は、声を挙《あ》げて哭《な》いた。陣営で歿するのは、武人の鏡である。それにしても蒙驁の才略は、過去の武将にくらべて異質であり、かれが通ったあとに破壊の無惨さがなかったところに、人としての風韻《ふういん》さえ感じさせられる。

「河南《かなん》に軍を引くように、蒙武《もうぶ》に伝えよ」

と、呂不韋は命じた。攻撃の続行にはむりがあると判断した。往時むりを通そうとして致命的な失敗を招いた范雎《はんしょ》のありかたが、呂不韋の教訓になっている。

旧中山国の北部を制圧しつつあった秦軍を撤退させたことによって、燕を掩護《えんご》しつつ趙を圧迫するという戦略は頓挫《とんざ》した。五月のことである。ついでながら、この月の十六日に、荘襄《そうじょう》王の生母である夏太后《かたいこう》が死去した。強烈な個性をもたぬ人であり、影のうすい存在であったが、呂不韋と華陽《かよう》太后の配慮で、薄幸の境遇をまぬかれた。おだやかな死であった。

以心伝心の友というべき蒙驁を失った呂不韋は、

――軍事がはなはだ盛んであることも、禁ずべきか。

と、自分をいましめ、諸将にあらたな指図をあたえなかった。が、それを軍事の停滞とみなし、それを利用して、秦から離れて独立しようとした貴人がいる。長《ちょう》安君成蟜《あんくんせいきょう》である。成蟜は秦王政の異腹の弟で、王の弟でありながら参政の席を得られず、巨《おお》きな封地《ほうち》をあたえられないことを不服とし、翌年（秦王政の八年）、

「わたしに趙を伐《う》たせてもらいたい」

と、兄の秦王政にせがみ、聴許《ちょうきょ》を得るや、一軍を率いて上党《じょうとう》郡へゆき、屯留《とんりゅう》の邑に居坐《いすわ》って叛逆した。この年、秦王政は二十一歳であるから、成蟜はおそらく二

十歳であろう。自暴自棄のような叛逆であり、成功のための精密な謀《はかりごと》をもたぬ感情の爆発のようであり、たぶんそこには兄の非情さにいたたまれなかったという真情があろう。

弟に裏切られた秦王政は猛烈に怒り、成蟜に助力した者をのこらず殺した。さらに屯留の民を赦《ゆる》さず、家畜を追うように、かれらをはるか西にある臨洮《りんとう》に移してしまった。

――忍耐も蓄力《ちくりょく》のひとつであるのに……。

と、呂不韋は成蟜の自殺的行為を惜しんだ。それにしても秦王政の処断には情がない。それにひきかえ呂不韋には寛裕があり、それが諸事の険しさを消し、かれが客を遇《ぐう》する手厚さは天下に知られ、続々と秦に入国する者の大半が呂不韋の邸《いえ》の門をたたいた。食客が三千人に達したのは、この年であろう。ただし食客の数についていえば、

――まだ孟嘗君《もうしょうくん》におよばない。

と、呂不韋はおもっていた。孟嘗君は自分の国を挙げて食客を遇していたといってよい。しかしながら孟嘗君の食客には犯罪者がすくなからずいたことでもわかるように、その全象《ぜんしょう》は玉石混交《ぎょくせきこんこう》で、それゆえに戦国の気風そのものがそこにあった。

それにくらべて呂不韋の食客は洗練され、質が良い。学芸をそなえた者が多く、かれらはおのずとこの集団に究思《きゅうし》のふんいきを生じさせ、日々をすさんだ気持ちですごす淫朋《いんぽう》を排詆《はいてい》した。学林《がくりん》を形成したにひとしい食客全体のありかたは、空前である、と断定してよいであろう。呂不韋の学問好きがそうさせたにはちがいないが、稀有《けう》なことである。かれらは呂不韋の志に遵《したが》って、

「天地・万物・古今の辞典」

というべき『呂氏春秋《りょししゅんじゅう》』の編纂に没頭してきたが、ついに完成のときを迎えた。

——八覧《らん》、六論《りくろん》、十二紀《き》にわかち、計二十余万字の書である。

と、『史記』はいう。国家の助けを借りず、呂不韋という個人が成した文化大事業である。編纂室では、万歳《ばんざい》の声が鳴りやまなかった。

天地に始め有り。天は微《び》にして以《もっ》て成り、地は塞《み》ちて以て形《かたち》す。天地の合和《ごうわ》するは、生の大経《たいけい》なり。

これが「八覧」の冒頭におかれた「有始覧《ゆうし》」の最初の文である。文が簡潔であるだけにかえって難解である。とくに「微にして」と「塞ちて」はわかりにくい。微

は、微小の物、と解しておくのが無難である。微は、かすかに、という副詞、いやしいという形容詞、おとろえるという動詞にもなるが、どれも適《あ》わない。すなわち、天は微小な物が集合して成り、地は微小なものが充実して形となった、と訳すほかない。

さて、「十二紀」のなかの「孟春《もうしゅん》紀」に、

天下は一人《いちにん》の天下に非《あら》ざるなり。天下の天下なり。

という文がある。むろんその一人とは、唯一人《ゆいいつにん》、すなわち天子のことである。のちに秦王政は始皇帝と号すので、その皇帝のことでもある。呂不韋がここで述べたのは、

「民主主義宣言」

であるといっても過言ではない。呂不韋の卓抜した先見性と比類のない勇気をまとった思想をここにみることができるといえるが、じつは大衆を重視する道家《どうか》の思想が伏流としてあり、時代の意識がここまできていて、旗手である呂不韋をもちあげたにすぎないともいえる。呂不韋の死後に、時代は閉塞《へいそく》にむかって急旋回するの

で、ここにある開明がなおさら特殊で、まるで奇蹟のようである。

呂不韋はこの書物を、たれよりもまず、秦王政に読ませたかった。王としてのありかたは、いまのままでよいのか。熟考し反省してもらいたい。秦王政は根元的なところで認識を誤っている。もっとはっきりいえば、秦王政には、人というものがわかっていない。ゆえに人を尊重しない。極言すれば、秦王政だけが人であり、あとは鶏豚狗彘《けいとんこうてい》にひとしい。自意識の過剰は、妄想の一種であることを、わからせる必要がある。わかってもらえないと、唯一人が、人民にとって最大の加害者となり、やがて最大の敵となる。そうなってからの唯一人は、滅亡を待つのみである。

「全巻を市門に布《し》け」

と、呂不韋は命じ、左右をおどろかした。書物を市場の門にならべさせ、しかもそのうえに千金を吊るして、一字でも増したり削《けず》ったりした者には、千金を与えよう、と触《ふ》れさせた。

「一字千金《いちじせんきん》」

という成語がここからでたことはいうまでもない。呂不韋は賞金つきの宣伝をおこなったのである。自己の力を誇ったわけではない。黙って書物を献上しても、秦王政は読まない、とわかっていたからである。市中での大評判が秦王政の耳にとどけば、おのずと関心は書物にむけられる。それを呂不韋は待った。

「相国《しょうこく》は、諸国を討伐することを忘れて、書物編纂に熱中していたのか」

と、不快げにいった秦王政は、自身で『呂氏春秋』を読もうとはしなかった。何が書かれているか、わしに申せ、と側近に命じた。やがて客のひとりである茅焦《ぼうしょう》が、

「禅譲《ぜんじょう》の思想が崛起《くっき》しています。それはすなわち、呂氏が王位を譲《ゆず》られるのを当然とし、さもなくば王制を廃絶《はいぜつ》し、革命を望み、みずからが人主になることを避けぬというものであります」

と、述べた。

「あの男に天命など、くだろうか」

秦王政は烈しく慍怒《うんど》した。

このころ旅行を終えて咸陽《かんよう》にもどってきた申欠《しんけつ》が、呂不韋と面談した。

「主は戦ってはならぬ相手と戦っている」

「そうみえるか」

「たれがみてもそうです。古来、争臣は生《せい》をまっとうしない。相手が殷《いん》の紂《ちゅう》王にひとしいとなれば、主は比干《ひかん》のごとく胸を割《さ》かれますぞ。それとも箕子《きし》のごとく、佯狂《ようきょう》をもって狄地《てきち》へのがれるつもりか」

「争臣でも、斉《せい》の晏子《あんし》のごとく、天寿をまっとうした者がいる」

「景《けい》公あっての晏子です。主が戦っている相手は、景公ほどの人のよさをもっていない。そろそろ陣を払ったほうがよい」

　申欠にそう強く諫《いさ》められた呂不韋は急に破顔した。

「これは無形《むけい》の陣であり、無声《むせい》の陣でもある。破られることのない至上の陣よ」

「おどろいた。主の布陣は、形があらわでありすぎるし、声が大きすぎる。もっとも破りやすい」

　申欠は『呂氏春秋』を念頭においている。

「はは、なんじには後軍がみえていない」

「後軍……」

「後世という後軍よ。わたしには無形で無声の後詰《ごづ》めがある。わたしという中軍が敗亡しても、この陣には奥深さがあり、けっきょく戦いには勝つ。蒙驁とちがって、わたしの戦いとはそういうものだ。武器をもたぬ民がほんとうの勝利を獲得するには、長大な歳月を要する。じつは、わたしはその会戦での初戦にあって、先鋒をうけもっているにすぎぬかもしれぬ」

　と、呂不韋はしみじみといった。

二

おなじ年に、猝《にわか》に長信侯《ちょうしん》という名が浮上した。

しかもかれは秦王政《しんせい》から巨富《きょふ》を与えられ、山陽《さんよう》の地のほかに太原郡《たいげん》もさずけられるという破格の厚沢《こうたく》に浴し、やすやすと為政の中枢に居すわり、呂不韋《りょふい》を黜遠《ちゅつえん》しようとした。これは長信侯のあくなき欲望がなかば実現したといえるが、それよりも呂不韋を嫌う秦王政の意向が象《かたち》になったとおもったほうがよい。秦王政は長信侯に執政をおこなわせ、呂不韋の政治生命を枯らそうとしたのである。秦王政がいきなり呂不韋を捐棄《えんき》することができないのは、呂不韋の徳量の大きさが絶大であり、それをむりにそこなおうとすれば、自身がそこなわれることを本能的に知っていたからであろう。ゆえに呂不韋と対立する政敵を擁《よう》した。策謀家の秦王政ならではの猾獪《かっかい》さである。

「あの男が実権をにぎったのか」

呂不韋にはおどろきがある。長信侯とは、

「嫪毐《ろうあい》」

のことである。かれはもと呂不韋の食客であった。食客のなかで臣下となった者を舎人《しゃじん》というが、嫪毒はそれであった。家政にかかわりをもたせてもよいほどの管理と実務の能力があった、といえなくはないが、この男の異能はほかにあり、肉体的な特徴でいえば巨陰《きょいん》をもっていたことである。その巨陰を呂不韋が利用するために舎人にしたというのが司馬遷《しばせん》の詮釈《せんしゃく》である。司馬遷の狙いは、秦王政を産んだ太后《たいこう》を、淫行《いんこう》の人と位置づけることにあり、淫非《いんび》の風景のなかに太后ばかりか秦王政と呂不韋をもすえてしまおうとすることであり、そこに烈《はげ》しい意志さえ感じられる。ここには腐刑《ふけい》を受けた司馬遷の、性器と生殖への暗い嘲笑があるのかもしれない。肉体をもって産むものと精神をもって産むものとの優劣を、情火《じょうか》という明さのなかで、たたきつけるように記述したのではないか。

が、牽強附会《けんきょうふかい》は避けたい。

夫である荘襄《そうじょう》王を喪《うしな》ったあと、閨門《けいもん》に虚しさを感じた太后が、無聊《ぶりょう》を慰めるために呂不韋邸をおとずれるようになった。太后の胸は、

——呂仲《りょちゅう》どのの妻になっていれば、どれほど幸せであったか。

という後悔にみちている。この後悔の容《かたち》を呂不韋にみせたいだけなのである。自分が裸になれば、過去をとりもどせる、と念じた。が、太后であるという事実はぬ

げない衣のようなもので、太后をもてなす呂不韋も相国《しょうこく》という冠をはずせない。太后を嫌っているどころか憐《あわ》れんでいる呂不韋は、たがいにとりかえしがつかぬものがあり、哀しく口をつぐんだ過去に、いまさら口をひらかせようとしてもむりであることを太后に教えようとしたが、

「仲どのに嫌われれば、わたしは生きてゆけない」

と、泣かれると、切言《せつげん》をひかえざるをえなかった。太后は自分の心情しか視《み》ず、相手の立場をおもいやることを忘れている。

――困ったことだ。

呂不韋は世評を恐れた。太后は呂不韋邸に数日間滞在することもある。それだけでも世に誤解を伝播《でんぱ》させる源になりうる。二十歳に近い子をもつ太后の美貌が衰微したことはまぎれもないことで、呂不韋の哀矜《あいきょう》にみちた感情の手が太后を抱くことはあっても、実際には、かれの手が太后にむかってさしのべられることはない。朝から夕《よる》まで太后を接待しているわけにはいかぬ呂不韋は、舎人に応接をまかせた。太后が不満をおぼえたようであれば、あえて呂不韋が顔をみせ、音楽と歌舞にみちた宴を催した。宴の余興として、舎人の嫪毐がおのれの陰部に桐《きり》で作った車輪をはめて歩いたことがある。太后は笑み崩れた。その直後、呂不韋は、

「あの者を宮中にあげることはできまいか」

と、太后にねだられた。太后の来駕《らいが》が頻繁《ひんぱん》になったことに迷惑をおぼえていた呂不韋は、

「宮中にあげることはたやすいのですが、お側にお置きになりたいのなら、腐刑を受けさせねばなりません。嫪毐をつかって太后のお力で、何とかなりましょう」

と、助言を呈し、嫪毐をつかって太后の欲情を抗《ふせ》ぐことにした。寂寥《せきりょう》にさいなまれている太后の性欲が病的に強くなっていることを呂不韋は察している。嫪毐を遣《や》ったのは太后の病気を治療するためであるといってよい。

嫪毐を従えて宮中にもどった太后は、さっそく腐刑係りの役人に手厚く贈り物を与えて、腐刑にあたる嫪毐の罪を論告させ、即座に腐刑をおこなったことにした。嫪毐は用心して鬚《あごひげ》と眉《まゆ》毛をぬいた。去勢された官人、すなわち宦官《かんがん》にひげをたくわえている者はいない。こうして嫪毐が太后に仕えるようになったのは、秦王政の六年のことである。それから二年が経《た》っただけであるのに、嫪毐は侯となり、

「家僮《かどう》数千人、舎人千余人」

と、いわれ、威勢を誇るようになった。

「事半功倍《じはんこうばい》は、色をもって仕えた趙《ちょう》の建信君《けんしんくん》のような人をいうのでしょうが、長信

侯のように、事無《ことな》くして功が懸倍《けんばい》である人は知りません。昇るのが早ければ、墜《お》ちるのも早いと思います」

と、申二《しんじ》は不愉快さをこめていった。

事半功倍は、事半《なか》ばにして功倍《ばい》す、と訓《よ》み、わずかな努力で多大な効果をあげることをいう。申二のいう通りであろう。長信侯にはいかなる功績もない。

——だが、かれは太后の狂譟《きょうそう》を鎮《しず》めてくれた。

と、呂不韋はおもっている。嫪毒を嫌忌《けんき》する気にはなれない。嫪毒が太后に仕えてから、太后の来駕はなくなった。太后とはそういう人である、といってしまえばそれまでであるが、人生の切所に誠実さを置かぬ人であることはたしかで、その点、呂不韋には太后の生母である小環《しょうかん》のほうが信じられる。

——いまや王朝も誠実さを失いつつある。

秦王政、太后、長信侯という三人が呂不韋の腐心をないがしろにしはじめている。

——退くか……。

退いても戦う、という玄謀《げんぼう》が呂不韋にはある。徳量の勝負である。この年、呂不韋は執政の席からおりた。すぐに微服に着替え、向夷《きょうい》など数人の家臣を従えて、旅にでた。

まず野王《やおう》へゆき、鮮乙《せんいつ》に会った。呂不韋が六十歳であるということは、鮮乙は七十五歳である。白髪と白眉《はくび》をもった鮮乙は、風韻《ふういん》を感じさせる紳商《しんしょう》でもあった。賈市《こし》から引退したわけではない鮮乙は矍鑠《かくしゃく》としており、不意の客が呂不韋であると知るや、

「仲さま――」

と、瞠目《どうもく》し、涙をながして喜び、旧主の腕を執《と》ってしばらく離さなかった。呂不韋も、おう、おう、というだけで、ことばを発することができず、甘くしびれるような感動のなかに立ちつづけ、鮮乙の腕が細くなったことをわずかに悲しんだ。

ふたりには語っても語っても、語りつくせない年月の厚みがある。

「黄金の鉱脈を捜しに旅にでたわたしは、いまだに旅をしているような気がしている。あのころに遭《あ》った人は、みな美しかった」

これが、いまここにいる呂不韋の嘘のない実感である。

「仲さまは、美少年でしたよ。はっきり申せば、小環どのより美しかった」

「なんじはよい男ぶりであった。わたしはなんじにあこがれた」

「恐れいります。が、わたしの誇りは、あなたさまの美しさが、政治に表れていることです」

「そういってくれるのは愉《うれ》しいが、わたしは執政の席から退いた。しばらく秦の政治は醜悪になるかもしれぬ。そのぶんだけ、中華の統一が遅れる。が、やむをえぬ。わたしは天命に順《したが》う。天命とは、民意でもある。天が命じ、民が望むように生きるしかない。耐え忍べ、といわれたなら、黙ってそうする。ただし、わたしの沈黙は退歩ではない。道をゆくということは、止まる所があるということでもあり、それをもたぬ歩行には、道がない。道をゆかない六頭立ての馬車は、道をゆく鼈《すっぽん》におよばない。わたしの旅はあてどのない放浪になりかけていたのに、孫《そん》先生（荀子《じゅんし》）にお遇《あ》いしたことで、道を得た。孫先生の偉さは、英才ばかりを教育せず、わたしのような蒙昧《もうまい》で魯鈍《ろどん》な者にも、努力をしつづけることによって、英才にまさることを教えてくださったことだ。たとえば、道は近くにあっても、行かなければ至らないし、小さな事でも、おこなわなければ成らない、というような教えには、先生の仁と勇気がこめられている。人に優劣があるとすれば、先生は、為《な》すかあるいは為さざるのみ、とおっしゃった。人の差とは、やるかやらないかの差にすぎぬ」

鮮乙のまえでは呂不韋は饒舌《じょうぜつ》になった。鮮乙に隠し立ては無用である。

——よくしゃべる。

鮮乙はその異様さに打たれた。もっとも、つぎにいつ呂不韋に会えるのかとおもえば、いたって心もとない。呂不韋にもおなじおもいがあるにちがいない。これは遺言の交換か。鮮乙も饒舌になった。

鮮乙の家に三日間滞在した呂不韋は、

「また話したい。なんじがわが家にきてくれ」

と、いい、晴れ晴れとした顔つきで発《た》った。野王から北にむかい、ひそかに趙にはいって邯鄲《かんたん》に到り、栗《りつ》に会ったのである。

三

病牀にあった栗《りつ》は、妻の莘厘《しんりん》から呂《りょ》不《ふ》韋《い》の来訪を語《つ》げられて、飛び起きた。栗に扶養されてきた袿《けい》も、趨《はし》って呂不韋を迎えた。袿は五十代のなかばにさしかかっている。

――栗は死ぬかもしれぬ。

それほど痩せ衰えていた。心気にも衰弱があるのか、栗は呂不韋のまえで涙をながしつづけ、

「あなたさまにお目にかかって死にたいと念じていました。鬼神がききとどけてく

だされたのでしょう」

と、くりかえしいった。目を潤《うる》ませた呂不韋は、栗の筋張った手をとり、その痩《そう》軀《く》を病牀にもどした。枕頭《ちんとう》にすわった呂不韋は、

「なんじはみごとに生きたよ。わたしの誇りだ。よく祩どのを養ってくれた。礼をいう」

と、しずかに声をかけた。栗はわずかに笑み、また泣いた。呂不韋は栗がねむるまで病室にいた。栗と小環《しょうかん》とともに寿春《じゅしゅん》をめざした旅が、春のいろどりに飾られて、瞼《まぶた》の裏によみがえった。あれは運命の旅でもあった。小環のいのちは春の花のように散り、いままた栗のいのちも消えようとしている。

――冬の風が吹いている。

呂不韋は淡い感傷の心でその音をきいた。

客室にもどった呂不韋は祩と面談した。祩には、往年の美しさとはべつな美しさが、灯《とも》っているように呂不韋には感じられた。

――尊貴な血胤《けついん》が、心身の明かりになっている。

男にしろ女にしろ、五十代になれば、人は真の貌《かお》をもつ。その貌には明達《めいたつ》が欲しいものである。うれしいことに祩から頽落《たいらく》を感じなかった呂不韋は、

——やはり袿どのは楚《そ》の王女であった。

と、強く意《おも》った。

「旬《じゅん》どののお顔がみえぬが……」

あえて呂不韋は問うた。袿の弟の旬は四十五、六歳になっているはずである。惇《とん》謹《きん》な性質をそなえているので、仕えていた秦《しん》の太子が魏《ぎ》で客死しなければ、忠実な側近として秦の高官になれたであろう。が、運命の蕩揺《とうよう》によって、姉とともに世の陰翳《いんえい》のなかに投げ捨てられた。

「弟はいちど趙《ちょう》で仕官したのですが、数年前に、官を辞して、斉《せい》へゆき、学問をしております」

「そうですか」

呂不韋は蕭颯《しょうさつ》のようなものを感じた。旬は不運であり不遇でもある。旬自身もそれを痛感して、世の不公平を怨むというより、自分の非力《ひりき》を嫌悪して、俗務《ぞくむ》から脱しようとしたのであろう。つぎつぎに不運に襲われる人はどうしたらよいのか。努力しつづけても報われない人はどうしたらよいのか。呂不韋は自分の過去をふりかえってみて、けっして幸運の連続ではなかったとおもう。むしろ不運がつづいた。いまになってみると、その不運が人生の推進力になったことに気づくのであるが、旬を想うと、旬の不幸は決定的な人、あるいは教えに遭遇しなかったことにつきる。ということは、旬は必死に求めるものをもたなかったということになる。人は何を求めたらよいかといえば、けっきょく、自分を、である。自分に手がかかれば、運命は変わる。好転する。求めるということは、与えるということだ。たぶん旬はそこがわかっていない。死にものぐるいの学問は、戦場で干戈《かんか》をもって走りまわることよりも、人に勇気をうえつける。おのれの屍体《したい》を越えてすすむような激越《げきえつ》な学問をしなければ、何も変わらない。旬がほんとうの学問をなせば、旬に幸運がおとずれる。山頂に立つ者だけがあらたな風を受けるのであり、山腹にいる者はその風に触れることができない。やるかやらないかの差は、そこにもある。

栗の家に二日間いた呂不韋は、秦王政《せい》と太后《たいこう》をいのちがけでかばってくれた鮮芳《せんぽう》に礼をいうために会った。むろん鮮芳は七十歳をこえている。

「ああ、呂氏……」

鮮芳は手をさしのべた。呂不韋はその手をとった。はじめて鮮芳の手をとったのである。鮮芳は楽しげに手を上下にゆらした。その振動とともに、老いた目から涙があふれでた。

「呂氏は和氏《かし》の璧《へき》をはこんできたけれど、ほんとうにはこんできたのは、和氏の璧にまさる物でしたね。呂氏のおかげで、兄は悔いのない人生を送ることができました。わたしも愉《たの》しかった。礼を申します」

呂不韋は逆に感謝された。

――わたしにも悔いはない。

と、おもう呂不韋は、僖《き》福《ふく》と僖《き》碧《へき》には会わず、邯鄲《かんたん》を去った。

呂不韋と従者はゆるやかに南下して陶《とう》にはいった。津《みなと》に立った向夷《きょうい》は、万感胸に迫ったらしく、しばらく川のながれをみつめたまま動かなかった。

陶には春のけはいがあった。不意に訪問して茜《せん》をおどろかすつもりが、茜自身が津にきたのでおどろいた。馬車に乗った呂不韋は、

「どういうしかけになっている」

と、茜にきいた。茜はすずやかに目で笑った。

「鮮乙どのには、ぬかりがありません。あなたさまがどのような道順で陶にいらっしゃるか、お報《しら》せがございました」

「なるほど……。ところで……、わたしはそなたに何かを与えたらしいが、わたしには覚えがない。教えてくれぬか」

「ほほ、それは、教えて教えられぬもの、在るとおもえば無いものでございます」

「わかった。道家《どうか》でいうところの、道《みち》、だな。ちがうか」

「さあ、どうでございましょう」

車中で呂不韋に寄りそっている茜ははつらつとして楽しげであった。

――ここは、くつろげる。

茜の家で旅装を解いた呂不韋は、あまりのいごこちのよさに、五日間の滞在が短く感じられた。夙夜《しゅくや》、茜は呂不韋の近くにいた。竿《かん》は不在であった。仕事で南方に往《い》っているという。

「竿の正体を知っているか」

「巴《は》王か蜀《しょく》王のご子孫でございましょう」

「知っていたのか」

「では、わたしの正体は、どうでしょうか」

「知らぬ。周《しゅう》の赧《たん》王の女《むすめ》であった、などとはいわぬことだ」

「まあ――」

茜の瞼がほのかに赤くなった。それは淡い色の花びらにみえた。ただし、その淡い色は、激しい色どりをもった感情をおさえた心の手からこぼれたものかもしれない。

——この女《ひと》には、ふしぎな美しさがある。

密理《みつり》をもっているといってよい。肌体《きたい》も思考もそうであろう。呂不韋はついに正妻をもたなかったが、その席にすわる人があるとすれば、それは茜ではなかったのか。呂不韋はそういう想像を禁じてここまできた。

「茜よ、咲《わら》って見送ってくれ」

と、呂不韋がいったとたん、茜は泣き崩れた。茜を支えてきた大きな何かが折れたようであった。

「与えて与えられぬものを、そなたは得たという。そなたには、生きる、ということがどういうことなのか、よくわかっている。いつまでも健勝でいてくれ」

春風を感じた呂不韋は陶を発《た》った。これが呂不韋にとって最後の旅となった。

咸陽《かんよう》で呂不韋を待っていたのは、乱である。

「嫪毒《ろうあい》の乱」

と、史書に記されるものである。

親政をおこなうことになった秦王政が、宗廟《そうびょう》のある旧都の雍《よう》へゆき、四月己酉《きゆう》の日に冠礼をおこなって剣を帯びた。秦王政は二十二歳である。その式典を狙って、長信侯《ちょうしんこう》すなわち嫪毒が挙兵し、咸陽をおさえ、秦王政を撃とうとした。呂不韋にかわって執政をおこなうようになった嫪毐は、たった一年で、秦王政との関係を悪化させた。豪快さをもつ嫪毐であるが、酒癖が悪く、王の近臣と博打《ばくち》をした際、酔って争い、わしは王の仮父《かふ》だ、とわめき、秦王政を侮辱した。その酔呶《すいど》が玉座につたえられて、秦王政を激怒させた。とたんに両者に嫌隙《けんげき》が生じた。嫪毐は奢《おご》りにおごって自制のきかぬ人のようであるが、佞悪《ねいあく》というのではない。かれの気宇《きう》からすると、秦王政は、腹黒く、小心で、吝嗇《りんしょく》であった。

——あんな王は、殺すのが、天下のためというものだ。

嫪毐は太后の璽《じ》をつかって、県卒、衛卒、官騎などを翕合《きゅうごう》し、秦王政を追いつめたが、とどめを刺せなかった。窮地に立った秦王政は、呂不韋に助けを求めた。それに応じた呂不韋は自家の兵をだして、雉《ち》と向夷に指揮させた。甲《よろい》をつけた雉は、

「あきれてものがいえません」

と、不満顔でいった。秦王政を援《たす》けたくないのが本心なのであろう。雉にいわせれば、秦王政は忘恩の人である。

——あきれてものがいえぬ王朝にはしたくないが……。

呂不韋は無言のまま目で出陣をうながした。咸陽にもどった呂不韋は寡黙になった。不機嫌というのではなく、その表情には澄みがある。しかしつねに側にいる申《しん》

二《じ》がいぶかるほど、口数がすくなかった。呂不韋が語らなくても、『呂氏春秋《りょししゅんじゅう》』がすべてを語る。そういうことなのであろう。

呂不韋の私兵は戦況を一変させ、秦王政を救った。敗れた嫪毒は逃走したが、好時《こうし》で斬られ、かれの与党で主立《おもだ》った者は捕らえられて車裂きの刑に処せられた。そのころ、密告があった。

「嫪毒は、じつは宦者《かんじゃ》ではありません。つねづね太后にひそかに通じ、太后にふたりの子を産ませました。それを匿《かく》したばかりか、もしも王が薨《こう》ずれば、その子を後継ぎにしようと太后と謀《はか》ったのです」

調査を命じた秦王政は、それが事実であると知るや、嫪毒の三族（父母・兄弟・妻子）を誅滅《ちゅうめつ》し、太后が産んだふたりの子を殺し、太后を雍に移し、嫪毒の舎人《しゃじん》を蜀《しょく》にながした。

――嫪毒を太后に薦《すす》めたのは、相国《しょうこく》か。

それをつかんだ秦王政は、処分をためらっていたが、呂不韋に推薦された水工《すいこう》の鄭国《ていこく》が韓《かん》の間諜《かんちょう》であることが発覚したので、翌年の十月（歳首）に、相国を解任し、追放し、河南《かなん》の封地《ほうち》へゆかせた。

ついでながら、鄭国は処刑されなかった。

「たしかにわたしは間諜でした。しかしこの渠《きょ》が完成すれば、まちがいなく秦の大きな利益になるでしょう」

秦は鄭国の弁解を容《い》れて工事を続行させ、ついに渠の完成をみた。のちに鄭国渠とよばれるものである。それにより関中《かんちゅう》は沃野《よくや》となり、

——秦に凶年なし。

とさえいわれるようになる。まもなく秦の富強はゆるぎないものとなり、鄭国渠は天下統一に多大に寄与した。鄭国に渠を作らせたのが呂不韋であることを忘れている人は、秦王政の忘恩を嗤《わら》えない。

呂不韋が追放されると知った家中は騒然となったが、ひとり呂不韋は静かであった。そういうときに、楚の春申君《しゅんしんくん》が暗殺され、刺客のひとりが高睟《こうすい》であることを申二から語《つ》げられると、

「いつまで人を殺すつもりか」

と、王宮のほうを睨《にら》んでいった。

河南の地に移っても、呂不韋の人気は絶大で、訪問する諸侯の使者や客はあとをたたなかった。秦王政からみれば信じられない事象であった。失脚した呂不韋に交《こう》誼《ぎ》を求めて何になるというのか。諸侯はなぜわしに使者をよこさぬのか。秦王政は

生涯徳というものがわからなかった。呂不韋の実力を恐れた秦王政は、

「君は、秦の王室にいかなる血のつながりがあって仲父《ちゅうほ》と称しているのか。家族と徙《うつ》って、蜀に処《お》れ」

と、書翰《しょかん》で命じた。書翰をとどけたのは畛《しん》である。雉はこの義弟に怒声をなげつけたが、畛は半眼のまま一言も発せず、しずかに去った。

またしても呂不韋は無言であった。人の意《おも》いは声に表してしまうと百里しかひろがらないが、無声《むせい》の声は千里のさきまでとどく。異様さを感じた維《い》が足音を殺して入室して、涙でふくらんだ目を呂不韋にむけた。すでに毒を飲んでいた呂不韋は、ゆらりとかたむいた。維は悲鳴とともにその軀《からだ》をささえ、

「何ということを――」

と、くりかえしいい、くりかえし哭《な》いた。

呂不韋の死は、秦王政の十二年（紀元前二三五年）のことである。呂不韋の賓客《ひんかく》の数千人が、洛陽《らくよう》の北にある芒《ぼう》山に、ひそかに呂不韋を葬った。その会葬者のひとりは田焦《でんしょう》であった。呂不韋を敬仰するかれらがその地から立ち去らないので、秦王政は強制退去を命じた。

ちなみに秦王政は茅焦《ぼうしょう》の献言を聴いて、すでに太后を許し、咸陽に迎えいれて

いる。なお、華陽《かよう》太后が亡くなるのは、呂不韋の歿年から五年のちのことである。その年に、呂不韋の生国である韓《かん》が滅ぶ。

（完）

あとがきにかえて

足かけ六年の連載が終わった。

執筆のためにこれほど長くひとりの人物につきあったのは、はじめてである。呂不韋《りょふい》を書くうえで、解決しておかねばならぬ大きな問題は五つほどあり、その最初の難問は、

——呂不韋はどこで生まれたか。

ということであった。『史記』の「呂不韋列伝」では、

呂不韋は陽翟《ようてき》の大賈人《たいこじん》なり。

と、ある。大賈人は大商人と訳してしまうが、史料を読む場合は、賈人と商人とはちがう。賈人は店をもって売る人、商人は行商をする人、と区別して理解しなければならない。陽翟はむろん地名で、韓《かん》の国のなかでも大きな邑であり、そこでは

商業が盛んであったにちがいない。韓は鄭《てい》の後身である。春秋時代、鄭には商人が多かった。秦《しん》軍に急襲されそうになった鄭を機転をきかして救った弦高《げんこう》という商人は有名である。鄭の北には晋《しん》があり、その超大国の大臣であった韓氏が自立して、周《しゅう》王の冊命《さくめい》を受けて諸侯にくわわり、その後、鄭を滅ぼしたのは、紀元前三七五年のことである。国名と支配者がかわっても、この国が商業国であることにかわりはない。したがって韓の陽翟から呂不韋という大賈人が生まれても、なんらふしぎではない。

呂不韋の出身を語《つ》げるものが『史記』だけであれば、さほどむずかしい問題にはならないのであるが、ほかに『戦国策《せんごくさく》』が呂不韋に言及している。

濮陽《ぼくよう》の人、呂不韋、邯鄲《かんたん》に賈《こ》す。

これを慎重に訳すと、衛《えい》の首都である濮陽出身の呂不韋は、趙《ちょう》の首都である邯鄲に店をもって商売をおこなっていた、となる。衛という国は春秋時代には中程度の国であったが、戦国時代にはいって、衛の君主は王を称《とな》えることができなかったのであるから、国力はいちじるしく衰えていた。秦が恵文《けいぶん》王で、斉《せい》が威《い》王のころ、衛

の君主を嗣君《しくん》（平《へい》侯の子）といい、その嗣君の五年（紀元前三二〇年）に、

――独り濮陽を有《たも》つのみ。（『史記』の「衛康叔世家《えいこうしゅくせいか》」）

というみすぼらしさになった。国には首都と衛星都市があるものなのに、衛には首都しかなくなったというのである。嗣君の在位は四十二年という長さであり、呂不韋が濮陽で生まれていれば、嗣君の在世にあたる。

――さて、どちらが正しいか。

と、私は悩みはじめた。以前、『晏子《あんし》』という小説を書くとき、『史記』は晏嬰《あんえい》の出身を、萊《らい》の夷維《いい》である、と明記していたことに悩まされた。よく調べてゆくと、萊は晏嬰が生まれたあとに斉に併呑《へいどん》されたのであり、むろん晏嬰は萊人《らいひと》ではない。いまではそういい切れるが、当時は、晏嬰の先祖は萊から斉へ亡命したのではないか、と真剣に考えつづけて苦しんだ。そういうことがあったので、『史記』を疑ってかかるくせがついた。今度もたぶん『戦国策』のほうが正しい、というのが直感である。ところが、いつまでも危怖《きふ》の感じが消えない。なぜ、かけはなれた地の名が呂不韋にかかわっているのか。陽翟は誤りである、あるいは無関係である、と心中で捨て去ることができないのはなぜなのか。

なさけないことに、搔首踟躕《そうしゅちちゅう》が三年ほどつづいた。その問題を措《お》いて、書きだ

せば、気持ちが悪い。が、容赦なく起筆の時が迫ってきた。

突然、陽翟も濮陽も正しい、という考えかたはできないものか、とおもいついた。二者択一にこだわっていたので、この問題を解けないのであり、二者とも採《と》ればどうか。すると、どうなるのか。呂不韋が陽翟に生まれて、濮陽へゆき、一家を立てたか、濮陽に生まれて、陽翟へゆき、成功したか。どちらに無理がないか。前者の仮定では、呂不韋は韓人《かんひと》となり、後者では、衛人《えいひと》となる。

韓の国と人についての概念は『漢書《かんじょ》』の「地理志」があたえてくれる。そこでは韓は鄭と同一視されていて、土地は狭険《きょうけん》で習俗は淫《いん》であると記されている。淫は、みだら、と訓《よ》むことがふつうであるが、放恣《ほうし》の意味ももつ。衛はどうか。濮陽しか残らなかったのであるから土地の狭さは比較にならない。習俗は剛武《ごうぶ》で気力を尊ぶ。欠点は奢侈華靡《しゃしかび》であることと婚姻と葬儀に度を超すことである。

それでわかるように韓は農業生産に適した地形ではなかったようで、おのずと商業が発達したのであろう。衛は、みかけ、とか、うわべ、を重視する。それとはべつに、衛からは、呉起《ごき》と商鞅《しょうおう》というふたりの天才的な改革者がでたことが重要である。かれらの思想の立脚点は儒教であったが、不遇であったためか、そこから法家へ重心を移した。つまり、なかみよりは器《うつわ》あるいは、形を造らなければなかには何もはいらない、という考えかたがふたりには共通してあり、それが衛人の精神的な風土なのかもしれない。

——君子は器ならず。

と、孔子がいったように、儒教は形に先行するもの、形より上のもの、を尊重する。そのあたりをふまえて呂不韋をみつめなおしてみると、呂不韋の生きかたと考えかたの中心に、徳、がすえられていて、外よりも内の充実をこころがけていた、とおもわれてならない。賈人がもたざるをえない打算は、呂不韋の場合、卑しい手段にならず、商売というものがかれに教えたのは、合理の精神と契約の履行という上道《じょうどう》であり、その上道にそって執政者としての理世安民《りせいあんみん》があったといってよい。

が、個としての呂不韋は、三千人の食客を養うために私財をつぎこむことを吝《お》しまない、そういう不合理を楽しんでいた。かれには多くの食客をかかえていた貴族、たとえば孟嘗君《もうしょうくん》などへの根深い憧憬があり、その憧憬とは、士に尊敬されたいという欲望であるかもしれないが、呂不韋の場合は、国の法から距離を置いた別世界を創りたいという願望であったのではないか。食客をもつという思想の内容は、孟嘗君と平原君《へいげんくん》とではだいぶちがう。孟嘗君の食客は社会的にみて無為の集団であるが、平原君のそれは有為の集団である。呂不韋は、無為は有為にまさるという道家《どうか》の思想を経由した形跡があり、したがって平原君よりも孟嘗君を尊敬したであろう。呂不韋は『呂氏春秋《りょししゅんじゅう》』の編纂という大事業をやりぬいたが、それは社会的な有為ではなく、人文《じんぶん》的な有為であり、社会的には無為かもしれない。それは、いまの小説が社会の役に立つのか、という議論におきかえてみれば、わかりやすい。

さて、政治というもの、世のしくみというものを改革するか順服するかはべつにして、それらをかならず脳裡に斂《おさ》めて、現世から離れない衛人の発想のなかに、別世界の構築はないような気がする。

——呂不韋は衛人ではない。

そう断定してよいのではないか。推量に推量をかさねてそうなった。すると、呂不韋は韓の陽翟で生まれた、ということになる。めずらしく私は『史記』に遵《したが》ったのである。

つぎの問題は、

——呂不韋はいつ生まれたか。

ということであった。歿年はわかっている。秦王政《せい》（のちの始皇帝）の十二年（紀元前二三五年）である。ふたたび史料のこまかな語句から手がかりをつかまなければならない。

まず『史記』である。

呂不韋は邯鄲で人質の子楚《しそ》（もとの名は異人《いじん》）に遭《あ》い、会談をおこなう。そのとき呂不韋はつぎのようにきりだした。


秦王老《お》いぬ。安国君《あんこくくん》太子となるを得《え》たり。


この秦王は昭襄王《しょうじょう》（昭王とも書かれる）である。安国君は昭襄王の子で、子楚の父であり、秦の太子ではなかったが、太子が魏《ぎ》で客死したため、太子の位を得た。魏で亡くなった太子は、

「悼《とう》太子」

とよばれる。歿年は昭襄王の四十年（紀元前二六七年）である。安国君が太子として立った年は、昭襄王の四十二年（紀元前二六五年）である。つまり、呂不韋が子楚と遭ったのは、昭襄王の四十二年以降ということになる。また子楚の子の政が生まれるのは、昭襄王の四十八年（紀元前二五九年）であり、しかも政は母の腹のなかに十二か月いたようであるから、子楚が呂不韋のもとで舞姫をみそめてゆずりうけたのは、昭襄王の四十六年（紀元前二六一年）以前になろう。

ふたたび呂不韋の話のきりだしかたをみてみる。秦王老いぬ、といったのは、秦王は高齢で、いつ死んでもおかしくない、という意がこめられている。つぎに安国君が太子になることができた、といったのは、安国君が太子になるにはすんなりとはいかず、最近ようやく太子になった、という語感がありはしないか。そのあたりを『戦国策』とくらべてみたいが、呂不韋が子楚に面会して、最初にいったのは、

子傒《しけい》は国を承《う》くるの業《ぎょう》有《あ》り。

ということである。子楚の兄である子傒は国を継承する資格がある、と呂不韋はいい、すでに安国君は太子になっていて、まだ後継者を決定していないことがもっとも重要である、と子楚に教えようとする。

子楚と対談している呂不韋は安国君や後宮の事情などを調べさせて、かなりの情報をもっている。そのことも考えにいれると、呂不韋が子楚と話しあって、子楚を安国君の後継者にすべく、動きはじめたのは、昭襄王の四十三年（紀元前二六四年）であるとみた。このときの呂不韋の年齢がわかれば、問題はあっというまに解決するのであるが、そうはいかない。そこで、整理するために、簡単な年表をつくって

みた。

A　紀元前（〇〇〇）年　呂不韋、生まれる。
　　　—?年
B　紀元前二六四年　呂不韋、子楚と遭う。
　　　—29年
C　紀元前二三五年　呂不韋、死す。

忘れてならないことは、Bの時点で、呂不韋は大賈人とよばれ商売で大成功していたのである。そのときかれは、四十歳か五十歳か六十歳か。小説としてはどの年齢を設定してもかまわないといえるが、私はそれらのどれも採《と》らなかった。その年に呂不韋は三十五歳であったということは、小説の読者のほうがよく知っているであろう。

したがって私は呂不韋の生年を紀元前二九八年（昭襄王の九年）においた。むろん仮定である。注意しておきたいが、年齢は満年齢ではない。生まれた年が一歳なのである。

に、

呂不韋を考えるうえで、もっとも大きな問題は、かれが商売で大成功していたのに、

——なぜ政治の道にはいったのか。

ということであろう。政治の道に踏みこむ直前に、呂不韋は父と対話している。その対話は『戦国策』にある。国を建て君を立てれば、利益は何倍になるか、という呂不韋の問いにたいして、父は、

——無数なり。

と、答えた。無数は無限ということばにおきかえてもよい。そこで呂不韋は商売よりも君主を擁《よう》するほうが儲かるとおもい、子楚に近づいた、とされるが、史料が指すものは短絡にすぎるようである。そこでは個人的な欲望しか描かれていない。欲望が、歴史というものは、作用と反作用、原因と結果が明示されるべきであり、欲望の上に欲望を重ねたにすぎない動機のむこうには私利とか利己しかみえず、人物の奥ゆきにゆきづまりを感じてしまう。のちに秦の宰相になった呂不韋の行政の非凡さと、なしとげた事業の質の良さは、そういう人物像からは産出されないのである。呂不韋は子楚に遭うまえに、商売の停滞を感じていたのではないか。この停滞が

どこからきたのかといえば、おそらく魏冄《ぎぜん》の失脚からであろう。自分で作った年表をみつめつづけているうちに、昭襄王の四十一年（紀元前二六六年）に魏冄が実権を失い、翌年（昭襄王の四十二年）に咸陽《かんよう》をでたということが、呂不韋に衝撃をあたえたのではないか、とおもわれてきた。史料には呂不韋と魏冄との関係を示唆《しさ》するものはまったくないが、私はふたりにはつながりがあったとみて、呂不韋がすすむべき道を政治にみつけた理由をわかったつもりになった。

むろんほかにも難問はあったが、起筆前には解けずに、執筆中に解いたものもある。小説は数式の答えをだすようなものではなく、問われたことにたいして問いかえすことが正解であるような場合もある。文ではなく構成そのものが答えになっているというしかけも必要であろう。それほど小説とは幽玄の器《うつわ》なのである。

さいごになったが、荀子《じゅんし》にもふれておきたい。呂不韋が荀子という大儒の教えに接したであろうことは、歴史的にも確実性が高いが、私は途中で呂不韋とともに荀子の弟子になったような気分になり、荀子の偉大さをはじめて認識した。荀子の教義を咬嚼《こうしゃく》するうちに、この人は貴族にだけ持説をおしつけたのではなく、庶人にもわかるように説き、天分のない人でも偉業をなしうるのだと励ましつづけた、と知って、感動した。天分のない私が、ときどきどうしようもない虚しさに襲われても、荀子のおかげで、弛紊《しぶん》をまぬかれた。荀子の言行録というべき『荀子』と呂不韋の『呂氏春秋』の恩恵に浴しているのは私ばかりではあるまい。

なお『中央公論』の累代の編集長である宮一穂、湯川有紀子、平林敏男の各氏に感謝の辞を献じたい。連載のための環境整備をこまやかな心づかいでおこなっていただいたと拝察している。また連載の開始から終了まで、担当をつづけてくれた田辺美奈氏の篤《あつ》い配慮は、いままでにないもので、連載中にしばしば感動したことを明記しておかねばなるまい。

文庫版あとがき

高校の漢文の教科書に、廉頗《れんぱ》と藺相如《りんしょうじょ》の刎頸《ふんけい》の交わりが載っていた。むろん『史記』の列伝の全文ではない。和氏《かし》の璧《へき》をたずさえて秦《しん》へおもむいた藺相如が秦王に謁見し、けっきょく璧を渡さなかったという一部を読まされた。その一部で、中国の戦国時代の後期をある程度推量の目で観《み》ることができたような気がするが、秦王をむこうにまわして藺相如がどれほどすさまじいことをおこなったかということを、理解したとはいえない。まず、趙《ちょう》と秦の力関係がわかっておらず、藺相如が大抜擢をされた特使であったことも知らなかった。重臣をつかわずに宦官《かんがん》の令《れい》の舎《しゃ》人《じん》を遣《や》った趙王の心情とか慧眼《けいがん》も、わかっていたとはいえない。だが、藺相如がいのちを捨てる覚悟で秦王にぶつかっていった迫力は、高校生であった私の胸を打った。

呂不韋を書くと決めたとき、藺相如をもあわせて書きたいとおもったのは、昔の感動が死んでいなかったからであろう。したがって物語を動かすのは、和氏の璧だ、と狙いをさだめ、和氏の璧は楚《そ》の国宝であるのに、いつ趙へ移ったのか調べてゆくうちに、小説の冒頭がみえてきた。

つぎは呂不韋が特定の学派に属していないことをどう解するか、ということであった。当時の学問の中心は斉《せい》の国であり、斉王は儒学《じゅがく》よりも道学《どうがく》を好んだとおもわれる。道学は大衆の力を認知すると同時に法の力を尊重した。すなわち大衆と法とは切り離せないもので、儒学にはそういう発想がなく、むしろ上下関係のありかたと個の倫理が中心の学問である。呂不韋のもとで編纂《へんさん》された『呂氏《りょし》春秋《しゅんじゅう》』には、農事についても書かれていることから、呂不韋の下には農家もいたにちがいないが、それを呂不韋の学問的興味の広さだけでかたづけてしまっては、小説としてはつまらないので、当時の諸子百家をなるべく肉身化しようとした。荀子《じゅんし》に影響をうけたのであれば、呂不韋を荀子に遇《あ》わせたいとおもった。のちに荀子の弟子である李《り》斯《し》が呂不韋を訪ねたのは偶然ではなく、荀子の紹介によると考えたほうがよい。呂不韋と荀子は強いつながりをもっていたと想像して過誤《かご》はあるまい。とはいえ、人と人が遭《あ》うのは、小説のなかでもむずかしい。呂不韋と荀子に関して、まさかあのような邂逅《かいこう》になるとは、と自分でもおどろいている。私は呂不韋のうしろに雉《ち》とともにすわって荀子の教えをきいていたような気がする。ふしぎなことに、自分が小説を書いていたという感じがしないのである。つねに呂不韋とともにいて苦難を乗り越えて行った。それが実感である。この本をつねに座右に置いて苦しさを凌《しの》いできた、とある読者にいわれて、私は感動した。その人は呂不韋から知恵を汲むことができるのであり、呂不韋を知ることによって、不屈の活力を得たのである。じつは私もそうであった。この本はおのずとできたのであり、私が書いたという意《おも》いは薄い。

平成十四年一月吉日

宮城谷昌光

新装版解説　呂不韋の夢、歴史の夢

平尾隆弘

『奇貨居くべし』はまったく新しい呂不韋《りょふい》の物語である。描きだされた呂不韋像は、史実や挿話こそ重なっていても、従来の呂不韋像とは大きく違っている。

流布されてきた呂不韋はどのような男か。その最たるものは、「秦の始皇帝の父ともいわれる呂不韋」（本文庫第一巻カバー裏）といった風説だろう。その風説について、麃公《ひょうこう》という将軍が端的に語っている（第五巻）。彼の内心の声を聞いてみよう。麃公を来訪した呂不韋は、このとき超大国・秦の宰相にまで昇りつめていた。
《王朝の一部には、呂氏は陰謀家であり、自分の子を孕《はら》ませた妾《しょう》を子楚《しそ》にあたえ、王室を乗っ取ろうとしたのであり、いまや着々とその陰謀は実現しつつあり、その害は宣太后《せんたいこう》と魏冄《ぎぜん》のそれにまさる、というささやきがある。廉忠《れんちゅう》を自負している麃公はそういうささやきを片耳できくや、会ったこともない呂不韋に嫌悪感をいだ

いたが、呂不韋を自分の目でみて会談したあと、その嫌悪感があっけなく氷解したことに気づいた。》

麃公が耳にした「ささやき」は、『史記』「呂不韋列伝」によって面白おかしく流布されてきた。司馬遷は、呂不韋が「自分の子を孕ませた妾を子楚にあたえた」と書いている。生まれた子が政《せい》、のちの始皇帝となるわけで、麃公が聞いた噂とそっくり同じ。仮にこの噂が真実で、結果から原因をたどるなら？　呂不韋は「奇貨居くべし」と閃《ひらめ》いた時点で、子楚が帝位（荘襄王）につくのを予感し、愛人を子楚に譲り、みごと宰相の座におさまったことになる。始皇帝が実の子であれば、彼は文字通り中国統一の生みの親なのだ。……「呂不韋列伝」に従うかぎり、なるほど呂不韋はケタはずれの陰謀家に違いない。司馬遷は「呂不韋列伝」の末尾、「太史公曰く」で、《孔子のいわゆる聞《ぶん》なる者とは、それ呂氏か（孔子のいう「聞」――表面だけ仁者ぶり、有名ではあっても、内容の伴わぬ人物とは呂不韋のことではないか）。》と自らの寸評を加えている。

だが、小説中の麃公は、呂不韋と実際に会い、即座に誤解を解いた。

《そうではないか。陰謀家というものは、顕貴《けんき》の人にすり寄るものである。安国君《あんこくくん》（＝孝文王。子楚の父）に捐忘《えんぼう》されたような公子にすり寄ったところで一金にもならない。すべては惻憫《そくびん》の心がなしたことであり、その情殷《じょういん》が天を撼《うご》かし、幸運を招いたのではないか。天意をこちらにむけたという比類ない心力の巨《おお》きさに、人はもっと愕《おどろ》くべきであろう。》

　鹿公のこの感慨に、読者は深く深く納得する。作者に導かれ、呂不韋の人生を十五歳（第一巻）からつぶさに追ってきたからだ。「呂氏は人から生まれたというより、時代から生まれたように感じられる」（第二巻）とあるように、呂不韋は「戦国の子」なのだ。彼が陰謀家に見えるとすれば、それは戦国時代の一面がそうさせているのである。

　司馬遼太郎はかつて《中国史にあっては、戦国が人間文化の頂点にあり、むしろ以後は退行するとさえいえなくはない。》と書いた。著者・宮城谷昌光の戦国観はさらに徹底している。《中国の王朝期を最後の清までをみても、ほんとうに自由な発想がゆるされたのは、この東周後期、すなわち戦国時代においてのみである。（中略）中国にあった奇蹟的な時代とは、戦国時代のことであり、空前絶後であるといっても過言ではない。》（『戦国名臣列伝』）と言い切っている。作中には「力の弱い者を容赦なく滅ぼしてゆく」「戦国の世の醜悪さ」をしっかり書き留めているのだけれど。

春秋時代、周王室の権威は形骸化し、覇者と呼ばれる英傑が次々に出現した。戦国時代になると伝統的秩序は解体し（下剋上）、実力だけがものをいう時代となった。小国は大国に併呑され、戦国七雄（韓、魏、趙、斉、燕、秦、楚）と呼ばれる国々が覇を競うようになる。その主役は秦であり、合従《がっしょう》（南北連合、秦を敵国とする）も連横《れんこう》（東西連合、秦を盟主とする）も、いかにして秦と対抗し、いかにして秦と共存するかという諸国の生き残り策であった。衰亡・滅亡を免れるには富国強兵しか道はない。そのためには人材を登用し、武力はもちろん、民を富ます農工技術、商品経済を発達させせなければならない。諸子百家と言われる諸思想の群立にはこうした背景があった。本書には商人はもちろん、弁論家、説客、人質、亡命者、そして農耕、土木の専門家たちが次々に登場し活写されている。彼らは皆、「奇蹟的な時代」に彩りを添えた人たちだった。

作者は呂不韋とともに、呂不韋に寄り添うように、戦国時代末期の諸相をたどりなおしている。第一巻「和氏《かし》の璧《へき》」をめぐるスリリングな展開は、読者を物語に一気に引き込む効果と同時に、「ほう、この年（十九歳）で、韓、魏、趙、秦、楚と歩いてきたのか」（第二巻、西忠の言葉）といった経歴を呂不韋に与えた。若き日に

「趙では藺相如《りんしょうじょ》を助け……楚の黄歇《こうけつ》（のちの春申君）に気にいられ」（同前）たのも、「和氏の壁」が機縁となった。呂不韋は、まさに戦国の主要な舞台に登場し、その多様性と可能性を一身に体現した人物なのである。呂不韋が始皇帝の実父であろうとなかろうと、どちらでもいい。「歴史小説はスキャンダルではない」と著者は言いたげである。

韓の賈人《こじん》（商人）の子として生まれ育ち、諸地方を経めぐり、薛公《せっこう》・孟嘗君《もうしょうくん》の領地で暮らした呂不韋は、孟嘗君亡き後、その後継者のごとくに生きてゆく。賈人として異例の成功を手にしながら、彼は政治の世界へと転身する。政治家としての呂不韋は、行政、外交、軍事に長じていた。学問を尊重し、儒家の孫氏＝荀子を師としつつも、道家や法家を退けず、思想に優劣をつけなかった。農業にも土木（治水）にも深い理解を示した。

呂不韋が編んだ『呂氏春秋』に「天下は一人の天下に非ざるなり。天下の天下なり」とあること、呂不韋が戦闘において、「捕虜を殺さず、郷里に帰りたい者を釈放し、残った者を奴隷にせず、秦の民に認定した」ことは、いわば戦国時代の可能性の到達点を示している。しかし、「民に国境はない」という呂不韋の思想は、秦王政《せい》（始皇帝）によって排される。政の中国統一は、国境をなくすことではなく、強大なる国境を作って民を囲い込むことであった。全人民を解放するのではなく、全人民を奴隷化することに等しかった。臣民すべてを法で縛りながら、秦王だけは法の外にいた。王道と覇道の、この落差。後世、呂不韋は始皇帝のネガ（陰画）のように見えるけれど、このネガがポジ（陽画）に反転していたら、「血も涙もある王朝」がありえたかもしれぬ。小説家の夢は切実である。

『管仲』『孟嘗君』など、これまで著者は、庶民の中で最底辺とされる商人・商業の働きについて着目してきた。呂不韋が賈人である以上、本書にも商人・商業の特質については幾度も触れられている。が、そこに「父と子」の対立、葛藤が通奏低音のごとく流れているのを見過ごすわけにはいかない。第一巻から、「兄と弟は大切にあつかわれ、自分だけがかるくあつかわれている」「呂不韋としては、父の愛情のしずくさえ感じたことはない」「兄や弟には父は優しい。わたしだけが愛されていない」といった叙述がある。

しかし、十五歳の旅に同行した鮮乙《せんいつ》が繰り返し弁護しているように、呂不韋の父は優れた商人であり、寡黙なだけで彼なりに呂不韋を愛していた気配がある。呂不